HEATHER GRAHAM

Retrato de un crimen

Editado por Harlequin Ibérica.
Una división de HarperCollins Ibérica, S.A.
Núñez de Balboa, 56
28001 Madrid

© 2003 Heather Graham Pozzessere. Todos los derechos reservados.
RETRATO DE UN CRIMEN, Nº 5
Título original: Picture Me Dead.
Publicada originalmente por Mira Books, Ontario, Canadá.
Traducido por Rocío Salamanca Garay.

Este título fue publicado originalmente en español en 2004.

Todos los derechos están reservados incluidos los de reproducción, total o parcial. Esta edición ha sido publicada con permiso de Harlequin Enterprises II BV.
Todos los personajes de este libro son ficticios. Cualquier parecido con alguna persona, viva o muerta, es pura coincidencia.
™ TOP NOVEL es marca registrada por Harlequin Enterprises Ltd.

®™ son marcas registradas por Harlequin Enterprises Limited y sus filiales, utilizadas con licencia. Las marcas que lleven ™ están registradas en la Oficina Española de Patentes y Marcas y en otros países.

I.S.B.N.: 84-671-2864-X

Prólogo

Clavó la mirada en las sombras nocturnas de la habitación, repentina e intensamente alerta de dónde se encontraba... y del hombre que estaba junto a ella. Se exprimió el cerebro tratando de recordar las últimas horas, pero era en vano. Se había creído muy lista, muy hábil y, con todo, se la habían jugado.

Aguzó el oído. Al poco, oyó la respiración lenta y profunda que indicaba que él estaba dormido.

No tenía tiempo para reflexionar en lo que había hecho, ni en lo lejos que había llevado su búsqueda. No tenía tiempo para meditar en las consecuencias de sus actos, ni de pensar en otra cosa salvo... en escapar.

Con cuidado, se volvió de costado. Con la misma cautela, se puso en pie, y se vistió sin hacer el menor ruido.

—¿Vas a alguna parte?

Ella se dio la vuelta a la luz de la luna. La estaba observando, incorporado sobre un codo. Ella rió con suavidad, regresó a la cama, apoyó la cadera en el colchón y se inclinó para plantarle un beso en la frente.

—Caramba, menuda noche —dijo con suavidad—. Pero ahora... Se me ha antojado un helado. Y café. Estoy que me caigo —dijo. Sus hábitos nocturnos no deberían sorprenderlo; acababa de infiltrarse allí, en la guarida.

—Seguro que hay helado en el congelador. Y siempre tenemos café.

—No me apetece un helado cualquiera, sino ese nuevo que sirven en Denny's. Menos mal que es en Denny's, o no estaría abierto a estas horas. Además, me siento un poco rara. Por estar aquí, contigo.

Se incorporó, se calzó, y fue en busca del bolso. Al colgárselo del hombro, lo notó extrañamente ligero.

—Lo siento —dijo él en voz baja—. No vas a ir a ninguna parte.

Lo vio ponerse en pie en la oscuridad; no subestimaba su extraordinaria forma física. Estar en forma era una de las pasiones de su vida... junto con algunas otras.

—Sólo quiero tomarme un helado —insistió ella.

Él se acercó. No había malicia evidente en su rostro; más bien, una especie de pesar.

—Qué mentirosa eres. Creo que has conseguido lo que querías, lo que realmente pretendías conseguir. Y, lo siento mucho, pero no vas a marcharte.

Ella palpó el bolso para localizar su arma.

—La pistola no está —dijo él con suavidad, y se acercó un poco más. Efectivamente, la pistola no estaba. Su cerebro registró el terror de aquella verdad, y reaccionó con un cambio de táctica. «Huye. Sal pitando de aquí».

—¿Qué vas a hacerme?

—No quiero hacerte daño, créeme.

El muy malnacido. No quería hacerle daño, sólo matarla.

Se acercó un poco más, y ella decidió usar el bolso como arma, blandiéndolo con destreza. Lo golpeó en plena cabeza, se acercó a él y le hundió la rodilla en sus partes con brutalidad. Oyó su resoplido entrecortado; vio cómo se inclinaba hacia delante... y huyó del dormitorio.

Atravesó corriendo la casa en dirección al vestíbulo, buscando la salida. De pronto, se detuvo en seco, atónita, al ver a una persona a la que jamás habría esperado encontrar allí. En un abrir y cerrar de ojos, todo cobró sentido... El hecho de que la hubieran reconocido por lo que... era.

–Tú... gusano –logró susurrar.
–Ahora soy un gusano rico.
Sintió bilis en la garganta, junto con una furia atroz. Comprendió en aquel instante que se había expuesto a un riesgo extremo. No tenía palabras para describir la hondura de su repugnancia y de su rabia.

El instinto y el sentido común intervinieron. Sólo podía hacer una cosa, y era luchar desesperadamente por sobrevivir.

Echó a correr. Atravesó el vestíbulo y, al llegar a la puerta, forcejeó con los cerrojos y salió. No saltó ninguna alarma.

Claro que no. Las alarmas... alertaban a la policía.

La histeria amenazó con abrumarla. A los pocos segundos, estaba corriendo por la senda de acceso. Oía gritos en la casa que estaba dejando atrás.

Sabía que no tenía tiempo para entrar en el garaje y subirse a su coche antes de que la alcanzaran. Debía seguir corriendo, salir a la carretera. Quizá hubiera algún tipo madrugador conduciendo por la autovía.

Recorrió a toda mecha el largo camino de acceso, sorprendiéndose de la rapidez con la que podía moverse cuando era necesario. No, no cuando era necesario, cuando estaba desesperada. Sin reducir el paso, hundió la mano en el bolso para rescatar el móvil. ¡Eureka! Estaba allí.

Pulsó la tecla de emergencias. Nada. Le habían dejado el teléfono... pero se habían llevado la batería.

Siguió corriendo como un velocista, sin pensar en ahorrar fuerzas, impulsada por la adrenalina y el instinto, por el deseo de vivir. Oyó un terrible sonido áspero... y comprendió que eran sus jadeos entrecortados. Se había alejado de la casa, seguramente, más de lo que ellos esperaban. Una pequeña victoria. Su única esperanza era encontrar ayuda antes de que la alcanzaran.

Por fin, salió a la carretera. Cuando sus pies tocaron el asfalto, comprendió lo oscuras que eran las noches en el campo. Se había criado en la ciudad, donde siempre había luz. Pero allí...

No había ido muy lejos y ya sentía el fuego en los músculos; tenía los pulmones en llamas.

Unas luces refulgieron delante de ella, repentinas y cegadoras en la oscuridad. ¡Un coche! Un coche acercándose por la autovía justo cuando ella necesitaba ayuda. Se detuvo en seco, aturdida por aquel milagro, y corrió hacia la puerta del conductor.

—¡Gracias a Dios! Deténgase, deprisa...

Sintió el cañón de la pistola en la espalda. Oyó el murmullo. Él ni siquiera estaba jadeando.

—El juego ha terminado.

Ella se quedó completamente inmóvil, mirando al conductor del vehículo. Vio la sonrisa lenta y comprendió que conocía aquella cara. Se le cayó el alma a los pies.

Rezó. Pidió perdón por todos sus pecados. Le habían sobrado orgullo y confianza en sí misma.

Señor, sí. Había sido demasiado orgullosa, y decidida. Había querido ser ella quien averiguara la verdad... y se llevara la gloria. ¡La gloria! Parecía un chiste.

Era increíble que una persona con tanta seguridad en sí misma pudiera estar tan asustada.

«Que no te entre el pánico; no desistas», se dijo. «Piensa en lo que debes pensar, razona, recuerda todos los trucos, la psicología humana, todo lo que te han enseñado...».

—Andando —le dijo él en tono gélido.

—Mátame aquí mismo.

—Bueno, podría hacerlo. Pero me obedecerás. Mientras hay vida, hay esperanza, ¿no? La más pequeña esperanza de darle la vuelta a la tortilla. Así que... camina. Sube al coche. Vamos. Al asiento delantero, despacio y con cuidado. Estoy detrás de ti.

Ella obedeció, porque él tenía razón. Lucharía hasta el último segundo, mientras le quedara aliento en el cuerpo. La empujó para que se sentara junto al conductor y, después, se instaló detrás, sin dejar de apuntarla con la pistola. Ella se devanaba los sesos. ¿Qué tendría planeado? ¿Cómo se encargaría de borrar las huellas de que había estado allí, con él?

Cuando regresaban a la casa, se abrió la puerta del garaje. El conductor detuvo el coche, y él la obligó a salir.

—Es hora de dar otro paseo —le dijo. Ella lo miró, vio cómo desplegaba una sonrisa lúgubre—. Un último paseo. Lo siento.

El coche de ella tenía la puerta abierta. Un cómplice, una figura oscura y silenciosa los estaba aguardando. Mientras él la obligaba a sentarse detrás del volante, el cómplice se sentó en el asiento posterior. Él se reunió con ella delante y le ordenó que arrancara.

La esperanza...

Giró la llave en el contacto, dando un paso más hacia su propio fin.

Debía aferrarse a la esperanza. Habló, porque tenía miedo y no quería tenerlo y, porque no quería que ellos lo adivinaran.

—Sois unos malnacidos. Nada de esto tenía que ver con la religión. Habéis utilizado a tantas almas perdidas, prometiéndoles la salvación...

—Bueno, ya ves. Nos tienes a nosotros. Eres una chica muy lista... demasiado. Pero los árboles no te han dejado ver el bosque.

Ella lanzó una mirada al espejo retrovisor, tratando de discernir si se trataba del cómplice que había visto antes en la casa, si era quien la había traicionado. ¡Qué estúpida había sido! Debería haberse dado cuenta... Y, sin embargo, nadie más había visto la verdad, porque no tenían motivos para esperar nada tan atroz de una persona, en apariencia, tan honrada.

Sentía escalofríos por la espalda. Si al menos supiera...

Habló con impaciencia y autoridad.

—Podríais libraros los dos de esto, sin temor a la pena de muerte. Llevadme a la comisaría de policía y contad la verdad. Podríais negociar la sentencia.

—No podemos dejarte escapar —dijo el hombre que estaba junto a ella, con voz extrañamente suave—. Lo siento.

Comprendió entonces que, realmente, no quería hacerle daño, que lamentaba lo que estaba haciendo. Y también comprendió, en aquel mismo instante, que no era él quien dirigía el cotarro.

—Si me pasa algo, esto no acabará así. Dilessio os perseguirá hasta la muerte.

Una rápida explosión de furia gutural en el asiento de atrás debería haberla silenciado.

—Dilessio no podrá probar nada.

—Verás, primero tendrán que encontrarte —dijo el hombre que estaba junto a ella, todavía con suavidad.

Él también tenía miedo, pensó, al tiempo que comprendía que ni siquiera ella había llegado al fondo de aquel asunto. Pero era demasiado tarde para darle vueltas.

«Soy tan lista... Muy lista».

En la oscuridad, mientras la dirigían hacia su destino, empezó a rezar en silencio. Rezaba a Dios para que la acogiera, para que la perdonara por los muchos pecados que había cometido.

Sí que podía hacer algo, se dijo. Salirse de la carretera, matarlos a todos. Empezó a hacerlo, pero le quitaron el volante de la mano. La repentina presión en los dedos era tan dolorosa que olvidó lo que pretendía hacer. El coche se detuvo.

—Estamos parados. Esto servirá —dijo el que estaba detrás.

El dolor de la mano seguía siendo intolerable. Lo combatió, todavía pensando con desesperación, preguntándose qué podía hacer para desarmar a los dos hombres que la tenían a su merced.

Nada.

«Dios mío...».

Con un movimiento fugaz, el cómplice del asiento de atrás le lanzó la cabeza contra el parabrisas con fuerza mortal. A medida que la luz se extinguía, que el dolor se disolvía en la nada, él le habló; era un sonido tan suave como el olvido que la acogía.

—Nunca quise hacerte daño. Lo siento mucho, de verdad.

«Señor, perdóname».

La oración llenó su mente, se fragmentó como el cristal... y desapareció.

Cinco años después

Lo ocurrido, reconocería Ashley más tarde para sus adentros, había sido, en parte, culpa de ella. Pero él la había sobresaltado, y sobresaltarse era muy similar a asustarse. Detestaba reconocer que se asustaba por tonterías; no encajaba con la vida que había escogido.

Así pues... quizá hubiera sido culpa de ella. Pero ni siquiera eran las seis de la mañana. Nick tenía algunos clientes de toda la vida que, de vez en cuando, llamaban a la puerta al amanecer porque sabían que estaría levantado, pero Ashley no esperaba tropezar con ninguno de ellos cuando el sol ni siquiera había empezado a asomarse.

Estaba oscuro. Todavía era de noche para algunas personas.

Además, estaba hablando por el móvil. Al oírlo sonar, creyó que sería Karen o Jan; querrían asegurarse de que estaba levantada y de que ya casi había salido de casa. Cómo no, contestó haciendo juegos malabares con el café, el bolso, las llaves, y la bolsa de viaje. No era ni Karen ni Jan, sino su amigo Len Green. Len llevaba varios años en el cuerpo de policía metropolitana y seguía los progresos de Ashley como una madraza. La llamaba porque sabía que se iba de fin de semana y, bromeando, le dijo que por amabilidad hacia Jan y Karen, quería asegurarse de que estaba levantada y lista para que pasara a recogerlas a la hora acordada. Ashley rió, dio las gracias a Len por su llamada, y lo informó con indignación que siempre se levantaba a su hora. Len le mencionó de pasada que igual se acercaba en coche a Orlando aquella noche, después del trabajo, con unos amigos del cuerpo de bomberos de Broward y que, en ese caso, podrían quedar. Ashley había cortado la comunicación mientras se acercaba la puerta, pero todavía sostenía el móvil en la mano cuando la abrió.

No había llamado nadie, no había oído ni el más leve golpe de nudillos. Forcejeó con el cerrojo y, manteniendo en equilibrio todo lo que llevaba en las manos, abrió la puerta y salió con paso firme.

Y chocó contra él. De frente, con ímpetu.

Era de noche, y sólo las pálidas luces de la casa quebraban las sombras de la madrugada. La bolsa de viaje cayó a los pies de él, y Ashley estuvo a punto de chillar. La caja de galletas que llevaba bajo el brazo salió disparada. La taza de café, que sostenía en la misma mano en que llevaba las llaves, sufrió una fuerte sacudida, y el líquido hirviendo se derramó sobre los dos.

—¡Maldición!

—¡Maldición!

Él llevaba una camisa vaquera abierta, de modo que el café le cayó en la piel. Maldijo... una reacción instintiva a la quemadura. Cuando él maldijo, ella maldijo. Notó que la sujetaba y retrocedió rápidamente, todavía preguntándose si debía chillar como una histérica. Pero, al parecer, el hombre no representaba ninguna amenaza.

Parecía un gigantesco holgazán de playa.

—¿Qué...? ¡Diablos! —masculló Ashley.

—Sí, diablos —repitió él, mientras se frotaba el pecho, allí donde le había salpicado el café—. Estoy buscando a Nick.

—¿A esta hora de la mañana?

—Perdone, pero él me dijo que viniera «a esta hora de la mañana».

El hombre estaba ultrajado. «Conque un amigo de Nick,

¿eh?». Ashley dio otro paso atrás, con el ceño fruncido. Podría ser. Lo había visto alguna vez. No muy a menudo; no era de los que se pasaban las horas sentados en la barra, contando sus vidas mientras veían el fútbol de los domingos. Aquél era más reservado. A decir verdad, las pocas veces que había reparado en él le había parecido el típico hombre callado y reflexivo. Siempre lo había visto sentado. En aquellos momentos, pudo comprobar que era alto, debía medir más de metro ochenta de estatura. Era moreno, de ojos oscuros y facciones marcadas, y rondaba los treinta años. Tenía un aire áspero y curtido, como casi todos los que frecuentaban el puerto deportivo. Estaba muy bronceado y muy musculado... con el pecho medio al descubierto y los vaqueros cortos y la camisa abierta, saltaba a la vista, claro. Seguramente, se había echado algo encima sólo porque la ley de Florida exigía vestir camisa y zapatos en cualquier establecimiento público.

–Debería haber llamado a la puerta –lo reprendió Ashley, indignada consigo misma por haberse puesto a la defensiva. Diablos, ella vivía allí.

–Eso iba a hacer... antes de que me abrasaran con café hirviendo.

Estaba insinuando, cómo no, que ella debía disculparse. Ni hablar. Se había asustado, y estaba molesta por ello. Aquélla era su casa, y no tenía por qué prever que podía haber alguien delante de su puerta. Por no hablar de que ella también se había manchado de café.

–¡Maldita sea! –exclamó, al comprender que la mitad de las galletas estaban destrozadas, y que ya estaban atrayendo a las gaviotas. Se lo quedó mirando–. Me ha roto las galletas.

–¿Que le he roto las galletas? –repitió el hombre. A Ashley no le hizo gracia su tono de voz, ni la manera en que contrajo las facciones, con más desprecio que enojo. Estaba incrédulo, como si sus galletas no importaran nada.

Pues importaban; eran un regalo. Sharon se las había dejado en el mostrador con un enorme lazo y el deseo escrito de que pasara un magnífico fin de semana.

—Mis galletas están en el suelo. Son galletas caseras, un regalo —intentó interrumpirse; su enojo por las galletas era absurdo—. No sé dónde están las llaves, llego tarde y, para colmo, tengo que cambiarme de ropa. Aquí no abrimos hasta las once... téngalo en cuenta en el futuro. Nick está despierto; le diré que tiene visita.

—Ha olvidado algo en su evaluación de los daños.

—¿El qué?

—Que me ha abrasado el pecho con el café. Podría demandarla.

—Y yo alegaría que, en su intento de irrumpir en mi casa, ha echado a perder mi camisa.

—Y las galletas, por supuesto.

—Y las galletas. Así que, adelante, demándeme.

Ashley dio media vuelta, entró en la casa y le cerró la puerta en las narices deliberadamente.

—¡Nick! —llamó a su tío—. ¡Aquí hay alguien que quiere verte! Un estúpido de tres pares de narices —añadió entre dientes.

No esperó a ver si Nick contestaba. A toda prisa, atravesó las habitaciones privadas contiguas al restaurante, entró en su cuarto, se cambió de ropa y volvió a salir. Al parecer, Nick la había oído, porque el hombre estaba de pie en la cocina. Su tío parecía conocerlo, porque estaban charlando y tomando café. Cuando ella pasó veloz junto a ellos, se interrumpieron. El hombre moreno la observaba como si estuviera formándose un criterio de ella, aunque Ashley ignoraba cuál sería, y tampoco le importaba. Nick nunca le había exigido a ella, ni a ninguno de sus empleados, que fuera simpática con las personas sólo porque eran clientes.

—Ashley... —empezó a decir Nick.

—¿Dónde está Sharon? ¿Se ha levantado ya? Quiero darle las gracias por las galletas —dijo, y clavó la mirada en el recién llegado. Pudo verlo mejor. Un tipo duro, de cuerpo fuerte, rostro agradable, modales fluidos, controlados y rotundos. Seguramente, se creía un regalo de Dios para todas las mujeres.

Deliberadamente, desvió la mirada y la posó en su tío.

–Sharon no ha pasado aquí la noche. Esta mañana tiene una reunión de trabajo y quería prepararla –dijo Nick–. Ashley, si tienes un segundo...

–No puedo. Pillaré el atasco si no salgo ya. Te quiero.

Grosera, tal vez, pero no estaba de humor para presentaciones ni palabras de cortesía.

–Conduce con cuidado –le advirtió Nick.

–Por supuesto. Ya me conoces –le dio un beso en la mejilla–. Adiós.

Una vez fuera, recogió todo lo que se le había caído salvo, por supuesto, las galletas desperdigadas, que habían alimentado a media docena de gaviotas. Oía a Nick disculpándose ante el hombre en nombre de ella.

–No sé qué mosca le ha picado esta mañana. Ash suele ser muy agradable.

«Lo siento, Nick», pensó. Confiaba en que el tipo no fuera un buen amigo suyo.

Llegó con quince minutos de retraso a recoger a Karen, y con veinticinco a recoger a Jan. Aun así, una vez que estaban las tres en el coche, la demora no parecía tan grave, y la tensión y el enojo que la habían invadido se disiparon con rapidez. Aún faltaban unos veinte minutos para la hora punta. Tanto Karen como Jan estaban de un humor excelente, encantadas de pasar juntas aquel fin de semana. Se había salvado media caja de galletas, y Jan se había abalanzado felizmente sobre ellas.

–Eh, pásamelas –le dijo Karen a Jan.

–Perdona, tú vas delante, yo voy con las galletas –replicó Jan, sonriendo, pero le pasó la caja a Karen. Esta se la ofreció primero a Ashley, que iba al volante.

Ashley lo negó con la cabeza.

–No, gracias –tenía la mirada puesta en la carretera. Hasta el momento, circulaban sin problemas por la I-95.

–Así es como Ashley conserva la línea –comentó Jan–. Se tiene ensayadísimo el «no, gracias».

–Porque va a ser poli –dijo Karen. Ashley rió.

—Porque ya me he atiborrado de galletas antes de salir de casa —les dijo. Y era cierto. Antes de que sirvieran de desayuno a los pájaros, había tomado varias.

—¿Serán dietéticas? —preguntó Karen en tono esperanzado.

—Imposible. Lo delicioso nunca es dietético —dijo Jan con un suspiro—. Pero compensaremos el exceso. Nos registraremos en el hotel, iremos a la piscina, nadaremos sin parar y pasearemos por los parques temáticos.

—En los parques tomaremos más golosinas —se lamentó Jan—. Vaya, Ashley, tenías que traer estas galletas, ¿eh?

—Si no las hubiera traído, nos habríamos parado a tomar algo muy grasiento en una de las áreas de descanso —le aseguró Ashley—. Iba a traer más, suficientes para todo el viaje.

—¿Qué pasó?

—Se me cayeron. Bueno, tropecé con un tipo que estaba buscando a Nick y se me fueron de las manos. La culpa fue de él, no mía.

—De todas formas, tendremos que parar... para tomar café con las galletas —le recordó Karen—. Y mejor que sea ahora mismo. Ni un mordisco más hasta que no tomemos una buena taza de café.

—O leche —dijo Jan.

—La leche se toma con las Oreo —dijo Karen—. El café, con las galletas de chocolate.

—Yo ya he tomado café pero... qué más da —murmuró Ashley.

—¿También se te cayó?

—Sí —sonrió a Jan por el espejo retrovisor—. Mejor dicho, nos cayó encima a los dos, a él y a mí. Tuve que cambiarme. Por eso he llegado tarde.

—¿Era amigo de Nick? —preguntó Jan—. ¿Se enfadó?

—Oye, ¿era mono o un carcamal? —preguntó Karen.

—No creo que conozca mucho a mi tío, pero lo he visto en el bar otras veces. Creo que estaba enfadado, pero la culpa fue suya.

—¿De que le tiraras encima el café? —dijo Jan.

—Bueno, estaba allí, delante de la puerta. ¿Quién abre la puerta de su casa y espera encontrarse a un enorme desconocido antes de las seis de la mañana?

—Bueno, tú deberías —señaló Karen—. Todos esos viejos marineros que viven en casas flotantes en el puerto deportivo saben que Nick madruga y prefieren tomarse vuestro café que el suyo.

—Entonces, Ash, ¿empezaste la mañana abrasando a un carcamal? —preguntó Jan—. No es propio de ti. Casi todos los clientes de tu tío creen que eres un ángel y que Nick es muy afortunado por tenerte.

—Espero que no le fallara el marcapasos por tu culpa —comentó Karen.

—Dudo que tenga marcapasos —dijo Ashley.

—Entonces, ¿no era un viejo cascarrabias? —preguntó Jan, animándose.

—Era un joven cretino —contestó.

—Oye, no has llegado a decirme si era mono o no —le reprochó Karen.

Ashley vaciló; tenía el ceño fruncido. No prestaba mucha atención a todos los clientes que entraban en Nick's... ya no ayudaba tanto como en años anteriores. Pero era una persona observadora. Reparaba en los rostros porque le encantaba dibujar, y solía recordar los rasgos con mucha nitidez. Le parecía extraño haberlo visto antes y no haberse fijado en él.

—No se me ocurriría decir que es «mono» —le aseguró a Karen.

—Lástima. Empezaba a pensar que merecería la pena pasarse por Nick's —dijo Jan con tristeza.

—Oye, no ha dicho que no fuera interesante —observó Karen.

—No es el tipo de hombre que a mí me interesaría —dijo Ashley.

—¿Porque ha sido grosero? —preguntó Jan—. Por lo que nos has contado, tú tampoco has sido doña Modales.

Ashley movió la cabeza.

—Yo no he sido grosera. Bueno, sí, lo he sido. Quizá hasta debería haberme disculpado. Pero tenía prisa, y me sobresaltó... incluso me asustó un poco. Es... oscuro.

—¿Oscuro? ¿Hispano, latino, afroamericano? —dijo Karen, confundida.

—No, oscuro... en el sentido de intenso.

—Ah, intenso —dijo Karen.

—Bueno, también es oscuro. El pelo, los ojos. Y está muy moreno. Deben de gustarle los barcos, o el agua, o el sol.

—Mmm... Suena sexy. El tipo «oscuro».

—¿Tenía buen cuerpo? —preguntó Karen.

—Sí, supongo que sí.

—Quizá empiece a pasarme más veces por Nick's —dijo Karen.

—Ni que te hiciera falta buscar hombres —señaló Jan.

—Pues sí. ¿A quién conozco en la escuela primaria? Tú lo tienes fácil, porque te pones trajes sensacionales y cantas delante de mucha gente. A ti sí que no te hace falta buscarlos.

—Buscar es fácil; están por todas partes. Lo difícil es encontrar a los que valen la pena —repuso Jan.

—Bueno, entonces, olvidaos de Nick's. ¿No dicen todos los psicólogos que no hay que buscar pareja en un bar? Hay que conocerlos en la bolera, o algo así —apuntó Ashley.

—No me gustan los bolos —comentó Karen.

—Entonces, no deberías buscar a un hombre en una bolera. Ya está: «Cómo no ligar en dos lecciones» —concluyó Jan—. Entre las tres, podríamos resolver los grandes problemas del mundo.

—Eh, yo resuelvo los problemas de niños de entre seis y doce años todos los días —le recordó Karen—. Soy responsable de inculcar valores morales a los futuros votantes de este país. Ashley se pasa el día aprendiendo a disparar y a tratar con la escoria de este mundo. Este fin de semana, debemos olvidarnos de los asuntos serios y preocuparnos de otros asuntos cruciales: nuestro bronceado y el tamaño de nuestros glúteos.

—No pidamos demasiado —dijo Jan—. Me conformo con

poder bailar unos minutos con unos cuantos desconocidos aseados. Necesito una galleta.

–Por mí, estupendo –dijo Karen–. Pero... ¿el tamaño de nuestros glúteos? Yo también tomaré otra galleta antes del café, porque tardaremos al menos veinte minutos en llegar al área de descanso.

Ashley advirtió, con una rápida mirada a su amiga, que Karen mordía con delicadeza un trozo de galleta y la masticaba despacio, saboreando cada bocado. Así, concluyó, era como Karen se mantenía casi perfecta. Comía de todo, pero se tenía muy aprendido el arte del mordisqueo. Karen podía pasarse una hora saboreando una galleta. Era menuda, de enormes ojos celestes y una melena de pelo rubio casi platino natural, prueba de un lejano antepasado nórdico, junto con su apellido, Ericson. Jan, por el contrario, era morena, de ojos oscuros, de un metro setenta y tres, y tan briosa como sugería su apellido latino, Hevia.

Por su parte, Ashley era una pelirroja de ojos verdes, obsequio de la familia de su madre, los McMartin, ya que se apellidaba Montague. La familia de su padre era principalmente francesa, con un toque cherokee y seminola, gracias a lo cual Ashley tenía muy pocas pecas en la nariz y podía broncearse sin ponerse como un cangrejo. Con su metro sesenta y cinco de estatura, era el término medio de Jan y Karen. Las tres eran amigas desde la escuela primaria, y habían compartido sueños, victorias y fracasos sentimentales desde entonces. Hacía tiempo que llevaban planeando aquel fin de semana, desde que sus vidas adultas las habían conducido por direcciones diferentes. Karen era maestra y estaba haciendo un máster. Jan era cantante y, aunque no esperaba alcanzar el renombre de una megaestrella, empezaban a solicitarla como número de apertura en espectáculos de todo el país. Ashley estaba en su tercer mes de la academia de policía de Metro-Dade, y se había entregado a cada clase, aprendiendo cada sutileza de la ley, los derechos y la legítima defensa.

—¿Crees que Sharon y tu tío Nick acabarán casándose? —preguntó Jan, inclinándose hacia delante.

Sharon Dupre, la cocinera de las galletas divinas, llevaba saliendo con Nick casi un año.

—Quién sabe —respondió Ashley, lanzando una mirada al reloj—. Nick es un solterón empedernido. Le encanta pescar, atender su restaurante y, supongo que, mientras que Sharon tolerara sus costumbres, lo suyo podría funcionar.

—Bueno, Nick tendrá que tolerar los horarios de Sharon en la inmobiliaria —dijo Karen.

—Cierto —corroboró Ashley—. No parece molestarlo. Nick es de ésos que viven y dejan vivir.

Lo sabía muy bien, ya que se había criado con su tío. Solía entristecerla no conservar apenas recuerdos de sus padres. Habían fallecido en un accidente de tráfico cuando ella tenía tres años. Adoraba a Nick, había cumplido el papel de ambos padres con amor y ternura, y no había nada que más deseara para él que la felicidad tranquila con la que siempre había vivido. Tanto si eso incluía un matrimonio con Sharon o no, la decisión tendría que tomarla él.

—Deberías haber ingresado en el cuerpo de Coral Gables, Ashley, o incluso en el de Miami Sur, y no en el de Metro, Ashley. ¿En qué estabas pensando? Coral Gables tiene unos tipos muy monos. Y son amables.

—Sí, los policías de Metro pueden ser unos cretinos —corroboró Karen.

Ashley enarcó una ceja y miró a Karen a los ojos.

—Crees que son cretinos porque uno te puso una supermulta —el condado de Miami-Dade, también conocido como la zona de Gran Miami, se componía de más de dos docenas de pequeñas ciudades, pueblos y municipios. Algunos tenían sus propios cuerpos de policía, con comisarías que se ocupaban de todo tipo de delitos, desde imprudencias hasta asesinatos, mientras que otros dependían del cuerpo metropolitano, que cubría todo el condado, para sus departamentos de homicidios y medicina forense. Ashley siempre había querido trabajar en la fuerza policial que cubría toda la zona en la que llevaba viviendo toda su vida–. Hay buenos agentes... e incluso agentes monos en todos los cuerpos.

–Y tú ibas zumbando por la autovía cuando te pusieron la multa –dijo Jan–. Cuando Ashley tenga su propio coche patrulla y necesite poner multas, sólo tendrá que aparcar cerca de tu casa y esperar a que salgas a ciento cuarenta por hora.

–No voy tan deprisa –protestó Karen–. ¡Y mira! ¡Ashley está excediendo el límite de velocidad!

–Sólo por tres kilómetros –dijo Jan–. Cuidado o acabaremos yendo a Orlando a paso de tortuga.

Ashley ya había empezado a pisar el freno.

–¿Lo ves? –dijo Jan.

–No, no, ahí pasa algo –dijo Ashley con el ceño fruncido.

Los coches que circulaban delante de ella estaban frenando con grandes chirridos. Detrás, dos coches, en su intento de detenerse, habían estado a punto de precipitarse contra la mediana.

Ya casi habían llegado al peaje. La autovía tenía cinco carriles en cada sentido, y el acceso a la autopista quedaba un poco más allá. El tráfico de primera hora de la mañana, tan fluido hasta aquel momento, era, de pronto, un caos.

–¿Qué diablos pasa? –murmuró Ashley. Ciñéndose a la cola de los coches que la precedían, vio dos vehículos accidentados. Estaba fuera de servicio y todavía en la academia, pero si había tenido lugar un accidente y todavía no había acudido ningún agente, según las normas, estaba obligada a parar hasta que pudiera presentarse un policía de servicio. Justo cuando se le ocurrió la idea, Karen, que había considerado la posibilidad de estudiar Derecho en lugar de Magisterio, le leyó el pensamiento.

–No, no hace falta que paremos. Ya hay un coche de policía un poco más allá.

Fuera cual fuera la causa del accidente, había ocurrido pocos minutos antes. Los carriles aún no estaban cortados, de modo que el agente acababa de llegar. Los conductores de los dos vehículos habían salido de sus coches. Uno estaba sentado en la mediana, con el rostro entre las manos. El otro, estaba de pie junto a su coche, contemplando la carretera.

El accidente había tenido lugar en el carril extremo izquierdo. Ashley estaba conduciendo por el contiguo. Al pasar delante, miró hacia su izquierda, y advirtió con gratitud que ningún conductor daba muestras de haber sufrido daños.

Pero alguien, sí. Al circular a paso de tortuga por el carril, profirió una exclamación. Había un hombre en la autovía, tumbado en el carril, desnudo salvo por los calzoncillos blancos. Estaba boca abajo, con la cabeza girada hacia un lado, aparentemente muerto.

Ashley había cumplido todos los requisitos para ser policía. Había superado todas las pruebas, había visto todos los vídeos de los horrores con los que un policía debía enfrentarse en algún punto de su carrera. Pero ver al hombre tumbado en la autovía, desnudo salvo por su ropa interior, no dejaba de ser chocante y terrible.

—Dios mío —susurró Karen.

—¿Qué pasa? —inquirió Jan, mientras levantaba la cabeza.

Con las manos pegadas al volante Ashley fijó la escena en su cerebro. Primero, el área más inmediata; la posición de los dos vehículos accidentados. El policía y el coche patrulla recién llegados. El cuerpo tendido, desnudo salvo por los calzoncillos blancos. La cabeza, de medio lado. La sangre, surrealista en la piel y en el asfalto. Al otro lado de la mediana, los coches circulando a gran velocidad. Más allá de los carriles contrarios, una persona en pie, contemplando el tráfico como si estuviera esperando a que cambiara el semáforo.

Ashley pasó delante del cuerpo. Seguía grabado en su cerebro, tan nítido y vívido como una fotografía. El resto se fundía, se emborronaba. Los coches de los carriles del sentido contrario formaban un caleidoscopio de color. La figura en pie, contemplando la escena...

Una persona sin rostro. Vestida de... negro, pensó. ¿Un

hombre? ¿Una mujer? No lo sabía. ¿Había tomado parte en lo ocurrido? ¿Era un amigo del hombre muerto?

—¿Qué? ¿Qué diablos pasa? —inquirió Jan desde el asiento de atrás.

—Un cadáver. Un cadáver en la autovía —dijo Karen con voz entrecortada.

—¿Un cadáver? —Jan volvió la cabeza. Ya había quedado atrás.

—Debería dar la vuelta —dijo Ashley.

—¡Y un cuerno! El policía que intenta remediar la situación y el tráfico se pondrá hecho una furia si, además, tiene que vérselas contigo —dijo Karen. Y tenía razón; ya había un agente en el lugar del accidente; el tráfico se estaba embotellando y, para cuando pudieran alcanzar una salida, dar la vuelta y regresar, ya habría llegado la ambulancia y más policías, incluso los especializados en accidentes de tráfico—. Tienes que olvidarlo —dijo Karen con severidad—. Por favor, Ashley. ¿Cuántas vacaciones pasamos juntas? Y, en serio, aquí hay accidentes todos los días. Y también fatales. Es triste, pero cierto. No estás de servicio. Ni siquiera eres una policía en toda regla. Y si empiezas a tomarte a pecho cada suceso que presencies, vas a ser una policía terrible, porque te implicarás emocionalmente en cada incidente cuando lo que se te pide es que estés alerta a todo.

Lo que Karen decía tenía mucho sentido.

—Ni siquiera he visto el muerto —dijo Jan.

—Tienes suerte —replicó Karen, y tragó saliva. Ashley se alegraba de que, a pesar de sus palabras, Karen se hubiera quedado tan afectada como ella por la escena—. Hay accidentes todos los días —repitió—. La gente muere, y seguirá muriendo —le dijo a Ashley con severidad.

Ashley le lanzó una mirada.

—No mueren en calzoncillos en la autovía todos los días.

—¿Salió de uno de los coches? —preguntó Jan.

—Tal vez, pero ¿cómo? —dijo Karen.

—Quizá estuviera en uno de los asientos de pasajero y saliera despedido por el impacto —sugirió Jan.

—¿Iba en coche en calzoncillos? —dijo Ashley.

—Eh, estamos en Florida del Sur. Pasa un poco más de tiempo en los clubes de South Beach —dijo Jan—. Quizá fuera por ahí como Dios lo trajo al mundo, vete tú a saber.

—Dudo que estuviera en uno de los coches —dijo Ashley, al recordar las posiciones relativas de los coches y del cuerpo.

Jan la miró con incredulidad.

—Entonces, ¿estaba cruzando la autovía en calzoncillos?

—Quizá digan algo en las noticias —Karen cambió la frecuencia de pop-rock que tenían por la de la emisora de noticias de veinticuatro horas. El locutor estaba haciendo un recuento de lo ocurrido en Washington pero, después, pasó a hablar del tráfico.

—Ha tenido lugar un accidente en la I-95, en el ramal norte, un peatón atropellado —dijo una agradable voz femenina—. Los dos carriles de la izquierda están cerrados, así que estén alerta y reduzcan la velocidad al acercarse al peaje.

Para entonces, ya habían llegado a la entrada del peaje. Ashley insertó algunas monedas en la máquina y se incorporó nuevamente al tráfico, consciente de que Karen la miraba fijamente.

—Tendremos que olvidarlo y pasar un buen rato —insistió Karen con firmeza.

Ashley asintió. Intentó guardar silencio; después dijo:

—Es muy raro. ¿Qué hacía un hombre atravesando la autovía en calzoncillos?

—Debía de estar drogado —dijo Jan desde el asiento de atrás.

—Sí —corroboró Karen—. ¿Por qué si no intentaría alguien cruzar diez carriles de tráfico... con o sin ropa?

—Ashley, el lunes por la mañana, cuando vuelvas a la academia, alguien podrá contarte algo sobre el accidente.

—Sí, tienes razón.

—Y, hasta entonces, no puedes hacer nada —añadió Karen.

—Sí que puedo.

—¿El qué?

—Parar en la primera área de descanso, comprarme un capuccino, un sándwich grasiento y dejar de temblar.

—Me apunto —dijo Jan—. Pero me conformaré con café y estas galletas.

Llegaron a la zona de restauración unos treinta minutos más tarde, todavía abatidas, pero intentando recuperar el ánimo festivo. Mientras Ashley y Jan hacían cola para comprar la bebida y la comida, Karen recogía folletos de Orlando y de su multitud de atracciones para turistas. Cuando por fin se sentaron, Jan se abalanzó sobre el folleto del espectáculo de los Jinetes Árabes.

—Nunca lo he visto. Pero me encantaba la época medieval, y aquí hay caballos.

—Y hombres —dijo Karen—. Pero ¿no íbamos a salir a bailar? Ya sabes, a la Isla del Placer o a algún lugar así.

—Una noche de baile, una noche viendo a tipos magníficos montando a caballo —dijo Jan.

Ashley apenas les prestaba atención. Había sacado un lápiz y estaba haciendo un dibujo en su servilleta.

Una mano cubrió la de ella, deteniendo el movimiento del lápiz. Ashley alzó la vista y sorprendió la mirada de Karen.

—Es escalofriante... Demasiado parecido a lo que acabamos de ver —le dijo. Jan le quitó la servilleta y se estremeció.

—¿Qué vamos a hacer, Ashley? Tienes que olvidarlo —volvió a mirar el boceto—. Menos mal que estaba escogiendo una galleta. Sólo de ver el dibujo me entran escalofríos.

—Deberías haberte quedado en la escuela de arte —dijo Karen—. Un dibujo en una servilleta... y es igualito a la realidad. Por favor, Ashley...

Ashley arrugó la servilleta.

—Perdón —murmuró con culpabilidad. Sus amigas tenían razón; no podía hacer nada para evitar lo sucedido.

Y estaba destinada a ver cosas peores como policía.

—No has renunciado al dibujo, ¿verdad? —le preguntó Jan—. Eres buena, muy buena. Nunca había visto a nadie que pudiera retratar tan bien a la gente.

—Nunca renunciaré al dibujo —dijo Ashley—. Me encanta. Pero es que...

—Le gusta la idea de tener un sueldo —dijo Karen con un suspiro. Jan se volvió hacia Ashley.

—Podrías haberte ganado un sueldo como artista, te lo digo yo.

—La escuela de Bellas Artes era muy cara —dijo Ashley.

—No aceptaste esa beca porque temías que Nick quisiera ayudarte y no pudiera permitírselo —intervino Karen.

—Nick jamás me impediría que hiciera realidad mi sueño —replicó Ashley en actitud defensiva. Y era cierto. Sabía que Nick se había llevado una decepción cuando ella había rechazado la beca que le había ofrecido una prestigiosa institución de Manhattan. Pero a pesar de la beca, los gastos de vivir y estudiar en Nueva York, aunque fuera en un colegio universitario, habrían sido demasiado elevados. Podría haberse buscado un trabajo a tiempo parcial, pero no habría bastado. Nick habría intentado ayudarla pero, con la caída del turismo, posiblemente, se habría buscado la ruina.

—Mirad, me encanta dibujar, pero siempre he querido ser policía. Mi padre era poli, ¿recordáis?

—Ninguna de nosotras lo recuerda —dijo Karen—. Fue hace mucho tiempo.

—Yo recuerdo que quería a mis padres y que admiraba a mi padre —dijo Ashley—. Y la labor policial es fascinante.

—Sí, fascinante. Irás en un coche patrulla, tratando de alcanzar a los conductores bala como Karen —bromeó Jan. Karen la fulminó con la mirada.

—Muy graciosa, Jan, muy graciosa.

—Lo siento.

—En serio, estoy haciendo lo que quiero —insistió Ashley.

—Bueno, a ver, ¿qué hacemos esta noche? ¿Caballos o baile? —dijo Karen.

—Echémoslo a cara o cruz... —sugirió Ashley. Arrugó el envoltorio de su sándwich y la servilleta en la que había estado dibujando—. ¿Listas para seguir el viaje?

—¿Quieres que te releve al volante? —se ofreció Karen. Ashley lo negó con la cabeza.

—No, estoy bien.

En lo concerniente a conducir, estaba bien. Sin embargo... tenía la sensación de que el cadáver de la autovía quedaría grabado en su memoria para siempre.

Nick estaba detrás de la barra, lavando vasos, cuando Sharon Dupre entró en el local. Entró deprisa, confiando en que Nick no le preguntara dónde había estado. Le había prometido ayudarlo con la clientela del almuerzo, pero no había llegado a tiempo.

Nick no la interrogó. No debería haberla sorprendido, pensó Sharon al ver su acostumbrada sonrisa. Nick no era un tipo celoso. Si ella no disfrutaba de su compañía y quería salir, podía hacerlo en cualquier momento. Si se sentía a gusto con él, Nick estaba encantado de tenerla a su lado

—Eh, ¿qué tal te ha ido el día? —preguntó Nick.

—Estupendo.

—¿Has vendido algo?

—He enseñado dos casas de lujo, pero no tengo ninguna oferta... todavía.

—Lleva tiempo.

—¿Ha llamado Ashley? ¿Han llegado ya al hotel?

Nick movió la cabeza.

—No me llamará hoy a no ser que tenga algún problema. Mañana sabremos algo. Oye, le encantaron las galletas. Te lo dirá ella misma, cuando vuelva.

—Me alegro.

Sharon dejó el bolso detrás de la barra y le dio un beso. Estaba muy nerviosa, y no era habitual en ella. Siempre era dueña de sí.

Empezó a apartarse, pero Nick la retuvo y le dio un beso más fuerte y mucho más sugerente. Cuando la soltó, Sharon se sonrojó.

—Sandy Reilly acaba de entrar, ¡y nos está mirando!

—Sandy es más viejo que Matusalén, y le estamos reavivando sus recuerdos de aventura, emoción y placer sexual —repuso Nick.

—Eh, vosotros, relajaos —dijo Sandy—. Ya es hora de que se sirva algo en este local. El más viejo que Matusalén tiene un oído muy fino, y necesita una cerveza.

Sharon y Nick se apartaron, los dos riendo. Nick dijo:

—Invita la casa, Sandy.

—Gracias a Dios por los pequeños obsequios como ése —dijo Sandy, y movió su cabeza canosa—. No me vendría mal una bien fría.

—Te veo desesperado, Sandy.

—Y lo estoy. Ahora sé por qué vivo en un barco. He ido a pagar unas facturas y he tardado años en llegar. El tráfico es insufrible.

—¿Peor de lo normal? —dijo Nick.

—Diablos, sí; parece que todos los chiflados del mundo hubieran decidido sacar hoy el coche. No pienso conducir más en todo el día. Prepárate a servir cerveza, Nick. Prepárate.

Bajo el agua, Jake Dilessio podía oír el ruido de la rasqueta contra el casco del barco. Un sonido extraño, más parecido a frotar que a rascar. Terminó de arrancar los últimos percebes justo cuando se quedaba sin aire. Tras ascender la corta distancia que lo separaba de la superficie, se aferró con una mano a la escalerilla del Gwendolyn, tomó aire y se quitó las gafas de buceo. Chorreando, trepó por la escalerilla y saltó a bordo de su casa flotante.

Percibió el remolino de movimiento antes de que su atacante lo alcanzara. Los reflejos eran el resultado de la tensión constante, los años de adiestramiento y la oleada de adrenalina. Al ver el puño que salía disparado, se agachó. Al instante siguiente, se enderezó y lanzó su gancho izquierdo. Tuvo suerte y golpeó a su misterioso oponente directamente en la mandíbula.

Para sorpresa de Jake, el hombre, vestido con camisa blanca, pantalones azules de pinzas y náuticos, permaneció caído sobre la cubierta. Algo parecido a un gemido brotó de sus labios mientras inspiraba con dificultad y se incorporaba sobre una mano y las rodillas para frotarse la mandíbula.

—Diablos —masculló Jake con suavidad—. ¿Brian?

—Te estabas acostando con ella —lo acusó el hombre.

Jake se inclinó y ayudó a su atacante a levantarse. Era casi de su misma estatura, esbelto, bien proporcionado y, en circunstancias normales, bastante atractivo; el típico surfista rubio de ojos azules acosado por las mujeres. En aquellos momentos, tenía los ojos enrojecidos e hinchados de tanto llorar, y la inflamación de la mandíbula deformaba las facciones clásicas de su rostro.

—Brian, ¿qué diablos haces aquí? —le preguntó Jake en voz baja. La adrenalina había sido reabsorbida por su cuerpo, y tenía la sensación de haberse desinflado—. Entra, te daré un poco de hielo para esa mandíbula.

Brian Lassiter siguió a Jake al interior del salón de su barco. Diseñado con eficiencia, el Gwendolyn contaba con una amplia habitación principal que hacía las veces de cocina y salón-comedor. Unos peldaños descendentes conducían al camarote de popa, y otros, ascendentes, al camarote principal de proa.

Hizo pasar a Brian, lo condujo a una banqueta de la barra y abrió el congelador para sacar hielo. Envolvió unos cuantos cubitos en un paño y se los pasó a su visitante.

—Toma, ponte esto en la mandíbula. Te haré café.

—No necesito café.

—Y tanto que sí.

—Como si tú nunca hubieras tomado unas copas de más.

—He tomado unas copas de más unas cuantas veces de más. Y he hecho muchas estupideces. Pero mira que arremeter contra mí en este estado... Diablos, podría haberte matado.

—Sólo quería tumbarte una vez —dijo Brian y su voz se redujo a un sollozo—. Sólo una vez. Te estabas acostando con ella.

Jake había llenado la cafetera. Pulsó la tecla con fuerza y se dio la vuelta.

—Brian, no me estaba acostando con ella.

—Mientes. Y ahora no tienes por qué contarme la verdad, porque Nancy está muerta.

—Cierto —dijo Jake, con voz queda y letal—. Nancy está muerta.

—Y si hubieras estado acostándote con ella, nunca me lo dirías, porque ahora es imposible que averigüe la verdad.

Jake contuvo el mal genio.

—Creo que los dos recordamos la investigación. Fue un asunto sucio y desagradable, pero dejó clara una cosa, Brian. No estuvo conmigo esa noche —la noche de su desaparición, Nancy había mantenido lo que el forense denominó «relaciones sexuales voluntarias» con un hombre. Jake se había ofrecido a ser analizado, para demostrar que no había estado con él.

—Pues, desde luego, no estuvo conmigo —replicó Brian con amargura—. Y, de todas formas, ella te quería.

—Éramos amigos, Brian.

—Amigos. Sí —guardó silencio un momento—. Todavía crees que yo tuve la culpa.

—Yo nunca he dicho eso.

—¿Que nunca has dicho eso? Y un cuerno. Cada vez que me mirabas durante la investigación, me acusabas con los ojos.

Brian había bebido demasiado. Jake movió la cabeza; comprendía el sentimiento. De vez en cuando, a él también le apetecía empinar el codo.

—Brian, te equivocas. No sabes lo que dices.

—Accidente. Dijeron que fue un accidente. Pero tú... tú nunca lo creíste.

—Brian, creo que tenías la culpa de ser un perfecto idiota de vez en cuando, pero no de que muriera tu esposa, ¿de acuerdo?

—Yo no la obligaba a nada, tío. Nunca la obligué a tomar drogas, y cuando estábamos juntos, nunca nos emborrachábamos.

—Brian, estás en la fase llorona de una curda; no piensas con claridad. Nadie insinuó que la obligaras a hacer nada. Eras un idiota y, sí, ella se enfadaba mucho contigo. Pero te quería, ¿me oyes? Por Dios, Brian, ha pasado mucho tiempo. ¿A qué diablos viene esto ahora?

—¿No lo sabes? Tío, ¿cómo has podido olvidarlo?

Jake se lo quedó mirando. Lo sabía. Lo sabía cada año que pasaba.

—Su cumpleaños —dijo con suavidad.

—Sí. Habría cumplido treinta, Jake. Treinta. Maldición. Tenía veinticinco.

Jake se recostó en el mostrador; tenía la sensación de llevar un cable de alta tensión enroscado en el estómago.

—Veinticinco, y ninguno de los dos podemos hacer nada. Lleva muerta casi cinco años, Brian. Y, si no he oído mal, hace dos que vives con una azafata.

—Sí, estoy viviendo con una azafata —corroboró Brian, y movió la cabeza—. Una buena chica. Debería casarme con ella, pero cada vez que estoy a punto... —dejó la frase en el aire, y una expresión de dolor que no tenía nada que ver con su mandíbula hinchada afloró en su rostro—. Diablos, empiezo a preguntarme si Nancy vivirá conmigo para siempre, si no seguiré despertándome por la noche pensando que me está mirando, pensando que... Diablos.

El café estaba hecho; Jake sirvió una taza. Brian había dado en el clavo... en lo referente a ambos, aunque él no lo supiera.

Jake tenía esa misma sensación. Todavía sentía la presencia de Nancy. Le llevó a Brian el café.

—Brian, Nancy no va a volver. Y, serénate. ¿Sabes cuánto tiempo ha pasado? Nadie piensa que tú la mataste.

—No, que la maté, no. Pero que provoqué su suicidio.

—Nancy no se suicidó. Yo lo sé, y tú también. Ahora, tómate el café y, por favor, dime que no has venido en coche.

—¿Por qué? ¿Vas a detenerme por eso? —replicó Brian en tono beligerante.

—No, sólo voy a rezar para que no hayas dejado ningún cuerpo roto por el camino.

Brian bajó la cabeza.

—No, no he venido en coche. Tomé unas cuantas copas en un bar del centro de la ciudad, y un amigo me llevó a Nick's. Me senté en la terraza y allí me tomé otras cuantas cervezas. No he conducido.

—Bien. Termínate el café y te llevaré a casa.

Brian se lo quedó mirando, moviendo la cabeza.

—Sé que Nancy venía a verte a todas horas. Por eso, a veces, me pregunto... Diablos, con todo lo que debió de contarte... ¿por qué no vas y me haces pedazos?

—Matarte va contra la ley. Además, soy policía. Eso empeoraría las cosas.

Brian intentó esbozar una sonrisa, pero le salió una mueca.

—Sí, pero podrías darme una paliza en legítima defensa. Te he dado motivos un par de veces. ¿Por qué no lo haces? ¿Temes sentirte culpable?

—No —dijo Jake con rotundidad.

—¿Entonces...?

—Nancy te quería. Y yo la quería a ella —Brian alzó la vista, sobresaltado, y Jake se apresuró a puntualizar—. No he dicho que me acostara con ella, Brian, sólo que la quería. Y ella siempre creía que había algo bueno en ti. Sólo Dios sabe qué, pero algo habrá. Así que... termínate el café, que te llevo a casa.

Brian se lo quedó mirando, bajó la cabeza y asintió. Se tomó el café y pidió otra taza en voz baja. Después, entró en el baño de proa y se aseó un poco.

Brian se había dejado la chaqueta en Nick's. Se pasaron a recogerla.

Nick estaba detrás de la barra, trabajando con Sharon, la

mujer con la que había estado saliendo durante casi un año y de la que, como el propio Nick le había confesado a Jake, se había enamorado. A su edad. Amor. Ella toleraba su horario de trabajo casi continuado. De hecho, se compaginaban bien, porque Sharon trabajaba para una inmobiliaria y lo mismo estaba ocupada de sol a sol que no tenía nada que hacer. A Sharon le gustaba la política, y quería presentarse a las elecciones municipales.

Jake creía que no pegaban mucho, pero ¿qué diablos sabía él?

Nick enarcó una ceja cuando lo vio entrar con Brian.

—¿Va todo bien?

—Perfectamente.

—No podría ir mejor —dijo Brian.

—¿No habrás venido a tomar otra copa? —le preguntó Sharon a Brian con recelo.

—Voy a llevarlo a su casa —respondió Jake—. Se ha dejado aquí la chaqueta; sólo hemos venido a recogerla.

—Puedo llevarlo yo, Jake —se ofreció Sharon en voz baja.

—No, gracias, yo lo llevo.

Brian le pasó un brazo por los hombros.

—Jake y yo somos como hermanos —sonrió con sarcasmo—. Yo también lo llevaría a casa si hubiera bebido demasiado. Ya sabes... entre nosotros, no hay tuyo ni mío.

—En marcha, Brian.

Por suerte, Brian recordó la dirección, pues se había mudado a un nuevo apartamento. La azafata se llamaba Norma. Parecía una mujer decente; abrió la puerta con mirada preocupada porque Brian no acertaba a meter la llave, éste logró presentar a Jake sin hacer comentarios sarcásticos. Norma no se parecía en nada a Nancy. Era de corta estatura, rubia y de voz suave. Jake recordaba haber hablado con ella durante un vuelo a la parte norte del Estado; Norma rió y le dijo que también se acordaba de él.

—Diablos, ¿por qué no? —masculló Brian. Aquellas palabras pusieron un ceño de confusión en la frente de la joven, y Jake se sintió tentado a tumbarlo otra vez de un puñetazo.

—Lo meteré en la cama y le quitaré los zapatos —dijo en cambio.

—La primera puerta nada más subir la escalera —le indicó Norma—. Le llevaré unas aspirinas y un vaso de agua. Así se sentirá mejor por la mañana. ¿Se ha caído?

Jake fingió no haberla oído. Brian estaba recostándose pesadamente en él, por lo que tropezó con el primer peldaño. Le levantó los pies y subió deprisa. Brian le sonrió cuando alcanzaron el rellano.

—¿Me he caído? —dijo, riendo, pero el sonido era patético, amargo, dirigido contra sí mismo—. Diablos, sí, me he caído. Con tu puñetazo, ¿no?

—Brian, date un respiro, demonios —masculló Jake.

Jake dejó caer a Brian en la cama de matrimonio y le quitó los zapatos. Estaba a punto de salir cuando Brian dijo:

—Así que... conoces a Norma.

—La vi en un vuelo, Brian.

—Apuesto a que ella también preferiría acostarse contigo.

—No seas pesado —le dijo Jake—. Eres un tipo con suerte. Tenías una esposa sensacional y ahora... parece que esa chica te quiere. No lo eches a perder. Tienes otra oportunidad; no seas idiota.

Se volvió hacia la puerta.

—¿Y a ti qué tal te ha ido, Jake? —le preguntó Brian. Al volver la cabeza, vio que sonreía con pesar—. La ayudante del fiscal. Era una auténtica belleza. Duraste con ella... ¿cuánto? ¿Tres meses? He oído que también hubo una camarera de Hooters, una chica escultural. Saliste con ella ¿cuántas veces? ¿Diez, tal vez? Tú también sigues suspirando por Nan, ¿verdad?

—Brian, duerme la mona. Cinco años es mucho tiempo.

Jake se cruzó con Norma en la escalera.

—Gracias por traerlo a casa.

—De nada.

—El año pasado ocurrió algo parecido. El cumpleaños de su mujer... es lo que dice siempre. Al poco de conocerlo, me enteré de que ella había muerto en un trágico accidente.

Debía de quererla mucho. Oye, ¿te apetece tomar un café o alguna otra cosa antes de irte?

−No, gracias.

−Bueno, gracias otra vez. Has sido muy amable.

−No hay de qué.

−Oye, sí que te recuerdo de un vuelo. Eres policía, ¿verdad?

−Sí.

−Entonces, conociste a la mujer de Brian.

−Sí. Era mi compañera.

Jake no dijo nada más; siguió bajando la escalera y salió de la casa. Cuando regresó a su barco, descubrió que Nick y Sharon le habían dejado un plato cubierto de pasta con camarones.

Estupendo, tenía hambre. Aquel fin de semana se había tomado el viernes libre, pero trasladar el barco lo había mantenido atareado. Comió con fruición.

Se dejó caer sobre la cama, agotado, pero sabía perfectamente que tardaría un rato en dormirse. El cumpleaños de Nancy. Habría cumplido treinta años. Diablos.

Solía ser agradable dormir en una casa flotante. El suave balanceo del barco, la brisa del océano, solían aliviar sus tensiones.

Aquella noche, no.

Dio vueltas un rato, pensando que, quizá, no debería haber optado por pasar la noche solo. Y pensó en las palabras de Brian.

La ayudante del fiscal. La camarera. Sí, había habido mujeres en su vida pero siempre se echaba atrás. Diablos, sí, había estado enamorado de Nancy. Y después de cinco años... ella era un fantasma en su vida. Un espectro. Una memoria, una fragancia. A veces, hasta creía oír su risa.

Comparaba con Nancy a todas las mujeres que conocía, y jamás había visto a nadie remotamente parecida a ella.

A eso de las dos de la madrugada, se levantó de la cama, sacó una cerveza de la nevera y salió a cubierta. Necesitaba sentir la brisa del océano. Inspiró hondo y comprendió que, al igual que Brian, no había superado la muerte de Nancy.

Nancy se perdía, tan femenina, tan hermosa, casi trágica, cuando le hablaba de su vida personal... Después, se ponía firme. Era eficiente en cualquier situación, tan buena como cualquier hombre del cuerpo de policía.

Era su compañera; no podía ocultarle nada a Jake. Si sabía algo, si sospechaba algo...

Pero no había sospechado nada. Al menos, se lo había negado a Jake una y otra vez, aunque quizá se hubiera visto en situación de averiguar algo.

¿Qué diablos habría estado haciendo aquella noche? Había muerto en un coche, con restos de alcohol y de alucinógenos en la sangre. «Muerte accidental», había dictaminado el forense. Había perdido el control del vehículo. No habían encontrado indicios de que el accidente hubiera sido provocado. Aun así, durante la investigación, habían salido a la luz los trapos sucios: la crisis que atravesaba su matrimonio, su estrecha amistad, ¿más que amistad?, con Jake...

Nancy había muerto víctima de un terrible accidente. Jake seguía sin tragárselo. Y nunca había conocido a nadie como ella.

Algo vibró en su mente, un resplandor, una sensación fugaz y extraña. Entonces, se acordó... Horas antes, había tenido una extraña sensación de *déjà vu*, de... recuerdo. A primera hora de la mañana. Quizá hubiera sido porque, inconscientemente, había sabido que era el cumpleaños de Nancy. Pero había visto a una mujer que sí le recordaba a ella. Qué extraño, porque Nan había sido alta, de metro setenta y cinco, morena, esbelta, y no había visto a nadie así.

El parecido no había sido físico, comprendió. Había reconocido la actitud, la autoconfianza, el aplomo, la misma habilidad de Nancy de no ceder, de no arredrarse, de decir lo que pensaba... y, al mismo tiempo, de dejar un rastro de magnetismo a su paso.

La sobrina de Nick; la pelirroja con la que había chocado aquella mañana. No era bajita pero, como mucho, medía un metro sesenta y cinco. La había visto otras veces, hacía años, aunque por aquel entonces, era poco más que una niña. Larguirucha como una palmera, con una mata de pelo y enormes ojos verdes, siempre con prisas.

Hacía varios años que Jake no frecuentaba el local, y ella había cambiado. Ya no era larguirucha, sino sinuosa en los lugares apropiados, y su pelo alborotado era un reclamo sexual. Atractiva, sí. Pero lo que más recordaba de ella era su voz, su indignación. Se mostraba serena y altiva, incluso cuando estaba enfadada, y era capaz de condenar a alguien con los ojos.

Estaba en la academia de policía; Nick se lo había dicho. De modo que iba a ingresar en el cuerpo de Miami-Dade. Estupendo.

Y tenía algo que le recordaba mucho a Nancy...

Maldición. Esperaba sinceramente que no se pareciera mucho a Nancy. Una mujer con demasiada ética, con demasiada determinación... e insuficiente sentido común para amedrentarse.

Ni siquiera la conocía. Su vida no era asunto suyo. Y quizá no se pareciera tanto a Nancy; quizá la hubiera relacionado con ella porque era su cumpleaños.

Comprendía perfectamente a Brian.

Apuró la cerveza. Quería otra. No, no una cerveza, un whisky.

Regresó a la cocina, se sirvió un trago, lo hizo doble. De un modo o de otro, pensaba dormir bien aquella noche.

Ashley, Karen y Jan llegaron a su hotel sin más contratiempos. Se registraron y pasaron unas horas en la piscina, tomando piña colada. Después de darle algunas vueltas, decidieron ir al espectáculo aquella noche y dejar el baile para la noche siguiente.

Los caballos eran magníficos, y pasaron un rato muy entretenido. A la salida, Ashley había recibido un mensaje en el móvil. Al parecer, Len había decidido acercarse a Orlando con sus amigos bomberos. Estarían en una sala de fiestas de swing.

—¿Bomberos? —inquirió Karen.

—No todos son unos mazas irresistibles —le advirtió Jan.
—Podríamos arriesgarnos.
Y eso hicieron.
Encontraron a Len y a sus dos amigos, con los que parecía haber querido equilibrar la cita. Len era alto y atlético, como una roca. Según le había contado a Ashley, empezó a hacer pesas al solicitar su ingreso en el cuerpo de policía, y acabó aficionándose a ellas. Tenía el pelo rubio rojizo, ojos verdes, unas cuantas pecas y treinta y un años; un tipo realmente simpático. Ashley sabía que Len quería llevar su relación más allá de la amistad, pero ella no estaba dispuesta. Por simpático que fuera, no se sentía atraída por Len. Ashley sabía que no debía decirlo, porque sería un duro golpe para el ego de su amigo, así que mantenía la relación platónica alegando que lo más importante para ella era ingresar en el cuerpo y recibir alguna que otra lección de dibujo.
Len parecía haber aceptado que debían ceñirse a la amistad. A veces, incluso la hacía reír hablándole de sus desastrosas citas con mujeres, de su búsqueda de la mujer ideal.
Los dos hombres que lo acompañaban, Kyle Avery y Mario Menéndez, se correspondían con la imagen generalizada del joven bombero curtido.
—Ashley, sabes cómo escogerlos —dijo Karen—. Está de muerte.
—¿Quién?
Karen guardó silencio un minuto.
—En realidad, los tres; pero, sobre todo, tu amigo Len. No entiendo por qué no lo engulles aquí mismo.
—Porque falta algo.
—¿Qué falta? A mí me parece que lo tiene todo.
—Entonces, ve por él —le dijo Ashley. Karen movió la cabeza.
—Demasiado violento. Él te desea a ti.
—Es mi amigo, Karen. Si lo haces feliz, me harás feliz a mí.
—Vamos, vosotras dos. Esto es un club de baile —las interrumpió Jan. Bailemos, y luego hablaremos de psicología, ¿vale?

Tras varias horas de swing en que las tres cambiaron de pareja con frecuencia, Karen alegó estar agotada. Jan, Ashley y ella se dirigieron al servicio de señoras mientras los hombres pedían las bebidas.

—Ashley, estoy tonteando con tu amigo, haciéndome muy feliz y manteniéndote fuera de peligro, pero no estás mostrando el menor interés por nadie —afirmó Karen.

Ashley suspiró.

—Estoy en mitad de la academia e intento echarle una mano a Nick de vez en cuando. No busco una relación. Y se hace tarde. Puede que vuelva al hotel.

—No es tan tarde. Y no tienes que mantener ninguna relación. Diviértete, Ashley. Soy profesora, me paso la vida con niños pequeños. Les enseño el abecedario y el dos más dos, los ayudo a lavarse las manos y a sonarse los mocos todos los días. Hace casi un año que no tengo un novio de verdad... ¡y no echo de menos a ese cretino! Pero sí... la compañía. Está bien, y el sexo. ¿Es que nunca te apetece acostarte con alguien?

—Karen, el sexo es genial. Pero antes te convendría conocer un poco más a Len.

—No sé —bromeó Jan, mientras se retocaba la pintura de labios—. A veces los hombres son mejores cuando todavía no se los conoce.

—Vive en Miami. Podrías llegar a conocerlo —señaló Ashley.

—Ha hablado la madre superiora —suspiró Karen—. Pero no te vayas todavía, ¿vale? Le he dado mi número de teléfono. Y si me llama cuando estemos otra vez en Miami... estupendo. Tiene un trabajo respetable, y es supersimpático. Bebe, pero no mucho, y baila el swing. Ahora, tú sé amable.

—¿Que sea amable? Es mi amigo. Siempre soy amable.

Karen suspiró con impaciencia.

—Quiero decir, que seas amable con los tres. Por favor... Aunque Jan no quiera reconocerlo, está tonteando con Kyle, así que pórtate bien con Mario.

—Ya te lo he dicho. Seré amable.

Se reunieron con los chicos, y Ashley trabó conversación con Mario, que era un poco tímido y reservado. Estaba casado y había salido con sus amigos solteros porque su mujer estaba en Connecticut, visitando a sus padres. Fue un alivio para él contarle que era un recién casado, porque Len y Kyle habían temido que les echara a perder la diversión.

Ashley le habló del accidente que habían visto, y él le contó historias de llamadas que habían recibido sobre la I-95, algunas trágicas, otras singulares. Cuando los demás dejaron de bailar se reunieron con ellos en la mesa, y Ashley se sorprendió repitiendo la historia, pensando que a Len podría interesarle, ya que había tenido lugar en su jurisdicción.

—Ashley, verás accidentes como ése cada vez más a menudo —dijo Len—. En las autovías ocurren cosas terribles.

—Oye —dijo Karen—. Ya habíamos dicho que no íbamos a pensar en eso —se quedó mirando a Ashley, que ni siquiera se había dado cuenta de que había sacado un bolígrafo y de que estaba haciendo un boceto de la escena en una servilleta de papel—. Ashley es una artista —anunció Karen. Miró a Ashley con severidad y dio la vuelta a la servilleta.

—Una artista excelente —corroboró Jan—. Dibuja un rostro, Ashley. Dibuja a Kyle.

Ashley empezó a hacer un boceto del bombero. Los demás se levantaron y se colocaron detrás de ella para ver cómo dibujaba.

—¡Caramba! —exclamó Kyle, mirándola con respeto—. Es genial. Fírmalo; quiero quedármelo.

—¿Me harás uno a mí, por favor? —le pidió Mario.

—¿Qué me dices de Karen y de Jan? —inquirió Len cuando terminó el nuevo retrato, y le pasó un fajo de servilletas.

—Las he dibujado docenas de veces.

—Quizá Kyle y yo queramos quedarnos con sus dibujos —insistió. Karen le dio un codazo con disimulo.

—Por supuesto —accedió Ashley. Terminó los dibujos y los repartió. Kyle movió la cabeza.

—Vaya... Len dice que vas a ser policía, ¿verdad? No tiene nada de malo pero... estos dibujos son geniales.

—Y tiene una memoria fotográfica. Dibuja a alguien que hayas visto hoy... Demuéstraselo —insistió Jan. Karen cubrió la mano de Ashley con la suya.

—La autovía, no —le dijo. Ashley se encogió de hombros.

—Está bien.

—Vosotros seguid; yo iré a pagar.

—Oye, Len, no hace falta.

—Me has dado de comer un montón de veces en Nick's, Ash.

—Eso significa que mi tío te ha dado de comer —protestó.

—No discutas con un agente de la ley —bromeó Len, y echó a andar hacia la barra. Ashley lo vio alejarse, movió la cabeza y acercó el bolígrafo al papel. Vaciló; después, empezó a dibujar otro rostro. Se sobresaltó a sí misma cuando vio lo que hacía. Rasgos fuertes y abruptos, pelo moreno, ojos oscuros, mandíbula cuadrada, pómulos altos y anchos, y la boca... estaba apretando los labios, pero tenía una buena boca.

—Caramba, es magnífico. ¿Quién es? —preguntó Karen, y tomó la servilleta.

—El tipo al que le eché el café encima esta mañana.

—Es atractivo —murmuró Karen.

—¿Ves? Memoria fotográfica —dijo Jan, complacida.

—En realidad, no. Pero me gusta dibujar rostros; siempre me ha gustado —les dijo Ashley a los dos bomberos, y Kyle silbó con suavidad. Ashley bajó la mirada al dibujo, extrañamente turbada. Sí, era atractivo. Agresividad y testosterona andantes, pero... mmm. Tenía algo. Poder, fuerza o sensualidad magnéticos. Quizá, las tres cosas. Detestaba decirlo pero «atracción animal» podía ser la expresión correcta para describirlo.

«¿Es que nunca te apetece acostarte con alguien?».

Volvió a mirar el dibujo. Seguramente, los tipos como aquél tenían una vida sexual intensa. No era la clase de hombre con quien ella desearía mantener una relación.

Con suerte, no volvería a tropezarse con él. Ni físicamente, ni de ninguna otra manera.

—Eres buena. No deberías desperdiciar tu talento —dijo Kyle.

—Gracias —repuso Ashley, y arrugó la servilleta.

—¡Lo has destruido! —protestó Mario.

—No le ha caído muy bien —le explicó Jan, sonriendo.

Len regresó de la barra. Salieron charlando del local, Len lamentando que tuviesen que regresar a Miami al día siguiente por la tarde, ya que Mario y Kyle tenían que trabajar.

Se despidieron en la calle, antes de partir hacia sus respectivos hoteles. Mientras caminaban hacia el coche, Karen entrelazó su brazo con el de Ashley y silbó con suavidad.

—¿No ha sido una noche fantástica?

—Sí, me lo he pasado bien, y espero que Len y tú sigáis viéndoos.

—Sí, no hay que desperdiciar a Len —dijo Jan—. Y, Ashley, tu hombre era maduro... Un poco temible, pero... atractivo.

Ashley se la quedó mirando con el ceño fruncido.

—Era simpático y, además, estaba casado —le informó.

Karen rió.

—Jan no se refiere al bombero, sino al tipo del dibujo.

—¡Ése no es mi hombre! —exclamó Ashley, sobresaltada.

—¿Ah, no? Deberías haber echado un vistazo al boceto. Has visto algo en ese tipo —le aseguró Karen.

—Ni siquiera lo conozco. Y, con suerte, no tendré que conocerlo.

—No hay nada mejor que un hombre misterioso —bromeó Jan.

—Y que lo digas.

En cuanto llegaron a la suite, se fueron a la cama. Karen y Jan no tardaron en quedarse profundamente dormidas, pero Ashley no lograba conciliar el sueño. Cerró la puerta que daba al dormitorio, se dirigió a la cocina francesa para prepararse un té y tomó el bloc que había dejado en la mesa de centro.

Cuando los tres hombres llegaron a la habitación que habían alquilado para pasar la noche, Len retrocedió justo cuando

Kyle forcejeaba con la tarjeta de plástico que había sustituido a las llaves en la mayoría de los hoteles.

—¿Sabéis qué? Se me ha antojado tomarme una hamburguesa.

—¿Quieres que te acompañemos? —preguntó Mario.

—Deja. En realidad, no te apetece, y puedo acercarme a Denny's yo solo —repuso Len alegremente.

—¿Estás seguro? —insistió Mario, y bostezó—. Dios, estoy molido.

—Acostaos. No tardaré mucho, y procuraré no hacer ruido cuando vuelva.

—El último en llegar se queda con el catre —le recordó Kyle.

—Bueno, uno de los tres tenía que dormir ahí, ¿no? —sonrió, se dio la vuelta y regresó al coche.

No fue a Denny's. Se acercó al hotel de las chicas y aparcó.

Karen le había dado su número de habitación, y había mencionado que estaban en la planta baja, de modo que las puertas correderas de cristal de la parte de atrás se abrían a un pequeño patio y zona ajardinada. Se dirigió al patio y dedujo de qué habitación se trataba.

Las luces estaban encendidas. Había una persona moviéndose dentro. Sabía que era Ashley.

Las cortinas eran finas, y la luz interior potente. Podía distinguir todos sus movimientos. Tras dar varias vueltas, Ashley se detuvo junto a las puertas de cristal, apartó la cortina y miró. Len apretó la espalda contra una gardenia.

Con una taza en la mano, Ashley contempló el patio. Llevaba una camiseta larga que se ceñía a todas sus curvas. A la luz artificial, su pelo llameaba. Los extremos ondulados parecían rizarse de forma protectora en torno a sus senos. La camiseta de punto la abrazaba. No podía saber lo provocativa que estaba.

Len cerró los puños, dominado por la tensión. «No imaginas lo bien que te conozco, Ashley», pensó. «Sabía que estarías despierta, que podría venir y verte. Y, algún día, Ashley, averiguarás lo que me has estado haciendo sentir todo este tiempo».

Algún día.

Las puertas correderas estaban abiertas para dejar pasar la brisa. Ese día... podía ser aquella noche.

No, aquella noche, no. Aquella noche, se limitaría a observar.

Pero pronto, muy pronto, Ashley lo sabría. Él se encargaría de hacérselo saber.

La noche era hermosa, muy hermosa. Pero ni siquiera las estrellas del cielo ni el suave resplandor de la luz de la luna sobre el exquisito jardín acaparaban la atención de Ashley.

Retrocedió al interior de la habitación y se dirigió al escritorio. Ya había sacado su bloc de dibujo.

Empezó a dibujar. Primero, el cuerpo... el cuerpo de la autovía. Un hombre joven, con estructura muscular firme por debajo de... de las manchas de sangre. El pelo, de color rubio ceniza, le cubría la cara.

En torno a él... el agente que se había presentado en el lugar del accidente. El coche patrulla. Los dos conductores; sus respectivos vehículos. El tráfico ralentizándose, deteniéndose... a punto de chocar contra la mediana.

La mediana, el tráfico de la vía contraria... La figura que se erguía más allá de los carriles.

Siguió dibujando, sombreando, hasta que, incluso en blanco y negro y con matices grises, la escena era espeluznantemente real. Y todo estaba detallado salvo... la figura. La figura vaga situada al otro lado de los carriles. Era incapaz de recordar ningún detalle sobre ella, sólo que parecía estar observando, mirando... ¿El qué?

¿Querría asegurarse de que el hombre, el pobre hombre semidesnudo y ensangrentado, estaba realmente muerto?

La recorrió un escalofrío. Una brisa...

Más que una brisa. Algo la estaba inquietando. Se dio la vuelta con brusquedad, y se sintió estúpida. De todas formas, se acercó a las puertas de cristal, las cerró y las bloqueó. Se fijó en las cortinas vaporosas, pensando que el sol entraría a raudales a la mañana siguiente.

A la mañana siguiente. Ya era de madrugada, y ese sol no tardaría en aparecer.

Se dirigió al sofá-cama. Cerró los ojos, pero la imagen del cuerpo de la autovía seguía atormentándola. Maldijo y aporreó la almohada. Contar ovejas siempre le había parecido una ridiculez... pero estaba desesperada.

Contó caballos.

Era un sueño extraño. Había niebla y luz de sol. Ella caminaba hacia él en el sueño. A veces, estaban en una playa, otras, en el habitáculo del Gwendolyn. La melena le caía por la espalda, y la piel... Sí, tenía la piel desnuda, entre luces y sombras.

Nancy...

Soñaba a menudo que estaba allí, con él, tratando de decirle algo. Salvo que antes, se habían limitado a hablar, a comentar el caso: las frustraciones, las pistas estériles... Pero Nancy sabía algo. Temeraria, inquieta, infeliz en su matrimonio, estaba decidida a volcarse en su trabajo.

Eran buenos compañeros.

A continuación, soñaba con su cara como la había visto en la mesa de la autopsia, cuando la encontraron, y le provocaba tanto horror que se despertaba.

Aquella noche, en cambio, la imagen no apareció.

No podía verla con claridad. No tenía el pelo oscuro, sino rojizo. No era Nancy, sino alguien que se le parecía, que se movía como ella.

Era la sobrina de Nick. Se acercaba a él con paso lento, confiado, fluido. Lo alcanzó. El sueño siguió. El recuerdo desapareció, dio paso al presente. Ella era diferente, y estaba viva, vibrante. Estaba... alargando el brazo hacia él, tocándolo. Estaba...

Se despertó con sobresalto, empapado en un sudor frío. Estaba sonando la alarma.

Demonios.

No, la alarma, no, el teléfono. Maldición, ¿qué hora sería? Todavía era de noche y, a pesar de la somnolencia, del cansancio, se alegró de oír el timbre. Lo había sacado de las profundidades un extraño sueño sobre... la sobrina de Nick. Debía mantenerse alejado de ella, muy alejado.

No debería costarle trabajo, por la manera en que se habían conocido.

El teléfono... Seguía sonando, como un martilleo constante en la cabeza. Descolgó. Escuchó. Y sus nudillos blanquearon en torno al auricular.

—De la cara no queda mucho —dijo Marty Moore, al tiempo que hacía una seña al agente uniformado que les permitió, a Jake y a él, atravesar la cinta amarilla que aislaba el lugar en que había aparecido el cadáver—. Las lluvias de estos días la han arrastrado hasta aquí. Debía de estar enterrada en una fosa poco profunda más apartada de la carretera.

Era sábado por la mañana; estaba amaneciendo.

Jake lamentaba haberse pasado al whisky la noche anterior, aunque también lamentaba no tener uno en la mano en aquellos momentos. La llamada de Marty había sido más que singular.

Adiós a su largo fin de semana de permiso. Como el caso nunca había quedado oficialmente cerrado, lo habían llamado a él. Marty estaba en la brigada de estupefacientes cuando tuvieron lugar los primeros asesinatos, cinco años atrás, pero llevaba mucho tiempo trabajando con Jake y conocía los antecedentes del caso, todavía conocido como los asesinatos Bordon, tan bien como cualquiera. Vivía por aquella zona, así que había llegado antes que Jake.

Los focos policiales ayudaban a iluminar el lugar, aunque predominaban las sombras. Era una noche oscura como el carbón.

Gran parte de aquella región del condado había sido urbanizada arañando terrenos que, en realidad, pertenecían a la marisma de los Everglades. La tierra era rica y el follaje, espeso. Las farolas escaseaban y estaban muy distanciadas. Antes del amanecer, la oscuridad adquiría un extraño color ébano, como si los Everglades reclamaran lo que, en realidad, era tierra de nadie.

Jake se detuvo a unos cuantos pasos del cadáver para echar un vistazo al cuerpo que aquella mañana había descubierto una aficionada al jogging. Una mujer estúpida, pensó, por correr a una hora en que las sombras profundas y la espesura podían ocultar múltiples pecados, y en un lugar idóneo para deshacerse de restos humanos. Allí, la naturaleza podía infligir un daño tremendo a un cadáver y deslavazar muchas de las pistas que podría haber aportado, llegando, incluso, a destruirlas. A lo largo de los años, muchos criminales habían intentado deshacerse de cuerpos y pruebas en tierras muy parecidas a aquella. Y bien sabía Dios que muchos lo habían logrado.

—¿Dónde está el forense? —preguntó Jake.

—Hablando con Pentillo, el primer agente que llegó aquí. El forense es Tristan Gannet. Mandy está sacando las últimas fotografías de la víctima.

—Bien. Me alegro de que sean Gannet y Nightingale.

Mandy Nightingale, una excelente fotógrafa forense, estaba trabajando junto al cadáver cuando Jake y Marty se acercaron.

—Hola, Jake —lo saludó antes de tomar otra fotografía.

—Mandy, me alegro de verte.

Habían trabajado juntos muchas veces. Era delgada como un fideo, tenía el pelo de color acero, corto, y una estructura facial fuerte de nativa americana que desafiaba por completo la edad. Era rápida y eficiente, y tomaba imágenes exhaustivas del las víctimas, incluidos los elementos circundantes.

—Gracias, Jake. Enseguida acabo.

—Tómate el tiempo que necesites, Mandy —le dijo—. No hay prisa.

—Ya he sacado todas las fotografías que me había pedido el doctor Gannet —le aseguró, y se puso en cuclillas para enfocar el último disparo–. Estaré con Pentillo hasta que el equipo forense mueva el cuerpo y me dejen sacar el resto –les dijo.

–Gracias, Mandy.

Esta asintió.

–El doctor Gannet sabe que has llegado. Le diré que venga.

Jake se sentó sobre los talones para estudiar el cuerpo en la posición en que había sido encontrado.

No necesitaba que el forense le dijera que la mujer llevaba muerta algún tiempo. Había estado expuesta a los elementos y a los pequeños animales que vivían en aquella zona. En algunos puntos no quedaba más que el hueso; en otros, la carne se adhería de forma precaria al cadáver. Daba la impresión de que la habían dejado desnuda. Una rápida mirada, usando el bolígrafo para apartar hojas caídas y ver mejor, bastaba para comprobar que, por desgracia, las manos se habían descompuesto casi por completo, así como gran parte de la cara.

Otro asesinato en el condado de Miami-Dade. Cuando juntas a millones de personas en una misma zona, alguien siempre acaba matando a alguien.

Pero Jake sabía por qué Marty había estado tan tenso cuando lo había llamado. El rostro, aunque conservaba muy pocas cualidades que permitieran reconocerlo como el de una mujer, no había sufrido tanto deterioro como las manos. Y era evidente que le habían cortado las orejas.

Lo recorrió un escalofrío, junto con una amargura que casi podía saborear.

Déjà vu.

Peter Bordon, también conocido como Papá Pierre, llevaba algún tiempo entre rejas. Cinco años. Pero incluso una inspección superficial de aquel cadáver bastaba para recordar las víctimas que habían sido descubiertas durante el liderato de Bordon de la extravagante secta llamada Personas y Principios.

–Sí, sigue en prisión –dijo Marty, como si le hubiera leído el pensamiento.

—¿Estás seguro?
—Llamé para comprobarlo nada más ver el cuerpo, justo después de hablar contigo —le explicó—. Está en la cárcel... Tanto si nos gusta como si no, es ahí donde está.

—Perdona —murmuró Jake. No podía evitar ponerse tenso con aquel caso. Peter Bordon se había rodeado de adeptos, como un profeta de los tiempos modernos. Había predicado la vida en comunidad, el trabajo en beneficio de la humanidad y la renuncia a los placeres de una vida pecaminosa. Para casi todos sus seguidores, aquello había supuesto ingresar todo lo que tenían en la cuenta corriente de Bordon.

Tres de sus supuestas seguidoras habían aparecido muertas. Las habían encontrado en campos y canales, con las orejas cortadas.

Nunca habían encontrado el arma del crimen, ni ninguna pista real. Bordon había sido el único sospechoso, pero no habían reunido pruebas que demostraran su culpabilidad. La policía había logrado obtener una orden de registro para revisar sus propiedades, pero no habían encontrado nada salvo ciertas actividades financieras ilegales que, al final, habían bastado para meterlo en la cárcel.

Una noche, a última hora, un yonqui sin hogar había entrado en una comisaría local y se había confesado autor de los asesinatos. Mientras los policías notificaban a la brigada de homicidios la llegada de Harry Tennant y su confesión, éste se ahorcó en su celda, con su propio cinturón.

Y eso debería haber resuelto el caso.

Pero ni Jake ni casi ningún policía creyó que un heroinómano hubiera podido cometer unos asesinatos tan minuciosos. El caso no llegó a cerrarse oficialmente, pero con la muerte del joven que había confesado, el encarcelamiento de Bordon, y el aparente cese de los asesinatos, se vieron obligados a ocuparse de otros homicidios.

Jake, sin embargo, nunca se había quedado satisfecho. Para él, el caso no estaba resuelto. No habían podido acusar a Bordon de asesinato. Bordon había estado implicado; de eso estaba seguro. No creía que hubiera llevado a cabo los crímenes, pero sí que los hubiera ordenado. Bordon poseía un poder mayor que la fuerza o que cualquier arma: la habilidad de manipular a los hombres y a las mujeres, de colarse en sus mentes

En aquellos momentos, Peter Bordon seguía en la cárcel, pero nada impedía que pudiera estar dirigiendo nuevos asesinatos desde su celda.

—Por Dios, Jake, no pongas esa cara —dijo Marty con suavidad—. No sé si deberías dirigir tú este caso.

Jake se lo quedó mirando con ojos negros y duros como el carbón.

—Está bien, está bien. Lo siento —rectificó Marty.

—Caballeros, ¿puedo hablar con ustedes? Les contaré mis primeras valoraciones.

Jake se dio la vuelta al oír la voz de Tristan Gannet. Se alegraba de que fuera Gannet el forense del caso; llevaba casi veinte años en la unidad de medicina forense y había sido él el encargado de hacer la autopsia a las víctimas anteriores.

—Adelante —dijo Jake, y se volvió de nuevo hacia el cadáver.

Según explicó Gannet, no había rastro de materiales ni telas. Tampoco ningún indicio de huellas dactilares, pero si estaban en lo cierto y la lluvia había arrastrado el cuerpo hasta allí, no las habría. La causa de la muerte no era evidente porque estaba muy descompuesto. La víctima era, casi con total probabilidad, una mujer joven... quedaban unos mechones de pelo largo y negro. No había esperanzas de encontrar carne bajo las uñas porque éstas habían desaparecido. En cuanto a eso, tampoco sería posible identificarla por sus huellas dactilares... no quedaba carne en un solo dedo, ni en los pulgares.

—Y nadie la reconocerá por su cara —murmuró Jake.

—Con frecuencia, los registros dentales son nuestra mejor apuesta —dijo Gannet—. Yo diría que le cortaron la carne de los dedos antes de que los animales y el entorno tuvieran oportunidad de hacer su trabajo —miró a Jake un momento, y éste supo que los dos estaban pensando en lo mismo.

En los anteriores asesinatos, a las víctimas también les habían cortado las orejas, así como las yemas de los dedos. ¿Por qué molestarse en destruir huellas dactilares y dejar la cabeza y los dientes para que pudieran obtener una identificación mediante registros dentales?

¿Estaban de nuevo en la casilla de salida? ¿O había un asesino imitador por ahí suelto?

—Podría tratarse de un imitador —dijo Gannet, como si hubiera dado voz a los pensamientos de Jake.

—Sí —le dijo.

Gannet se quedó mirando los restos, con pesar reflejado en el rostro. Emoción sincera, pero controlada. Era otra de las cosas que a Jake le gustaban de Gannet. Hacía bien su trabajo y, aunque no se tomaba a pecho ningún caso para poder dormir por las noches, nunca, en todos los años que llevaba trabajando, había dejado de sentir compasión por las víctimas.

—Averiguaremos quién es —le aseguró a Jake.

—Necesito que me des los resultados de la autopsia lo antes posible —lo apremió. Gannet asintió.

—Claro —dijo, con un leve tono de sarcasmo en la voz. Por desgracia, las muertes prematuras no eran infrecuentes en el condado. Gannet lo miró a los ojos—. No te preocupes; pienso ponerme manos a la obra enseguida —se quedó mirando a Jake un momento más. Quizá Gannet lo conociera demasiado bien, pensó Jake.

Durante la ola de asesinatos similares de hacía cinco años, Jake había trabajado en el caso agresivamente, incluso después del suicidio del supuesto asesino y del encarcelamiento de Bordon.

Lo había hecho por las víctimas... y porque sospechaba que Bordon había tenido algo que ver con otra muerte que no se parecía en nada a las anteriores, pero que había sido muy cercana: la muerte de Nancy.

Pocos compañeros del cuerpo habían respaldado su teoría. Pensaban que estaba viendo fantasmas donde no los había porque no podía aceptar un veredicto de muerte accidental en el caso de una compañera policía. Ni siquiera el suicidio, como algunos habían sugerido.

Suicidio... jamás. Nadie que hubiese conocido a Nancy aceptaría esa posibilidad.

–¿Podrás con esto? –preguntó Gannet con suavidad.

–Ni lo dudes. Soy un profesional, Gannet. Y si necesitamos hacer comparaciones con casos anteriores, nadie conoce los hechos y las hipótesis mejor que yo.

–Sí, tienes razón –dijo Gannet. Con los guantes puestos, contempló los restos humanos. Habían llegado dos ayudantes del depósito para retirar el cuerpo. Gannet los saludó con una inclinación de cabeza y les pidió en voz baja que no se olvidaran de incluir tierra y hierba de alrededor.

–¿Alguna idea de la causa real de la muerte? –preguntó Jake.

–No natural –dijo Gannet.

–Vaya. Yo no soy médico forense, y eso ya lo sabía –repuso Jake medio en broma. Gannet hizo una mueca.

–Un cuchillo. Un cuchillo de grandes dimensiones. Tal vez, un machete –Jake lo miró con sorpresa.

–No hay suficiente carne para...

–Unos cuantos cursos de medicina forense y te darías cuenta enseguida.

–He recibido unos cuantos cursos de medicina forense –le recordó Jake con ironía.

–Tal vez. Pero el estado de descomposición de la víctima confunde. Apartando hojas y tierra se llega a ver el hueso. Si te fijas... ¿ves este arañazo de aquí? Tengo que hacer una autopsia completa, pero apuesto a que se trataba de un arma blanca muy grande. Y es preciso una cuchilla para hacer los cortes en las orejas... y en las facciones. Y la carne de los dedos fue cortada, no mordisqueada, y tampoco se ha descompuesto sola.

–Diablos. Esto es más que un *déjà vu*. Podríamos estar hablando del mismo... –empezó a decir Jake.

–Por lo que he visto hasta ahora, sí, pero no nos precipitemos. Déjame que la lleve al depósito de cadáveres. Y no olvides que puede haber imitadores. Hay casos en que los asesinatos han sido estudiados y duplicados casi a la perfección.

Jake enarcó una ceja.

—Eh —añadió Gannet con una sonrisa—. Tú cada año aprendes más de autopsias, y yo, de investigaciones policiales —guardó silencio nuevamente, con los ojos puestos en la víctima. Cuando volvió a hablar, lo hizo en tono serio y rotundo—. Como te he dicho, me pondré manos a la obra enseguida. Puedes reunirte conmigo en el depósito. Oye, me han dicho que estás cambiando de muelle.

—Me mudé ayer.

Gannet lo observaba con atención.

—Pues me alegro. Siempre viene bien cambiar de aires.

—Sigue siendo el mismo viejo barco —repuso Jake con ironía.

—Aun así... Un nuevo puerto deportivo. Ves un paisaje distinto por la mañana.

—Sí.

Jake no dijo nada más. Tenía la sensación de que Gannet, al igual que Marty y que Nightingale, pensaban que había compartido con Nancy algo más que un coche patrulla, de modo que un cambio de aires le sentaría bien. Aunque hubieran transcurrido casi cinco años desde la muerte de Nancy.

Podría haber dicho algo, seguramente, podría haberse defendido, aunque sabía que no estaba siendo atacado.

Y no tenía necesidad de disculparse ni de defenderse ante nadie. La investigación lo había dejado limpio... en lo referente a esa noche, al menos. El consenso general y lógico había sido que Nancy, desesperada por la desintegración de su matrimonio y las presiones de su trabajo, había pasado una noche loca. Había conocido a alguien, había bebido, se había tomado unas cuantas pastillas... y se había precipitado con el coche en un canal. Pero pasaban por alto un factor que Brian, el marido de Nancy, y él tenían en común: los dos la conocían muy bien. El año siguiente a su muerte, incluso con la disolución del culto de Bordon, había sido una pesadilla para Jake. Se había emperrado en descubrir el vínculo entre ambos casos, y había estado a punto de recurrir al acoso. Sus superiores le llamaron la atención. Jake detestaba las sesiones pasadas con el psiquiatra policial, aunque era habitual que un policía recibiera tratamiento tras la muerte de un compañero. Pasado un tiempo, comprendió que tendría que dar un paso atrás. Por fuera, volvió a convertirse en el policía práctico y metódico de siempre, respetando el reglamento tan al pie de la letra como le era posible. Pero nunca había alterado su opinión sobre lo ocurrido, ni su determinación de sacarlo a la luz algún día.

Y, en aquella ocasión, pensaba desenmascarar al asesino.

El lunes por la mañana a primera hora, Ashley estaba rebuscando entre los montones de periódicos que Nick había atado y colocado ordenadamente en la puerta de atrás, para luego echarlos en el contenedor de reciclaje. Se sobresaltó cuando oyó la voz de su tío.

—Ashley, ¿qué haces?

Se volvió hacia él, turbada. Los montones ya no estaban ordenados. Primero había buscado el periódico del sábado, pensando que en la sección de sucesos encontraría la noticia del accidente, pero aún no la había localizado. Hizo una mueca.

—Oye, siento haberte despertado. Vimos un accidente en el viaje de ida a Orlando. Intentaba averiguar qué había ocurrido. ¿Has oído algo?

Nick se rascó el mentón aún sin afeitar. A sus cincuenta y dos años, era un hombre de físico espléndido, con arrugas en el rostro que dejaban entrever una vida cuajada de experiencias. No parecía especialmente joven... su pasión por el sol y el viento le habían dejado huellas; pero tenía una estructura ósea excelente, y lo único que había logrado el tiempo era procurarle un atractivo curtido. Los mechones grises que salpicaban su pelo rubio rojizo encajaban bien con el color original, y tenía unos ojos azules serenos que parecían contener una sabiduría ancestral.

Menos en aquellos momentos. Nick se encogió de hombros, movió la cabeza y bostezó. Se había puesto una bata sobre los pantalones del pijama y se la anudó mientras se abría paso hacia la cafetera, echaba mano a la jarra y la encontraba vacía. Se la quedó mirando sin comprender; Ashley siempre hacía café cuando se levantaba.

—Lo siento, el accidente me tiene obsesionada —dijo, y alargó el brazo para sacar un filtro del armario mientras él llenaba la cafetera de agua.

—No, no... No pasa nada. Puedo hacer café, ¿sabes? —dijo en tono un poco indignado. Cómo no, así era Nick, un tipo independiente. Había criado solo a su sobrina, y se impacientaba con cualquiera que no pudiera valerse por sí mismo.

—¿De verdad no has oído nada sobre un accidente? —le preguntó Ashley.

—Oye, estamos en Miami; aquí hay accidentes todos los días —le recordó.

—¿Sabes dónde está la sección de sucesos del sábado? Han tenido que dar la noticia. Murió un hombre. Bueno, al menos, estoy casi segura de que estaba muerto.

—Mmm... Sí, te la traeré. Está en el dormitorio.

—Ya voy yo.

—Creo que Sharon está en la ducha —murmuró Nick.

—Ah. Bueno, esperaré a que te tomes el café. Es que no he podido quitarme el accidente de la cabeza en todo el fin de semana.

—¿No te has divertido?

—Por supuesto.

—¿Pensando a todas horas en un hombre muerto en la autovía? —preguntó Nick—. ¿Te apetece una tostada?

—No, gracias. No tengo hambre.

—Vas a estar fuera todo el día, en la academia. Deberías comer.

—Anoche tomé algo espantoso en un área de descanso —le dijo—. Me durará hasta el almuerzo.

—¿Espantoso?

—Se suponía que era una hamburguesa.
—Así que llegasteis tarde, ¿eh? Bueno, ya lo suponía, porque cerramos a las doce los domingos y yo no me acosté hasta la una.
—A las tres —reconoció Ashley.
—Estupendo —dijo Nick, un tanto sarcástico—. Has dormido de sobra y, seguramente, te espera un día muy ajetreado.
—Todos los días son ajetreados —reconoció Ashley—, pero soy joven. Puedo tolerar la falta de sueño en esta etapa de mi vida, créeme.
Nick enarcó una ceja, tratando de dilucidar si la respuesta de Ashley era una alusión a su avanzada edad, y decidió no esperar más a tomarse el café. Sacó la jarra de la cafetera, aunque el café no había dejado de gotear, y colocó una taza grande en su lugar. Fue rápido... sólo unas gotas cayeron sobre la placa caliente.
—Te serviré un café de todas formas, porque aunque seas joven e insinúes que yo ya soy viejo, tienes cara de necesitarlo. ¿Has dormido algo este fin de semana?
Ashley rió.
—Jamás se me ocurriría insinuar que eres viejo. Estás en la flor de la vida. Y, sí, dormimos bastante. El viernes por la noche fuimos a ver un espectáculo y estuvimos bailando en una sala de fiestas, regresamos de madrugada al hotel y dormimos hasta las tres de la tarde. El sábado regresamos un poco antes y, aun así, dormimos hasta las doce. A Karen le entró el pánico, porque no quería que nos cobraran una noche de más. Así que, sí, estoy en buena forma... aunque con tu comentario quisieras insinuar que estoy ojerosa.
Nick tomó un sorbo de café, se apoyó en un codo y sonrió.
—Casi todos los buenos policías que conozco están ojerosos. Son gajes del oficio.
—Entonces, ¿crees que voy a ser buena en mi trabajo?
—Más te vale. Y te traeré ese periódico. Los buenos aspirantes a policía no llegan tarde a la academia. Date una ducha y vístete. Echaré un vistazo a la página de sucesos del sábado.

Ashley asintió, apuró el café que su tío le había servido y se dirigió a su cuarto para darse una ducha.

Nick's había estado allí desde siempre. Gracias a una de esas casualidades del destino, su tío le había comprado la casa y el restaurante de playa a otro Nicholas, un viejo marinero que había montado el negocio en los años veinte, cuando Miami todavía era una ciudad en pañales, y no la conurbación que formaba actualmente con el condado de Dade. Un muelle comunicaba directamente el restaurante con el puerto deportivo, donde muchas personas guardaban sus navíos de placer y otros, sus casas flotantes. La zona de la barra y la del restaurante daban al muelle; la cocina familiar, más íntima, y el amplio salón de la casa principal se comunicaba con la cocina y el office del local, situados detrás de la barra. El dormitorio con baño de Nick estaba encima del salón, mientras que Ashley disponía de sus propias habitaciones en la planta baja. Podía acceder a ellas a través del salón o por una entrada más pequeña y privada situada en un costado del edificio. Como el resto de la casa, tenía un aire rústico y limpio, y era estéticamente agradable... al menos, para cualquier aficionado al mar y al decorado náutico. Sobre el umbral que comunicaba el salón con las habitaciones de Ashley, estaban colgados los dientes y las mandíbulas de un gran tiburón blanco y, junto a estos, en una vitrina hecha a medida, descansaba una campana de barco del siglo XIX. En la pared había fotografías... así como peces disecados.

Claro que aquella vieja casa tenía sus inconvenientes. Como el agua caliente de la ducha. En cuanto sintió el chorro de agua tibia, recordó que, según había dicho Nick, Sharon se estaba duchando. No importaba, así acabaría antes. Salió y se secó enérgicamente con una toalla. Al contrario que el calentador, el aire acondicionado funcionaba a la perfección; Nick lo había mantenido a punto, consciente de que su clientela del almuerzo ansiaba refugiarse en un dulce remanso de frescor.

Quince minutos después, vestida y dispuesta para irse, regresó a paso rápido a la cocina. Se sorprendió al ver que a

Nick también le había dado tiempo a darse una ducha, seguramente, helada. Se había puesto unos vaqueros cortos, un polo, y estaba apoyado en la encimera con semblante lúgubre, paseando la mirada por el periódico que tenía delante. Sharon estaba de pie junto a él, contemplando el diario con semblante igual de grave. La novia de su tío era una mujer increíblemente atractiva. Menuda, de no más de metro cincuenta y cinco de estatura, incluidos los tacones, y esbelta. Le encantaba hacer pesas, y se notaba en la elegancia de su figura compacta. Seguramente, era bastante más joven que Nick, incluso podía pasar por treintañera, y a menudo parecía demasiado elegante y refinada para el merendero de playa en el que pasaba tantas noches. Podía ser implacable en los negocios y en su reciente pasión, la política; pero era amable con Ashley en todo momento, y se interesaba mucho por su vida. Tenía una melena corta de color rubio casi platino que realzaba sus enormes ojos azules. Era una mujer imponente, firme más que agresiva, inteligente, y muy divertida. Siempre estaba dispuesta a embarcarse en una aventura, lo cual la convertía en una compañera excelente para Nick.

—Oye, ¿has encontrado algún artículo sobre el accidente? —preguntó Ashley. Nick levantó la vista, sobresaltado. La miró a los ojos y asintió, todavía con semblante grave.

—Buenos días, cariño. Lo sentimos mucho —dijo Sharon, y posó en Ashley sus enormes ojos azules, llenos de compasión.

—¿Que lo sentís? ¿El qué? —preguntó.

—El hombre que viste, Ashley —dijo Nick—, era un antiguo compañero de colegio tuyo. Pero no está muerto, sino en coma. Ha sufrido múltiples heridas internas, y los médicos dan pocas esperanzas a la familia.

—¿Cómo? ¿Quién? —preguntó, y frunció el ceño mientras los miraba alternativamente y se acercaba a la encimera, impaciente por leer la noticia con sus propios ojos.

—Stuart Fresia —dijo Nick.

—¿Stuart?

—Tengo entendido que era un buen amigo tuyo —dijo Sharon.

Ashley tomó el periódico y leyó las palabras, pero le costaba trabajo comprender su significado.

Stuart.

No era sólo un compañero de colegio, sino un viejo amigo. No lo había visto últimamente, es decir, en los últimos años, pero había sido un niño sensato, de los que se convierten en adultos sensatos. Era una de esas personas capaces de torear la popularidad, la presión del grupo y la responsabilidad de sacar buenas notas. Había sabido salir, tomarse unas cuantas copas y no echarse a perder. Había fumado cigarrillos... y un cigarro en una ocasión, pero nunca había tocado la droga. A veces, Ashley lo había envidiado. Había ido a casa de Stuart para encontrar a dos personas que todavía se querían, y que querían a su hijo más que nada en la vida.

Y, a pesar de los líos en los que se había metido de adolescente, adoraba a sus padres. A una temprana edad, había reconocido la responsabilidad que suponía ser hijo único.

Stuart. En la autovía, en calzoncillos. No tenía sentido.

Tampoco el artículo. Al menos, para Ashley.

Lo leyó varias veces. De acuerdo con los testigos visuales y el conductor angustiado que lo había atropellado, Stuart había atravesado corriendo la autovía, sin preocuparse del tráfico. Nadie sabía de dónde había salido, y no habían encontrado su coche. No llevaba encima ninguna identificación. Simplemente, estaba allí, en calzoncillos blancos, en la autovía. Había sufrido numerosas heridas, y graves daños en el cráneo. Tras horas de cirugía, permanecía en coma, aferrándose a la vida con la ayuda de las máquinas. Los médicos estaban haciendo todo lo que podían, aunque no era probable que sobreviviera. Aun así, el cirujano había declarado que, en el caso de un hombre joven con un deseo e instinto naturales de vivir, siempre había esperanza.

En cuanto al origen del accidente, a lo que lo había impulsado a atravesar corriendo la autovía, la heroína parecía ser la respuesta. Los análisis de sangre y de orina habían dado positivo.

—No —murmuró Ashley.

—Lo siento —le dijo Nick con suavidad, y se colocó detrás de ella para ponerle las manos en los hombros.

—No, quiero decir que esto está mal. ¿Stuart pinchándose heroína? No era un yonqui.

—Ashley, hace mucho que no lo ves, ¿no?

Ella dejó el periódico y miró a Nick.

—Sí, pero sigo sin poder creerlo.

—La gente cambia, Ashley —dijo Sharon. Ella movió la cabeza, con el ceño fruncido.

—Stuart siempre quería dar sangre cuando hacían campañas en la iglesia o en el colegio, cuando ocurría algún desastre. Siempre lo rechazaban, porque se desmayaba nada más ver una jeringuilla. Esto no encaja.

Nick la envolvió con los brazos y la estrechó con afecto.

—Ashley, ha ocurrido. Viste el cuerpo, y has leído el artículo. Quizá Stuart fuera un buen chico, un chico sensacional. Puede que siga siendo un hombre decente, y que se haya mezclado con gente que no le convenía pero... Oye, todavía está vivo. Aún hay esperanza.

—Tienes razón. Ahora mismo, Stuart sigue con vida. Si ha sobrevivido al fin de semana, claro. ¿Y si no? —se quedó mirando a Nick con horror—. Repasaré las... las esquelas del domingo y de hoy... Ése de ahí es el periódico de esta mañana, ¿no?

—Ya lo he mirado... No hay ninguna esquela suya —dijo Sharon.

—Gracias.

—Oye —dijo Nick—, tienes que ir al trabajo. Llamaré al hospital, preguntaré qué tal está y te dejaré un mensaje en el buzón de voz. Así podrás oírlo cuando tengas un descanso, ¿de acuerdo?

Ashley asintió.

—Perfecto, Nick. Gracias a los dos.

Se dispuso a salir por la puerta de la cocina. Cuando la abrió, encontró a un hombre allí de pie.

Empezaba a ocurrirle todos los días, pero conocía bien a Sandy Reilly. Hacía siete años, como mínimo, que frecuentaba Nick's. Parecía rondar los noventa, de lo curtido y arrugado que estaba. Seguramente, tenía setenta, pero nadie le preguntaba su edad, y él nunca ofrecía información al respecto. Vivía en uno de los barcos del muelle o, al menos, se suponía que vivía allí, pero pasaba casi todo el tiempo en el local de Nick.

—Hola, Sandy.
—Hola, chica. Estás estupenda con ese uniforme.
—Gracias.
—Polis, polis, polis, están por todas partes.
—¿Ah, sí?
Sandy rió.
—¿No sabes cuántos policías vienen aquí?
—Conozco a algunos, claro. Pero este es un establecimiento público, Sandy. No les preguntamos a los clientes a qué se dedican.
—Curtis Markham, el tipo de pelo gris que bebe Coor y se sienta en el rincón con su hijo, un chico de unos doce años, es un policía de Miami Sur. Tommy Thistle... Ya conoces a Tommy. Es policía de Miami Beach.
—Sí, conozco a Tommy. Y a Curtis. Los pongo en mi lista de referencias.
—También está Jake.
—¿Jake?
—Lo conocerías si lo vieras.
—¿Ah, sí?
—Claro. Bueno, no es un asiduo... o, al menos, no lo ha sido. Pero se pasa por aquí algunos domingos. Es un tipo alto, moreno. Está muy en forma. Trabaja en la brigada de homicidios de Miami-Dade. Un detective. Y de los mejores o, al menos, eso dicen. Si no lo conoces, deberías. Ahora que lo pienso, lo conocerás. Ahora que ha traído aquí su barco, frecuentará mucho este local.

Sandy seguía hablando, pero Ashley sólo había oído: «Jake. Alto, moreno, de homicidios de Miami-Dade».

Cómo no, lo adivinó enseguida. Era el tipo al que había abrasado con el café el viernes por la mañana. De modo que era detective de Miam-Dade. Estupendo, sencillamente, estupendo.

—¿No es genial? Conozco a todo el mundo. Te conviene tener contactos en el cuerpo.

—Gracias —dijo Ashley—. Sé de quién me hablas. Quiero decir, que lo he visto por aquí. Jake. ¿Se llama así?

—Jake Dilessio. Detective Dilessio. Y si quieres, un día te lo presento. Claro que Nick también puede hacerlo.

—No importa, no necesito una presentación formal.

Sería mejor dejar las cosas como estaban. No iba a darle coba a Jake Dilessio. Procuraría ser más educada la siguiente vez que lo viera, pero no se iba a convertir en un felpudo sólo porque fuera un detective de homicidios.

—Estás bien, ¿Ashley?

—Por supuesto.

—Te noto un poco rara. ¿He dicho algo malo?

Qué propio del viejo Sandy. Seguramente, se sabía al dedillo la vida de todos los clientes de Nick.

—No, Sandy, estoy bien. Estaba pensando que es agradable saber que el local está lleno de policías, y curioso que yo me haya pasado aquí la vida y que tú conozcas a la clientela mejor que yo.

—Bueno, tú pasas mucho tiempo fuera y, antes, eras una niña. Nick tenía cuidado de mantenerte apartada de la barra. Yo estoy jubilado, y no tengo otra cosa que hacer que observar a los que entran y salen. La curiosidad es lo único que me queda, lo que hace interesante mi vida. Soy un carcamal, pero el Señor ha tenido a bien dejarme con una vista de lince y un oído magnífico. Y si he aprendido algo en todos los años que llevo en este mundo es el arte de escuchar. Y escucho a los policías que vienen a Nick's.

—Oye, Sandy —dijo Nick por detrás de Ashley—. Tendrás que poner a Ashley al corriente de los clientes otro día. No será policía si se acostumbra a llegar tarde a la academia. Además, todavía no hemos abierto, Sandy.

—Diablos, eso ya lo sé; me lo dices todas las mañanas. Pero tienes café hecho, y si me das una taza, te dejaré el local listo antes de que esos mequetrefes a los que llamas «empleados» se presenten a trabajar.

Ashley sonrió. Era cierto; el viejo Sandy llegaba pronto varias veces por semana. Pero nunca antes de las seis y media, y no molestaba a nadie. Simplemente, le gustaba sacar su taza de café a la terraza y contemplar los barcos y el agua.

Como otras personas que vivían en embarcaciones en el puerto deportivo. Incluidos los detectives de homicidios.

—Nick —le dijo a su tío, mirándolo con semblante de reproche—. No me dijiste que nuestro visitante madrugador del otro día era un policía. Un detective de homicidios del cuerpo de Miami-Dade.

—Cariño, te movías más deprisa que un ciclón. No me dejaste.

—Sí, claro.

—Es un buen hombre.

—Apuesto a que sí. Bueno, tengo que irme. Adiós a todos —se despidió. Logró sonreír a Sandy y, después, se dirigió a su coche.

En cuanto se incorporó al tráfico de la autovía, la sonrisa que había desplegado para Sandy se extinguió. No pudo evitar volver a pensar en Stuart y sentir un tremendo pesar y absoluta incredulidad.

Stuart no era un drogata. No lo era. Ni un yonqui. Imposible. Siempre había tenido la cabeza bien puesta sobre los hombros; había querido a sus padres, había querido darles motivos de orgullo. No era un chico perfecto; había tenido sus momentos. Podía ser un guasón. En cierta ocasión, Ashley se encaprichó con un deportista del colegio, y Stuart le hizo confesar su afecto por un teléfono conectado a un altavoz. Sintió deseos de matarlo, pero Stuart no dejaba de disculparse... Además, el deportista en cuestión la invitó a salir.

Fue una lástima, la verdad. Ashley acabó saliendo con aquel idiota durante dos años. Fue una relación pésima, pero la culpa no había sido de Stuart. Ella se había encaprichado con aquel chico, y Stuart los había unido.

Sonrió al recordar su cara de satisfacción tras la fechoría.

Tiempo atrás, en un mundo distinto, antes de que todos comprendieran lo que significaba la vida cuando uno maduraba, habían sido amigos. Buenos amigos.

A pesar de su interés por la cinematografía, la literatura y el arte, Stuart optó por estudiar empresariales. Escogió una universidad pública de Florida tanto por la viabilidad financiera como por la posibilidad de ver a sus padres con frecuencia. Ashley frunció el ceño al recordar que la invitó a su fiesta de licenciatura y que ella no pudo asistir, porque había aceptado un trabajo de verano como piloto en un velero que partía hacia las islas. Stuart pensaba aceptar un empleo de creación y venta de páginas Web, pero también quería volver a la universidad y hacer algo de literatura o cine.

Tenía gracia, no recordaba qué máster había hecho al final. Debería recordarlo, pero lo único que evocaba era su voz, siempre suave pero firme, sobria y clara. Y recordaba que prometieron quedar después del verano. Pero ella ya estaba yendo a clase por aquel entonces y, aunque tenían la intención de llamarse a menudo, como tantas buenas intenciones, aquélla se perdió en el trajín del día a día.

Stuart...

Ashley veía la carretera que se extendía ante ella, pero en su mente... veía el cuerpo tendido sobre el asfalto. Ya lo sabía. Era el cuerpo de Stuart.

Había sido un fin de semana infernal.

Jake se había pasado la mitad del tiempo siguiendo el rastro de los seguidores de Peter Bordon desde la disolución de su culto y, la otra mitad, instalándose en su nuevo muelle. En cuanto a los seguidores de Bordon, tenía parte de la información que necesitaba en sus propios archivos informáticos y, para la puesta al día, había contado con la ayuda de Hank Anderson, un hábil investigador informático. A pesar de todo, gran parte de la información que había reunido Anderson coincidía con la que él tenía. El seguimiento de aquel caso se había convertido en una especie de compulsión para Jake. Había guardado silencio sobre su persistencia para que sus compañeros no lo tacharan de obsesivo y pensaran que su determinación rayaba en el acoso policial.

El capitán Blake, jefe de homicidios, lo llamó el sábado por la tarde para soltarle un sermón: «Los buenos detectives echan todas las horas que hacen falta. Trabajan mucho más de lo que se les paga. Pero también aprenden a conservar la cordura. Aprenden a irse a sus casas y a tener su propia vida».

Jake coincidía plenamente con él.

Su última víctima llevaba muerta algún tiempo. Ir por ahí dando bandazos no le serviría de nada. Un trabajo decidido y constante para llevar al asesino a la justicia era el mayor servicio que podían prestar a la víctima.

Dicho aquello, Blake le recordó que debía ceñirse a la lógica, trabajar mucho... y asegurarse de que se tomaba tiempo libre y se oxigenaba la cabeza. Un policía demasiado cansado, estresado y obsesivo no hacía ningún bien a nadie.

Por supuesto.

Pero había muchas cosas que Jake quería hacer personalmente. Primero, la autopsia. Gannet, como había prometido, se había puesto manos a la obra, y Jake había estado presente.

Después, el sábado por la noche, Marty y él hicieron varias llamadas a antiguos seguidores del culto de Bordon. Entrevistarlos a todos llevaría tiempo, y en una noche de sábado no era fácil localizar a nadie. La primera mujer a la que entrevistaron se había casado, tenía un niño de tres años y su relación con el culto era una vergüenza para ella; su marido lo ignoraba por completo. Aseguraba no haber conocido jamás a las víctimas ni haber tomado parte en la jerarquía del culto. Tanto Marty como Jake intuyeron que decía la verdad.

La segunda visita no dio mejores resultados. El joven sólo había asistido a unos cuantos sermones de Bordon. Desde entonces, había renacido al cristianismo y pasaba casi todos los días trabajando en un hogar de vagabundos de la localidad. Jake y Marty pudieron confirmar su declaración.

El domingo por la tarde siempre era el tiempo de ocio de Jake. Muchos amigos y conocidos suyos se reunían en un bar, a veces, en Nick's, tomaban cerveza, contaban anécdotas de pesca y veían fútbol en la televisión. Aquel domingo, Jake estuvo ocupado con los enganches de luz y agua. Ni siquiera se pasó por Nick's por la noche; fue a ver a su padre quien, desde la muerte de su esposa, hacía casi dos años, pasaba demasiado tiempo sentado a solas en la oscuridad, diciéndole a todo el mundo que se encontraba perfectamente.

En cierto sentido, Jake había hecho lo que le pedían. El problema era que ni las órdenes, ni el sentido común, ni la lógica, podían impedirle pensar, sopesar y planear.

Obsesionarse.

El lunes por la mañana, nada más llegar a su mesa, recibió una llamada de Neil Austin, de la unidad de medicina forense.

—Sólo quería decirte que estamos haciendo lo posible por identificar a la víctima del sábado. Con suerte, será gracias a un registro dental pero, hasta ahora, no hemos encontrado nada. Dudo que fuera de aquí y, si lo era, nadie ha denunciado su desaparición. O quizá nunca haya ido a un dentista... la pobre murió con los dientes perfectos. Perfectos. Las muelas del juicio le habían salido sin problemas, y no tenía caries. ¿Cuántas personas llegan a los veintitantos con la dentadura impecable?

—Gracias por el esfuerzo y por la información, Neil —le dijo Jake.

—Ojalá pudiera darte más. Por desgracia, estas cosas llevan tiempo —los dos conocían la triste verdad de aquella afirmación. Había casos en los que identificar a un cadáver en aquel estado podía llevar semanas, incluso meses y otros en los que los cuerpos no llegaban a identificarse. Aun así, gracias a la medicina forense y a los ordenadores, había ocasiones en que la identificación era rápida.

—¿Puedes decirme algo más? De unos veinticinco años, dientes perfectos...

—De, aproximadamente, uno sesenta y cinco de estatura. Complexión media. No ha tenido hijos. Gannet dice que parece un asesinato ritual.

—¿Igual que...?

—Sí, igual —Neil exhaló un suave suspiro de pesar—. Seguramente, era una preciosidad. Los chicos le han puesto el apodo de «Cenicienta». No está cubierta de ceniza, pero el estado en que la encontraron... Tiene gracia, vemos miles de casos y, aun así, algunos son especialmente duros. Te enviaré los informes que tenemos. Ah, y Gannet dice que lleva muerta de dos a cuatro meses.

—Gracias, Neil.

Jake colgó y sacó el archivo de la última de las víctimas que había sido asesinada cinco años atrás. El retrato de una joven de sonrisa tímida estaba prendido en la esquina derecha de la página. Dana Renaldo.

Ella también había rondado los veinticinco. Tenía veintisiete años, para ser exactos, cuando fue asesinada. Medía un metro sesenta y cinco, pesaba cincuenta y cuatro kilos, y era una joven inquieta y atractiva. Sus padres habían fallecido, y una prima había denunciado su desaparición casi un año antes de que encontraran el cadáver. Procedía de Clearwater. Un buen día, hizo las maletas y vació sus cuentas bancarias. Tres meses antes de su marcha, había vivido un divorcio complicado. No tenía hijos así que, hasta que su cuerpo apareció en Miami-Dade, las autoridades locales de Clearwater pensaban que había escogido empezar una nueva vida. Era legal que un adulto desapareciera si ése era su deseo.

Su Cenicienta, como los del equipo forense la habían bautizado, parecía muy similar.

Cambió de archivo.

Eleanore Thorn, Ellie para los amigos, no se parecía en nada a Dana Renaldo ni a la última víctima. Era de Omaha, y no había vuelto a su casa después de unas vacaciones en Fort Lauderdale. Tras vaciar su cuenta bancaria, la habían visto de vez en cuando por la ciudad, y había asistido a los servicios religiosos de Bordon. Había pasado la noche en la propiedad comunal con bastante frecuencia. De casi metro setenta y cinco de estatura, había sido rubia y atlética. Como las demás, cuando la encontraron, el tiempo y los elementos habían causado estragos en sus restos.

La primera de las tres víctimas anteriores era licenciada en arquitectura por Tulane. Era una joven inteligente, y, de acuerdo con sus amigos, decidida. Huérfana, se había criado desde niña en hogares de acogida. Había superado el colegio con mucho esfuerzo y becas. Con veintiséis años en el momento de su muerte, había sido menuda, de metro cincuenta y cinco de estatura y cuarenta y cinco kilos de peso. Había estado viviendo en Miami Beach, y le encantaba la arquitectura de la zona. Profundamente religiosa, necesitada del alivio espiritual, había sido una presa fácil para Peter Bordon, alias «Papá Pierre».

Justo cuando cerraba el archivo, Marty se acercó y le arrojó una carpeta marrón sobre la mesa.

—Peter Bordon sigue encerrado en el penal del centro de Florida.

—Marty, no he sugerido que no lo estuviera.

—Pero escucha esto. Ha sido un prisionero modelo; no tardarán en soltarlo. Su comportamiento es ejemplar. Y, por supuesto, está encarcelado por un delito no violento. Todos los que han trabajado con él dicen que es amable y educado. Lee el informe. No, mejor no... te entrarán ganas de vomitar. Bueno, demonios, vomites o no, tienes que leerlo. Hay una cita del psicólogo penitenciario que te va a encantar. «El señor Bordon lamenta haber creído que su método contable no perjudicaba a la sociedad. Se comporta como una persona resuelta a pagar sus deudas. Desde luego, no representa peligro alguno para la sociedad. Es profundamente religioso, ha sido amigo de muchos en situaciones extremas y es muy apreciado por sus compañeros de cárcel».

Jake se quedó mirando a Marty, sintiendo cómo se le contraían los músculos del cuello, como si lo estuvieran asfixiando. Suspiró y tomó el archivo.

—Jake, él no puede estar asesinando.

—Eso ya lo sabemos —Jake exhaló un hondo suspiro—. Marty, cuando me dijiste que habías comprobado que Bordon seguía en la cárcel, te creí. Donde esté no significa nada, ni ahora ni hace cinco años. Tenemos a otra mujer asesinada, y ese malnacido ha tenido algo que ver.

—Eso no lo sabemos, Jake.

—Es una corazonada.

—No podemos darle al fiscal una corazonada, Jake.

—Maldita sea, Marty, eso ya lo sé.

Marty se sentó en su escritorio, situado frente al de Jake.

—Otra mujer muerta con las orejas cortadas. ¿Quién era? ¿De dónde venía? ¿Por qué ha muerto? —murmuró Marty, pensando en voz alta—. Una chica joven que sólo intentaba vivir su vida y que tomó un desvío equivocado en algún punto del camino.

Las palabras de Marty hicieron que Jake se estremeciera por dentro. Aquello era su trabajo, su profesión; no era un poli novato, sino un detective de homicidios curtido que, aunque no lo había visto todo, sin duda, había visto bastante. Había dirigido muchos casos de homicidios, y lo había hecho con profesionalidad, sin permitir que el odio, el dolor, la pena o la contrariedad se interpusieran en su labor. Aquel caso en particular, sin embargo, era tan doloroso y amargo... Inspiró hondo para recuperar el control. Sabía muy bien que no podía dejarse llevar por las emociones, que no podía exhibirlas de ninguna manera, ni siquiera ante Marty. No quería que lo apartaran de la investigación.

—Vamos a entrevistar al resto de los seguidores conocidos de Bordon, a averiguar lo que hacen ahora, a investigar a qué se dedican. En realidad, no tenemos muchos datos con los que trabajar. Si pudiéramos identificar a la joven... —hizo una pausa y habló con suavidad—. Esta semana haré una escapada al penal.

—¿Quieres compañía, o crees que debo quedarme aquí?

—Creo que uno de los dos debería quedarse.

—Entonces, estarías más feliz aquí, entrevistando a los antiguos adeptos de Bordon. Te gusta estar en el meollo, Jake, lo sabes. ¿Seguro que no quieres que vaya yo?

Jake lo negó con la cabeza.

—No, gracias. Quiero hablar con Bordon personalmente.

Marty movió los pies con incomodidad.

—Ya has hablado antes con él.

Cierto. Y, de no ser por Marty, habría echado a perder su carrera policial. Había estado a punto de estrangularlo. Marty y un agente uniformado lo habían separado de Bordon. Marty sabía cuánto lo aborrecía, aunque no creyera que la muerte de Nancy tuviera relación con el caso. Sentía el mismo dolor que él. De hecho, había sido uno de los primeros agentes que se habían presentado en el lugar en que habían encontrado el coche de Nancy.

—No me pasará nada.

—Si no me hubiera ayudado ese fortachón, no habría podido evitar que lo estrangularas.

—Marty, obré mal. Me dejé llevar por las emociones, pero te aseguro que ahora soy dueño de mí. No puedo matar a Bordon.

—¿Cómo que no puedes matarlo? Apuesto a que sí. No es bajito, ni enclenque, pero tú pesas más que él, eres todo músculo, y la subida de adrenalina que tenías aquel día era temible. Por supuesto que puedes matarlo, y no sé si podrás controlar tu mal genio.

—Puedo y lo haré.

—Pero...

—No puedo matarlo, Marty. De verdad que no. Lo necesito vivo.

—¿Que lo necesitas vivo? Los dos pensamos que es un asesino, aunque no se ensucie las manos matando. ¿Por qué lo necesitas vivo?

—Porque necesitamos averiguar lo que pasó hace cinco años, y si ahora se está repitiendo la historia. Se nos pasó algo por alto. Bordon era el jefe, y había más personas implicadas en los asesinatos, pero no creo ni por un momento que los cometiera solo. Marty, debemos descubrir la verdad o nunca nos libraremos de este caso —guardó silencio un minuto; después, hizo una mueca y habló con rotundidad, con una sinceridad desnuda que su compañero podría comprender muy bien—. Necesito saber la verdad, o nunca me libraré de este caso.

Pasado un segundo, Marty asintió.

En aquel momento, sonó el teléfono de Jake. Éste descolgó. Era el capitán Blake, el jefe de la brigada de homicidios.

—He oído que has estado ocupado este fin de semana.

—Me he tomado el domingo libre.

—¿Para pasarte el día leyendo archivos?

—Fui a ver a mi padre.

—Me alegro. Bueno, he visto los informes del forense sobre esa chica que encontraron el viernes. Y, sí, es similar a los asesinatos de hace cinco años. Reforzaremos el equipo de investigación. Y si puedes jurar que mantendrás la cabeza fría y que no especularás públicamente, volverás a dirigirlo, detective.

—Puedo mantener la cabeza fría —vaciló—. Gracias, señor.

—Nadie conoce lo que ocurrió entonces tan bien como tú. Siempre ha sido tu caso, así que es natural que siga siéndolo. Claro que esto podría ser obra de...

—¿Un imitador? Sí, señor, lo sabemos.

—Y no eres el Llanero Solitario, Jake. Resolvemos los casos trabajando en equipo.

—Sí, señor.

—Muy bien. Reunión a las diez y media en mi despacho.

—Entendido.

—Contaremos con Franklin, del FBI. ¿Algún problema con eso?

—No, señor —lo tenía, pero no estaba dispuesto a decírselo a Blake. Y tampoco a Franklin.

—Belk, Rosario, MacDonald y Rizzo completarán el equipo. Siempre puedes recurrir a los agentes uniformados que necesites.

—Parece un buen equipo y un buen apoyo.

—A las diez y media —repitió el capitán Blake.

—Sí, señor, allí estaremos.

Colgó y se quedó mirando el auricular con aire pensativo.

—¿Y bien? —dijo Marty. Jake se encogió de hombros. Marty era un gran admirador de sir Conan Doyle.

—Como a tu superdetective victoriano le gustaba decir, Marty, comienza la función. A las diez y media, reunión en el despacho del capitán Blake —añadió—. Vamos a reforzar el equipo con Belk, Rosario, MacDonald y Rizzo. Ah, y con Franklin, del FBI.

—¿Con Franklin? —inquirió Marty con desolación.

—¿Algún problema? —dijo Jake.

—¿Problema? ¿Yo? Maldita sea, no —dijo Marty. Pulsó algunas teclas de su ordenador, dispuesto a buscar los archivos disponibles. Seguía moviendo la cabeza—. Demonios. *Franklin* —dijo.

—Te he oído, Marty —lo regañó Jake.
—Es eficiente, pero tan... estirado. Hasta habla como si le hubieran metido una escoba por el trasero. Claro que es un genio con los ordenadores.
—Eso nadie puede negarlo —admitió Jake.

–Fundamentos –concluyó el sargento Brennan con firmeza, dirigiéndose a toda la clase. Aunque tenían varios profesores, Brennan era su sargento, su instructor principal en aquel viaje de formación–. ¿Por qué insistimos tanto en ellos? –era una pregunta retórica–. Porque si olvidáis esos fundamentos, el esfuerzo de otros compañeros y del personal de apoyo técnico se va al garete. Somos agentes de la ley, no la ley misma. Y nada funciona sin la ley. Todos habéis aprobado los exámenes para entrar en esta clase. Diablos, hasta os hemos dado balas de verdad. Dentro de unos meses, os graduaréis, y os labraréis un futuro como policías. Todos estáis aquí con sueños diferentes, con objetivos diferentes, pero no se harán realidad si olvidáis los fundamentos. Y el más importante es ¿para qué diablos estamos aquí? Jacoby, la pregunta es para ti.

Brennan señaló a Arne Jacoby, el compañero de pupitre de Ashley. Jacoby tenía un físico con el que podía parecer el mejor protector del mundo... o un hijo de perra despiadado. Medía uno noventa y movía ciento treinta y cinco kilos de puro músculo. Era un joven atractivo, no sólo negro, sino de color ébano, con la cabeza rapada y unas facciones sensacionales. En contraste con la belleza morena, casi reluciente, de su piel oscura, tenía sorprendentes ojos verdes.

Jacoby sonrió y se puso en pie.

–Para proteger y servir –contestó.

—Eso es. Gracias, Jacoby. Esa es nuestra principal función. Ni acosar a los que cumplen las leyes, ni buscar delitos donde no existen. Proteger y servir —Brennan consultó su reloj—. Bueno, ya basta por ahora. Podéis ir a almorzar. Esta tarde, escucharemos a un perito en serología y en manchas de sangre.

La clase empezó a disolverse y a salir por la puerta.

—Oye, Montague, ¿quieres un perrito caliente o un sándwich de carne misteriosa de la cafetería? —le preguntó Jacoby.

—Un perrito —le dijo Ashley—. Pero tengo que oír mis mensajes y hacer unas cuantas llamadas.

—Entonces, seré generoso y te invitaré al perrito. Estaremos en las mesas de fuera. ¿Quieres una Coca-Cola?

—Sí, gracias. La próxima vez, invito yo.

—Mejor, invítame a una cerveza un domingo en el bar de tu tío.

—Trato hecho.

Jacoby se marchó en busca de la comida. Ashley buscó un rincón para oír los mensajes del buzón de voz.

Fiel a su palabra, Nick había telefoneado al hospital. Stuart seguía en cuidados intensivos; sólo podían visitarlo sus familiares.

Aun así, seguía con vida. Nick se disculpó al final del mensaje, diciéndole que lamentaba no haber podido obtener más información.

No era gran cosa, pero Stuart seguía vivo y, mientras había vida... había esperanza.

—¿Y bien? —dijo Jake.

Marty acababa de colgar. Tras la reunión, habían pasado muchas horas al teléfono.

—No vamos a poder localizar a John Mast, el antiguo secretario de Bordon.

—¿No? Salió de la cárcel hace seis meses. Estaba trabajando en un centro de integración de ex presidiarios de Delray.

Marty parecía sorprendido.

—¿Cómo lo sabes? Lo siento, qué tonto soy. Nunca has dejado de investigar, ¿verdad, Jake?

—Sí, me he preocupado de saber, al menos, dónde estaba la gente. Por eso te pedí que hicieras averiguaciones.

—Pues no pienses que vamos a poder acusarlo de nada.

—¿Por qué no?

—Llevaba dos meses fuera de la cárcel cuando el avión en que viajaba cayó al norte de Haití.

De modo que John Mast estaba muerto. Jake se enfadó consigo mismo. Había estado siguiendo la pista a los adeptos de Bordon pero, al parecer, la de John Mast no lo bastante cerca.

—Necesitamos identificar a la víctima.

—Dentro de poco, empezarán a hacer una reconstrucción facial. No podemos usar una fotografía, pero un buen dibujo ayudará.

Jake descolgó el teléfono y se dirigió a Marty.

—Voy a hablar con los de prensa. Quiero asegurarme de que estarán listos para ayudar en lo que puedan. Sacaremos el dibujo en primera página, y lo repartiremos también en las agencias de noticias. Alguien tiene que haberla visto.

Mientras marcaba, sonó el teléfono por otra línea. Marty contestó, tapó rápidamente el auricular y dijo:

—Yo hablaré con los de prensa. Será mejor que atiendas tú esta llamada.

Jake frunció el ceño, pulsó la tecla de la línea y dijo:

—Dilessio al habla.

—¿Jake?

Hizo una mueca para sus adentros.

—Sí, Brian.

—He leído la noticia en el periódico. Hay una nueva víctima.

—Lo sé.

—Quizá Nancy sí supiera algo que no debería haber sabido.

—Sabes que he explorado ese enfoque con todas mis fuerzas.

—Ya, pero ahora tienes a otra mujer muerta.

—Lo sé.

—Ya sé que lo sabes. Bueno... sólo quería comentártelo. Oye... Siento lo de la otra noche.

—No pasa nada.

—Si necesitas mi ayuda para algo, lo que sea...

—Te llamaré, de verdad —añadió.

—Sé cómo investigar, cómo recabar datos.

—Brian, créeme, te pediría ayuda sin pensarlo.

—Gracias.

—De nada.

Brian colgó.

—¿Os estáis haciendo colegas? —preguntó Marty con el ceño fruncido.

—No... Se presentó borracho en mi barco la otra noche, dispuesto a darme una paliza.

—Así que todavía cree...

—Bueno, hay algo que los dos creemos. Nancy jamás se habría quitado la vida. Y no era proclive a sufrir accidentes.

—Sí, bueno —murmuró Marty, y bajó la mirada a uno de los viejos archivos—. Demonios, este dibujo es horrible. Tenemos que buscar a alguien mejor que Dankins.

Jake lanzó una mirada al retrato de la primera víctima, la que hizo el artista forense antes de que la identificaran. Debió de ser un encargo difícil, por lo poco de cara que quedaba, pero el resultado no se parecía mucho a la fotografía.

—Dankins dejó su puesto hace dos meses —le dijo a Marty.

—No lo sabía.

—Este retrato podría ser de cualquiera.

—Sí, se parece a mi tía Betty... borracha en Halloween.

Jake se puso en pie y tomó su chaqueta.

—¿Estás listo? Empezaremos hablando con Mary Simmons.

—¿Una de las más fieles adeptas de Bordon?

—Sí, la he encontrado. Se ha unido a los hare krishnas, y ha accedido a hablar con nosotros esta tarde.
—¿La has encontrado? —preguntó Marty en voz baja—. ¿O siempre has sabido dónde estaba?
—¿Acaso importa? —preguntó Jake.
—Diablos, no. Me encanta esa música, y ver a gente con hábitos y coletas. Será una tarde divertida —dijo Marty—. Hagamos un poco de trabajo de calle.

Cuando terminó de oír los mensajes, Ashley se reunió con algunos compañeros de clase en las mesas de picnic. Arne le había comprado un perrito caliente y varias bolsitas de condimentos. Le dio las gracias mientras se sentaba. En la mesa también estaban Gwyn Mendoza, Dale Halloran e Izzy Rodríguez.

Al sentarse, se sorprendió al ver a Len Green avanzando hacia ellos.

Saludó al grupo al aproximarse, y se pasó la mano por el pelo. Aunque lo llevaba bastante corto, algunos mechones de color rubio oscuro escapaban a su control. Tenía un buen rostro, delgado y estético. Era un modelo de dibujo excelente.

—Hola, Len —dijo Izzy.

Al mirarlo, Ashley pensó que Karen y él harían buena pareja. Len vivía dedicado a su trabajo, lo mismo que Karen. Los dos creían en lo que hacían.

—No mires, es un poli de verdad —bromeó Gwyn—. ¿Qué te trae por aquí? ¿No deberías estar resolviendo crímenes en el sur de Dade?

Len hizo una mueca.

—Burocracia. No sé si la gente sabe cuántos papeleos tenemos que hacer los policías. Un tipo estornuda a destiempo en una detención y el informe aumenta veinte páginas. No, no dejéis la academia. Estoy exagerando.

Todos rieron. Len nunca había sido un asiduo de Nick's, pero fue allí donde Ashley lo conoció. Estaba allí con un amigo, y la vio leer los requisitos de ingreso en la academia de policía. Empezaron a hablar y, varias semanas después, Len regresó a Nick's y la invitó a salir.

Para entonces, a Ashley ya le habían dado fecha para la prueba de acceso a la academia, y pudo decirle que no quería salir con nadie hasta que no completara su formación.

Len le preguntó si podrían comer juntos de vez en cuando, o ir a ver una película. Lo habían hecho, y ella había agradecido su amistad. De pronto, sería maravilloso que Karen y él hicieran migas.

—¿Qué tal, pequeña? ¿Cómo te va? —le preguntó a Ashley. Arne Jacoby resopló.

—¿Que cómo le va? Es una alumna brillante. Nunca contesta con monosílabos. Sea cual sea la pregunta, la ha estudiado a fondo.

—Bueno, no me refería a la academia —dijo Len—. ¿Os ha hablado del accidente que vio en la autovía este fin de semana? Había un artículo en el periódico. Te lo he cortado, Ashley, por si acaso no tenías el número del sábado.

—Sí, lo tengo, Len, y es peor de lo que pensaba.

—¿De qué accidente habláis? —inquirió Arne—. No os seguimos.

—De uno espeluznante y triste —dijo, mirando a Len, y se lo explicó al resto—. El viernes por la mañana fui a Orlando con unas amigas, y vimos un accidente en la I-95. Un peatón había sido atropellado. Al parecer, estaba cruzando la autovía en calzoncillos. Resultó que era un conocido mío. Y lo conocía bien, hace años.

—¿Lo conocías? —dijo Len.

Ashley asintió.

—Creo que he leído algo sobre ese accidente —comentó Gwyn.

—Es un caso extraño —dijo Len—. El hombre estaba atravesando la autovía en calzoncillos. Bueno, estamos en Miami... ¿No estaría en un colegio mayor o algo así, haciendo una gamberrada?

—No, Stuart no. Había terminado sus estudios, estaba trabajando. Fue premio extraordinario de licenciatura. Era más... un empollón que un gamberro.

–Entonces... –insistió Gwyn–. ¿Qué hacía?

–Dicen que se había chutado –explicó Len en voz baja.

–¿Era un yonqui cuando lo conocías? –preguntó Izzy en tono suave, comprensivo.

–¡Qué va! –exclamó Ashley, indignada–. Y de eso se trata. Tampoco creo que sea un yonqui ahora.

–¿Cuándo lo viste por última vez? –preguntó Arne en voz baja.

–Hace algunos años –reconoció, y advirtió que todos la miraban de la misma manera, con tristeza, como si no quisieran afirmar lo obvio. Hacía mucho tiempo que no veía a su amigo, y los seres humanos eran frágiles. No podía asegurar que Stuart no se hubiera enviciado desde la última vez que lo había visto–. Pero me gustaría averiguar algo más sobre el accidente.

–Deben de estar llevándolo los de Miami Norte, o quizá Miami Beach –dijo Len–. No será difícil averiguarlo. Preguntaré por ahí –prometió Len, y se puso en pie–. Tengo que volver a mi comisaría. Y vosotros a clase. Conozco a Brennan, es muy puntilloso con la puntualidad.

Le dio a Ashley un beso en la mejilla y se despidió del resto con la mano mientras se alejaba hacia el aparcamiento.

–Adelantaos vosotros, yo voy a hacer una llamada –dijo Ashley. Se puso en pie, tiró el envoltorio del perrito al contenedor de basura y echó a andar a paso lento hacia el edificio. Marcó el número de teléfono de Karen y se alegró cuando su amiga contestó a la llamada. Karen había reconocido su número en la pantalla y habló antes de que Ashley pudiera decir palabra.

–Oye, imagino que habrás leído el periódico. ¿Puedes creer que fuera Stuart?

–Lo sé, por eso te llamaba.

–Me alegro. Quería hablar contigo, pero no puedo llamarte durante el día porque estás en clase. Sigo sin poder creerlo. Vamos, es uno de los chicos más amables, rectos y honrados que hemos conocido. ¿Cómo diablos ha podido pasarle esto?

—Ojalá lo supiera. Pero voy a hacer algunas preguntas.

—Bueno, sí. Eres policía. O casi. Podrás sacarle información a alguien.

—Lo intentaré.

—Espero que siga vivo —dijo Karen.

—Lo está... o, al menos, lo estaba esta mañana. Nick llamó al hospital. Lo tienen en la UCI. Oye, tengo que volver a clase. Sólo quería que lo supieras.

—Gracias. Y prométeme que me llamarás si averiguas algo.

—Te lo prometo.

Ashley colgó y vio que sus compañeros ya habían entrado en el edificio. Miró la hora y advirtió con desolación que iba a llegar por los pelos.

Corrió por los pasillos hasta el aula y entró justo cuando el minutero señalaba las doce. Los demás compañeros ya estaban sentados. Mientras avanzaba con paso rápido hasta su asiento, vio que el capitán Murray, el jefe de personal, había escogido aquella tarde para entrar y echar un vistazo a la clase. Se le cayó el alma a los pies. Sabía que estaba llamando la atención caminando entre las hileras de sillas para llegar a la suya. También sabía que el capitán la estaba observando mientras hablaba con Brennan. Mantuvo la vista al frente, tratando de no reflejar ninguna emoción. Al menos, culpa, no. Había llegado a tiempo.

Ninguno de los dos dijo nada. Brennan habló a la clase durante unos minutos y presentó a Shelly García, de la unidad de medicina forense, que iba a darles una charla sobre manchas de sangre. Después, el capitán Murray les hablaría de las diversas salidas que podrían elegir cuando completaran su formación.

Ashley tenía un bloc y tomó notas, como los demás. Pero, de vez en cuando, se ponía a divagar.

Sin pensarlo, empezó a dibujar la escena del accidente una vez más. Cuando se dio cuenta, tuvo cuidado de alzar la mirada con frecuencia mientras sombreaba el dibujo.

Y una vez más... La figura. Una figura negra, al otro extremo de la autovía, observando...

Mary Simmons estaba sentada en la parte posterior de la propiedad, esperándolos. Sonrió al verlos, se puso en pie y les dio la bienvenida. Tenía treinta y cinco años y parecía diez años más joven; daba la sensación de estar en paz consigo misma. La zona ajardinada del templo era bonita, con plantas en torno a los pequeños bancos. Jake tenía que reconocer que era un lugar tranquilo.

—Gracias por recibirnos, Mary.

—Faltaría más —miró a Jake—. Siempre que no quiera acosar a los hare krishnas...

—Este lugar lleva aquí desde que tengo uso de razón, Mary. Sabemos que es legal.

Ella se encogió de hombros sin dejar de mirarlo.

—No sé si podré decirle algo que no le haya dicho antes —miró a Jake y, después, a Marty. Éste lo miró a él al comprender que su compañero había visto a Mary varias veces en los años transcurridos.

—Cualquier cosa que recuerdes que pueda habérsenos pasado por alto.

Ella asintió.

—Bueno... Papá Pierre... perdón, Peter Bordon, parecía ser el único cabecilla. Predicaba, tenía la finca, nos acogía y, sí, sugería que diéramos lo que teníamos por el beneficio de todos. Lo que ustedes no ven es que era amable y afectuoso, y que nosotros creíamos en él. Y era una forma de vida sencilla. Cultivábamos nuestra propia comida y... —hizo una pausa, sonrió—. Por suerte, soy vegetariana, porque también pescábamos peces en el canal, y es probable que la mitad de esos peces estuvieran enfermos o contaminados. Pero, volviendo a lo nuestro, era una forma de vida sencilla. Peter hacía migas con los hombres pero prefería a las mujeres. Y si había alguna disidencia entre nosotras, raras veces expresada, por supuesto, con nuestra filosofía de compartirlo todo, era sobre con quién iba a pasar la noche Peter. Yo estaba mucho en la casa; fui una de sus primeras adeptas. Y, aun así, ni siquiera yo sabía lo que pasaba dentro. Dormíamos en barracones de la finca... a no ser que fuéramos escogidas para la noche.

Miró a Jake.

—Sabíamos que venían coches por la noche. Oí hablar a Peter con otras personas algunas veces en la casa, pero nunca supe quién había dentro. Y nunca sospeché nada. Cuando nos enteramos de que nuestras amigas habían sido asesinadas, nos quedamos horrorizados. Y, sinceramente, creíamos que habían sido asesinadas por personas que odiaban a Peter, nuestra forma de vida, nuestras creencias. Peter nos dijo una vez que tuviéramos mucho cuidado, porque la policía lo odiaba, nos odiaba a todos, porque no entendía la hondura de nuestra fe ni cómo podíamos vivir entregados los unos a los ojos —se encogió de hombros—. Pero ahora... En fin, parece tan evidente que a Peter le gustaba el dinero y el sexo... Y, como es natural, no le gustaba la policía, porque nos lavó a todos el cerebro. De todas formas... Sinceramente, no creo que Peter matara a nadie. Ni que ordenara ninguna muerte. Era codicioso, nos utilizaba, pero no era un asesino.

—Mary —dijo Jake con paciencia—. Murieron tres mujeres, todas ellas relacionadas con el culto. Peter era el cabecilla.

—Sí pero... Peter es quien tiene las respuestas, si es que hay alguna. Se lo he dicho, iba y venía gente a la que nunca veíamos. Quizá vinieran por las donaciones que Peter recibía de nosotros, no lo sé.

—¿Y qué me dices de Harry Tennant? —preguntó Jake.

—No tenía dinero, así que Peter no quería darle cobijo. Sólo pasó unas noches en la finca. Bueno, que yo sepa. Sinceramente, cuanto más pienso en él, más creo que podría haber cometido esos horribles crímenes. Era un tipo raro... muy raro. Quería ser como Peter, quizá no en sentido religioso, sino... Quería el poder que Peter ejercía sobre las personas —se encogió de hombros—. Deseaba a las mujeres. Sexo. Se insinuaba a todas nosotras. Peter no era posesivo; no nos consideraba su harén privado ni nada parecido. Y bien sabe Dios que ninguna de nosotras parecíamos saber qué era lo que nos atraía a su cama. Tan pronto hablabas del bien que podía hacerse con una vida sencilla... como estabas ensalzando todo lo natural y hermoso de la existencia humana. Creados a la imagen de Dios... todavía éramos mortales, animales, y los instintos naturales no debían aborrecerse, sino celebrarse. Por eso, viéndolo todo con la perspectiva del presente, no me cuesta trabajo creer que Harry viera a Peter, se volviera loco de celos y desarrollara un odio psicópata hacia las chicas por desear a Peter y no a él.

—Mary, sé que nos has contado esto muchas veces pero, por favor, ten paciencia, porque ha muerto otra joven. Cuando las chicas que fueron asesinadas desaparecieron, ¿no os preocupasteis? ¿No se preocupó Peter?

Ella lo negó con la cabeza.

—Nada nos ataba a ese lugar. Éramos libres de entrar y salir cuando quisiéramos —vaciló—. Sí, cuando apareció la tercera chica tuve miedo. La policía empezó a presentarse en la finca, y Peter nos animó a todas a hablar, así que... Después, Harry Tennant se mató y... Bueno, tienen que comprender que cuando uno cree en las enseñanzas de Peter profundamente, la muerte no es el final sino un principio.

—Esas chicas fueron torturadas. Asesinadas.

—Les cortaron las orejas —dijo Mary.

—Porque no querían oír, seguramente. Y si no era a Peter a quien tenían que escuchar, Mary, ¿a quién era?

Ella movió la cabeza. Después, frunció el ceño.

—Creo que Harry Tennant podría haber sido más psicópata, e incluso más inteligente a pesar de su demencia, de lo que quiere creer, detective.

—¿Por qué?

Sonrió con tristeza a los dos.

—Creo que oía voces. Hablaba de Lázaro.

—¿De Lázaro? —dijo Marty.

—Lázaro, que resucitó de entre los muertos —dijo Jake.

Sonrió a Mary y le habló con suavidad—. Mary, nunca me lo habías contado antes.

—Nunca había pensado en ello. Creía que Harry estaba loco de verdad. Y ha pasado tanto tiempo... No sé qué es lo que está ocurriendo ahora, detective, pero sé que dije la verdad hace años, cuando declaré ante la policía que no creía que Peter hubiera matado a nadie. Creía que Harry era el responsable, y que se hacía el loco. Una noche... me desperté, y él estaba junto al canal, contemplando el agua. Dijo que Lázaro había resucitado, que Lázaro le había dicho que fuera al agua. Reconozco que se me pusieron los pelos de punta. Así que lo dejé allí y regresé corriendo al dormitorio —miró a Marty y a Jake—. ¿Les apetece una infusión?

Le dieron las gracias y declinaron el ofrecimiento. Jake se puso en pie y empezó a llevarse la mano al bolsillo.

—Tengo su tarjeta, detective, y, si consigo recordar alguna otra cosa que pueda serle de utilidad, le aseguro que lo llamaré —se puso en pie, sonrió y le plantó un pequeño beso en la mejilla—. Lo prometo. Sé que está haciendo lo que puede.

—Gracias.

—No me ha hecho la pregunta que me hace siempre —dijo. Jake enarcó una ceja, y ella lo miró con intensa comprensión—. Se lo juro, nunca vi a su compañera, detective Dilessio. Si alguna vez vino a la finca, nunca la vi. Y rezo para que me crea. No le mentiría; va en contra de mi fe.

—Lo sé, Mary —dijo Jake—. Gracias.

La clase empezó a aplaudir. Ashley dejó el lápiz sobre la mesa e hizo lo mismo. Las lecciones de la tarde habían concluido. Sintiéndose culpable, batió las palmas. Cuando sus compañeros empezaron a levantarse, recogió los papeles con sus bocetos y los arrojó a la papelera. Reparó en las miradas penetrantes del capitán Murray y del sargento Brennan, y apretó el paso. ¿Estarían recordando que tenía un problema con la puntualidad? O, peor aún, ¿se habrían dado cuenta de que había estado dibujando en clase?

Cuando salió del edificio, se vio rodeada de gente. Había tres turnos: de ocho a cuatro, de cuatro a doce y de doce a ocho. El turno de día siempre salía cuando se disolvía la clase.

Había llegado a reconocer a muchas personas de camino al aparcamiento. Sonreía y despedía con la mano a algunas. No las conocía, pero las veía todos los días. Existía cierta camaradería en la jefatura de policía. Abrió el coche con el control remoto, y sonrió a una de las mujeres del registro. La mujer le devolvió la sonrisa.

Fue entonces cuando lo vio. Ya sabía, por supuesto, quién era. El detective Jake Dilessio. Salía del edificio con otro hombre, con el que conversaba mientras atravesaba el aparcamiento. Ashley apretó el paso pero, antes de poder abrir la puerta de su coche, el detective se volvió. Estaba distinto con traje, más alto, más maduro, más oficial. Más amenazador.

Llevaba gafas de sol, gafas oscuras sobre ojos oscuros. Miró hacia ella pero no la saludó de ninguna manera. Era evidente que no la había visto.

Sin embargo, cuando Ashley se sentó detrás del volante, se dio cuenta de que seguía mirándola. Sí que la había visto. No la había saludado con la mano ni había insinuado la más leve sonrisa. Sólo la había mirado.

Deseando poder escurrirse debajo del asiento, Ashley se puso las gafas, se abrochó el cinturón, metió la llave en el contacto y sacó el coche del aparcamiento.

Una vez en la carretera, recordó que Sandy le había dicho que el detective acababa de trasladar su casa flotante al muelle de Nick's. No era el muelle de Nick's, por supuesto; pertenecía al ayuntamiento. La gente decía que era de Nick's porque el restaurante llevaba allí mucho tiempo.

Mientras conducía hacia su casa, advirtió que el detective estaba detrás. Lo reconoció a través del espejo retrovisor. Después, en algún punto de la autovía, lo perdió de vista.

Ashley llegó a Nick's y entró en la casa por la puerta de la cocina. Enseguida advirtió que era una tarde ajetreada; oía voces y risas además de la música. Se dirigió a sus habitaciones, se quitó el uniforme, se dio una ducha rápida y dejó que el agua caliente fluyera sobre ella largo rato. Deseaba poder dejar de pensar en Stuart Fresia, pero no podía. Se preguntó si sería culpabilidad: no había mantenido el contacto con su viejo amigo como debería.

Después de la ducha, se vistió y entró en el restaurante por la puerta de atrás. Nick estaba en la barra, ayudando a Betsy, la camarera de entre semana. El local estaba atestado, algo inusual un lunes por la noche.

—¡Eh, Ashley! —la llamó Nick—. ¿Estás muy cansada, o puedes echarme una mano unos minutos? Kara no ha venido porque está enferma, así que sólo tengo a David en las mesas. Hay un plato de comida para la veinticuatro, ¿puedes llevarlo?

—Claro.

Se dirigió al mostrador que separaba la cocina de la zona reservada a los camareros. El plato de comida era pez espada al vapor, con patatas asadas y brécol. Lo colocó en una bandeja, añadió unos limones y un pequeño recipiente de salsa tártara y salió a la terraza, donde se encontraban las mesas dieciocho a veintiséis.

La veinticuatro era de dos servicios, y había que doblar la esquina de la casa para llegar a ella. Solían escogerla los clientes que se encontraban con ánimo romántico... los que conocían su existencia, claro. Ashley se acercó y vio al único ocupante de la mesa, un hombre moreno, con la cabeza gacha, absorto en la lectura.

Al dejar el plato, asumió automáticamente su papel de camarera.

—Buenas noches. Aquí tiene su pez espada al vapor. ¿Le apetece algo más?

El hombre alzó la vista. Ashley se quedó helada cuando lo reconoció. Era el detective Dilessio. Desde que había dejado la jefatura de policía, se había cambiado el traje por un bañador y una camiseta. La camiseta estaba seca; el pelo moreno, húmedo. Había estado nadando, o quizá se hubiese duchado y vestido, como ella. Pero no había dejado el trabajo en la comisaría. Lo que absorbía toda su atención era un archivo de papel marrón lleno de hojas.

Él también la reconoció, y la miró de arriba abajo.

—¿Algo más? —murmuró Dilessio—. Mmm... El pez espada está en la mesa, a salvo. ¿Puedo atreverme a pedir café? No para echármelo encima, sino para beberlo.

Ella se sonrojó levemente.

—Haré lo que pueda para traerle una taza sin peligro —le aseguró. Él seguía observándola. No parecía estar enfadado, sólo ligeramente regocijado. Ashley vaciló—. Usted es Jake Dilessio, ¿verdad? ¿Detective Dilessio, de Miami-Dade?

—Sí. ¿Por qué? ¿Va a disculparse ahora que sabe quién soy?

Ashley sintió un chisporroteo de indignación, pero lo reprimió.

—¿Porque ahora sé quién es? Vamos, detective, me enseñan que mi función es proteger y servir, no intimidar a la gente y esperar un trato especial. Sólo quería presentarme. Pero si desea disculparse por arremeter contra mí en mi propia casa, estaré encantada de escucharlo.

—Ah, sí. Estás en la academia —dijo.

—Sí. ¿Insinúa que no debería estar allí?

—Ni mucho menos. Y si teme que pida su expulsión porque el otro día me abrasó, la respuesta es «no». Para empezar, si es buena, su futuro escapa a mi control. Debo decir, sin embargo, que como bien ha dicho, nuestro lema es proteger y servir, no intimidar. Espero que se muestre un poco más... serena con los ciudadanos de este condado.

—Eso intento. Pero todavía no me han soltado a la calle, ¿sabe?

—Ah, bueno. Entonces todavía hay tiempo... y esperanza.

—Supongo que debería darle las gracias porque no me detuviera por agredir a un agente de la ley.

—Bueno, es la sobrina de Nick, ¿no?

—No querría recibir favores de nadie porque soy la sobrina de Nick.

—Sinceramente, no obtendría ninguno.

—Ah. Eso significa que yo estaba en lo cierto.

—No recuerdo haber dicho eso.

—Pero yo sí —insistió, y se preguntó qué diablos hacía allí de pie, discutiendo con él. Era incapaz de marcharse sin quedarse con la última palabra. Y le resultaba imposible dejar de observarlo. Era un hombre muy interesante. No tenía una hermosura de niño bonito, sino de marinero curtido y robusto, y si sometía a los sospechosos a aquella mirada intensa y sombría, sin duda confesarían porque creerían que Dilessio les estaba leyendo el pensamiento.

Como estaba leyendo el de ella en aquellos momentos.

De pronto, se sintió incómoda. Él sonrió despacio, y el gesto cambió su rostro. No sólo era bien parecido, sino endiabladamente atractivo.

—¿Algo más? —inquirió.

—Podríamos acabar en los tribunales. Llevar este asunto ante el juez, o algo así —dijo con desenfado.

—O eso, o podrías traerme el café.

—Sí, supongo que sí.

«¡Cretino!», pensó. Lástima que sólo tuviera que llevarle un café. Le habría encantado vaciar la jarra entera sobre su cabeza.

Jake siguió leyendo la lista de personas vinculadas a Peter Bordon. Se la sabía de memoria; era un caso antiguo. No importaba. Se le estaba escapando algo, y cuando descubriera lo que era...

Los nombres se emborronaron ante su vista. En su mayoría, eran personas desencantadas de la vida, jóvenes que buscaban algún sentido a la vida y creían haberlo encontrado. Todos habían seguido adelante. Muchos ya no vivían en Florida.

Se frotó las sienes, recordando las visitas que había hecho a Bordon hacía tantos años. Una joven había contestado a la puerta. Cary Smith. Ya había reunido información sobre ella y estaba libre de sospecha. También estaba John Mast, la mano derecha de Bordon. Había cumplido condena por fraude. Habría estado en la cabeza de su lista de sospechosos, pero había muerto.

Jake cerró el archivo.

«No te obsesiones», se aconsejó. No era el Llanero Solitario.

Se acordó de Nancy; la vio de pie en la cubierta del Gwendolyn.

—Ese pobre chico no ha matado a nadie. Seguirán apareciendo cadáveres, Jake, cada vez más. A no ser que le paremos los pies a ese culto. Creo que Peter Bordon tiene complejo de Dios; se cree con derecho a llevarse vidas humanas. Cree que es el brazo ejecutor de Dios, o su voluntad, o algo así.

—Lo estamos acorralando, y lo encerraremos —dijo Jake.

—No lo encerraremos a no ser que podamos demostrar que es el impulsor de esas muertes —consultó su reloj—. ¡Tengo que irme!

Su actitud de aquella noche lo había inquietado.

—¿Adónde vas?

—A casa. Tengo un marido, ¿recuerdas?

Pero no había ido a casa. Y, a la mañana siguiente, Brian Lassiter se presentó por primera vez en el Gwendolyn, dispuesto a molerlo a palos.

Pero Nancy no estaba con él. Y después... la tensión, el miedo, las acusaciones. La caza.

Transcurrieron varias semanas hasta que la encontraron, a pesar de que era policía y de que todos los agentes de policía de Florida habían estado buscándola. Pero se había caído dentro de un canal. Las pocas huellas de neumáticos rescatadas por los especialistas indicaron que había perdido el control del vehículo.

Y mientras buscaban a Nancy, Bordon fue detenido y encarcelado por fraude y evasión fiscal. Sin embargo, aún estaba libre la noche en que Nancy murió.

Se le agarrotaron todos los músculos del cuerpo.

Nick's estaba hasta los topes. A Ashley la detuvieron varias veces de camino a la cafetera, cuando se disponía a cumplir la orden tan amablemente dictada por el detective Dilessio. Por fin, alcanzó la zona reservada a los camareros del extremo de la barra.

—Nick, ponme un café solo para el ogro de ahí fuera.

Nick frunció el ceño.

—¿El ogro?

—Dilessio —contestó.

—Jake no es ningún ogro. Es un tipo honrado.

—Y ahora vive aquí —añadió Ashley con una mueca.

—Hace un año puso su nombre en una lista de espera para conseguir un amarre. A la gente le encanta este puerto deportivo, y las vacantes no se consiguen fácilmente.

—Y nunca viene mal tener a un detective grande y malo viviendo cerca —dijo una regocijada voz femenina detrás de Ashley.

Ashley giró en redondo. Sharon Dupre estaba de pie junto a ella, conjuntada y elegante, como de costumbre. Llevaba un traje azul marino, zapatos bajos y una suave blusa azul. Miraba a Ashley con un brillo en los ojos.

—Sí, es estupendo —repuso Ashley con ironía—. Sharon, hoy hay mucho jaleo, y estamos cortos de personal. ¿Te importaría echar una mano? Estoy pensando que, aunque Stuart Fresia esté en la UCI y no pueda recibir visitas, me gustaría pasarme por el hospital y ver a sus padres.

—Adelante —dijo Sharon—. Seguro que te sentirás mejor después de hablar con ellos.

—¿Sabes, Ashley? —dijo Nick mientras le servía el café para Dilessio—. Si crees que algo no encaja en el accidente de tu amigo, deberías hablar con Jake.

—Dilessio es de homicidios. Y Stuart no está muerto... todavía —repuso Ashley en voz baja.

—Es un profesional —dijo Nick—. Y en el cuerpo lo respetan. Tú todavía estás en la academia. Si intentas hablar con alguien, puede que se deshagan de ti con una excusa. Dilessio llama a un compañero y consigue respuestas.

Ashley vaciló un momento. Dilessio era un cretino y la antipatía era mutua, pero no debía pensar en sí misma, sino en Stuart.

—Quizá tengas razón —dijo—. Está bien, deseadme suerte con el ogro.

Tomó el café y se lo llevó. Jake Dilessio seguía leyendo el archivo. No alzó la mirada cuando Ashley le dejó el café; se limitó a murmurar:

—Gracias.

Ashley permaneció inmóvil; después, se sentó frente a él, y Dilessio alzó la mirada.

—Tengo entendido que trabaja en homicidios.

—Sí —volvió a bajar la vista a sus papeles. Ella carraspeó. Pasado un segundo, Dilessio volvió a alzar la mirada. Ashley aprovechó la ocasión.

—Hubo un accidente el viernes por la mañana, poco después de que yo saliera de aquí. Pasé al lado con mi coche. Un peatón atropellado en la I-95. Lo vi tendido en la carretera. Iba en calzoncillos, nada más. Esta mañana leí el artículo sobre lo ocurrido, y resulta que es un viejo amigo mío. Dice en el artículo que se había pinchado heroína. Conocía a Stuart lo bastante bien para saber que jamás se drogaría. Se desmayaba sólo con ver una jeringuilla.

Por lo menos, había captado su atención; la estaba mirando con ojos sombríos y reflexivos.

—Yo trabajo en homicidios, Ashley. Tu amigo sufrió un accidente de tráfico... según parece, fue él quien lo provocó. Recuerdo haber visto la noticia. Los compañeros que investigan el caso son buenos, estoy seguro. Y el que lo asustaran las jeringuillas hace años no significa que no se haya convertido después en un drogadicto.

—Sé que hay algo que no encaja en esa teoría —insistió.

—Crees saberlo porque ese hombre era tu amigo —no hablaba con crueldad, sólo en tono práctico. Ella lo negó con la cabeza.

—¿De dónde apareció? Debió de salir de alguna parte para que empezara a cruzar la autovía en calzoncillos.

—Ashley, si tu amigo no llevaba mucho tiempo pinchándose, podría haberse quedado colgado y haber hecho casi cualquier cosa.

Ashley iba a obtener la misma reacción, dijera lo que dijera. Y resultaba increíblemente irritante que todo el mundo sacara conclusiones precipitadas.

—¿Por qué cuesta trabajo aceptar otra explicación? Conozco a Stuart; no se ha enganchado a la droga. Hay algo que no encaja en lo que parece la explicación más obvia. Me han dicho que usted es un detective respetado. Pensé que estaría interesado en descubrir la verdad.

Vio cómo Dilessio cerraba los dedos en torno a los papeles que sostenía; su única reacción visible.

–Todavía estás en la academia. Conoces el tamaño y alcance del condado, y lo que pasa todos los días. Yo trabajo en homicidios y, ahora mismo, estoy hasta el cuello de trabajo. Lo siento pero, aunque quisiera, no podría ayudarte. Ya hay personas ocupándose de esa investigación. Si me disculpas, yo también estoy trabajando. En un caso de asesinato brutal.

Nuevamente despachada, Ashley se puso en pie.

–Sí, claro. Ya me han dicho lo importante que es usted. Gracias por su tiempo.

«¡Vaya con la ayuda del maravilloso y apreciado Jake Dilessio!», pensó.

Varios minutos después, tras una cena rápida, Ashley tomó su bolso y las llaves y se dispuso a visitar a los padres de Stuart.

Stuart estaba ingresado en el hospital del condado, un centro sanitario en que el departamento de urgencias podía ser un circo y donde un paciente podía tardar horas en ser atendido, pero que contaba con los últimos avances médicos. Ashley sabía que, si algún día sufría una herida grave, sería allí donde querría ser atendida.

Un voluntario le indicó que subiera a la sala de espera de la UCI.

Allí había varias personas. Un joven de, aproximadamente, su misma edad, con el rostro enterrado detrás de un periódico; una pareja de hispanos con las manos entrelazadas, susurrando suavemente; una mujer de color con un niño en los brazos, y un hombre joven tecleando en un portátil. Los padres de Stuart estaban juntos, con la mirada perdida, como dos niños abandonados. A sus cincuenta y pico años, eran una pareja atractiva. Por desgracia, los rasgos delicados de Lucy Fresia reflejaban cansancio, y parecía mayor de lo que era. Con su metro ochenta y cinco de estatura y figura delgada, Nathan Fresia siempre llamaba la atención. Al igual que Lucy, tenía un aspecto gastado y roto, como si hubieran transcurrido treinta años desde la última vez que Ashley los había visto, en lugar de dos o tres.

—¿El señor y la señora Fresia? —preguntó con suavidad. Lucy levantó la cabeza, como si le aterrara que un médico fuera a darle una mala noticia. Se quedó mirando a Ashley un largo momento; al reconocerla, se puso en pie.

—Ashley Montague —dijo, y una sonrisa vacilante iluminó sus rasgos. Después, rompió a llorar y alargó los brazos—. ¡Ashley...!

Ashley se apresuró a abrazar a la minúscula mujer. Sentía el cuerpo de Lucy estremeciéndose por la fuerza del llanto. Segundos después, sin embargo, Lucy se apartó para secarse las lágrimas.

—Nathan, mira quién está aquí. Ashley.

—Jovencita, me alegro de verte —Nathan se inclinó para abrazarla con afecto. No sollozaba como hacía su esposa, pero tenía los ojos llorosos.

—Stuart... sigue luchando, ¿verdad?

—Sí —dijo Lucy, y miró a su marido—. Los médicos dicen que es increíble, que tiene un deseo tremendo de vivir. Ahora mismo, están con él las enfermeras, por eso hemos salido de su cuarto. No lo dejamos solo ni un minuto. Dicen que conviene hablarle, y lo hacemos. Hasta me traje su viejo libro de cuentos infantiles, y se lo leo. Le encantaban cuando era niño. Siempre decía que se los leería a sus hijos cuando los tuviera —los ojos de Lucy se llenaron nuevamente de lágrimas.

—Lucy, puede que todavía lo haga —dijo Ashley con suavidad.

—Ashley, sabes que Stuart está en coma, ¿verdad? —dijo Nathan con preocupación—. Sólo su madre y yo tenemos permiso para entrar...

—Podríamos decirles que Ashley es de la familia —sugirió Lucy.

–No importa. Si mejora un poco, ya veremos si puedo entrar a verlo –la tranquilizó Ashley.

–Pero has venido hasta aquí... Qué detalle, Ashley.

Ashley sonrió.

–¿Sabe cuántas veces me invitó a cenar en su casa, y cuántas veces me llevó de puerta a puerta en la noche de Halloween?

–Aun así, eres muy amable. Ya es terrible que Stuart esté ahí tumbado, sin moverse, malherido –dijo Lucy–, pero ¡lo que dicen! –bajó la voz a un susurro–. Que se drogaba. Que tenía heroína en la sangre. Ahora está ahí dentro, prácticamente muerto. Y podrían acusarlo del accidente si... si vuelve en sí. Ashley, nunca hemos sido padres estúpidos. Nunca hemos estado ciegos al mundo real. ¡Señor! Nos criamos cuando las drogas estaban más extendidas que los refrescos. Y Stuart no ha sido un ángel ni un niño perfecto, pero era nuestro hijo, y lo conocíamos. Pero la policía, incluso el personal del hospital, no hacen sino mirarme con tristeza, como si pensaran: «Esa pobre mujer. Cree conocer a su hijo, pero no lo conocía». Ashley, no lo sabía todo sobre Stuart, y no quería hablarnos de su último proyecto, pero estaba en contacto conmigo, y no se estaba drogando.

–La creo, Lucy –dijo Ashley.

Lucy tomó sus dos manos, y se las estrujó con tanta fuerza que Ashley casi hizo una mueca de dolor.

–¿Me crees?

–Por supuesto. Stuart ha sido uno de mis mejores amigos durante años.

–Ashley –dijo Nathan de improviso–. He oído que has ingresado en el cuerpo de policía.

–Estoy en la academia –dijo Ashley–. Todavía no he jurado mi puesto.

–Aun así...

Los dos la miraban con semblante esperanzado.

–Por favor, no esperen demasiado. No sé muy bien lo que puedo hacer, ni si podré averiguar algo, pero les diré a los agentes que llevan el caso que yo también conocía bien a

Stuart, y que sé que nunca habría tomado droga voluntariamente.

Una enfermera apareció en el umbral.

—Señora Fresia, puede volver a sentarse con su hijo, si quiere.

—Gracias —Lucy miró a Ashley y sonrió con pesar—. Discúlpame, cariño. Me parece muy importante que uno de nosotros esté con él a todas horas. Por favor, vuelve. No te imaginas lo que significa para nosotros que estés aquí.

—Volveré —Ashley le dio un beso en la mejilla y un fuerte abrazo. Lucy se marchó con la enfermera. Ashley vaciló; después, se sentó junto a Nathan.

—Señor Fresia, ¿qué estaba haciendo Stuart? Lamento decir que hace mucho que no hablo con él.

Nathan se quedó mirando sus manos entrelazadas durante varios segundos; después, paseó la mirada por la sala de espera.

—¿Has comido? —le preguntó a Ashley.

—Sí, gracias. Cené en el restaurante antes de venir.

—Bajemos a tomar un café de todas formas.

Al comprender que no quería hablar en la sala de espera, Ashley accedió. Bajaron a la cafetería del hospital y se sentaron en una mesa, con sendas tazas de café. Nathan se pasó los dedos por el pelo y la miró.

—No tengo la menor idea de lo que Stuart estaba haciendo últimamente —dijo. Ashley frunció el ceño.

—Stuart siempre quería agradarles. No se sentía presionado, no me refiero a eso. Los quiere mucho.

—Sí, bueno... Estaba escribiendo. Era lo que siempre había querido hacer. Trabajaba como *freelance*. No había conseguido un empleo fijo en ninguno de los periódicos de gran tirada, como quería, pero eso no lo preocupaba. Decía que conseguiría el reportaje y que la gente lo buscaría a él. Y se ganaba la vida. No se estaba haciendo rico, pero salía adelante. Vendía artículos a cierto número de publicaciones. Una de ellas era *A fondo* —asintió antes de que Ashley pudiera decir nada—. Sí, es un periodicucho del tres al cuarto. Uno de esos con titulares como: «Me abdujo un gladiador alienígena de dos cabezas». Pero pagan bien, dan mucha libertad a sus reporteros... como es natural, claro, y, a veces, publican un reportaje que llama la atención general. Había estado viviendo en casa, con nosotros, pero hace unos cuantos meses, dijo que se mudaba. Que estaba escribiendo y que no nos vería mucho. Y lo dijo en serio; no lo habíamos vuelto a ver desde entonces.

Ashley se recostó en su asiento, con el ceño fruncido.

—¿Le ha contado todo esto a la policía?

—Por supuesto.

—¿Y, aun así, creen que Stuart se mezclaba con gente rara?

—No sé lo que creen. Han prometido investigar lo ocurrido, por supuesto, pero... ¡Vámonos! —exclamó Nathan, repentinamente enojado.

—¿Qué pasa? —dijo Ashley, estupefacta, y siguió su mirada. Vio al hombre que había sacado a Nathan de sus casillas; era el joven que había estado leyendo el periódico en la sala de espera de la UCI. De pelo moreno y ojos claros, parecía un tipo honrado. Pero, claro, la gente de aspecto más honrado podía ser la más retorcida.

—Esa sabandija... otro aspirante a periodista. Dice que conocía a Stuart, pero es incapaz de darnos ningún dato. Hablaron primero con él, y contó un puñado de historias increíbles. Por su culpa, ahora no nos toman a nosotros en serio. Lo único que quiere es escribir un reportaje de todo esto, y no quiero convertir el trauma de Stuart en un titular sensacionalista.

Ashley se puso en pie y salió detrás de Nathan de la cafetería. Éste se volvió hacia ella.

—Ashley, sube otra vez. Estoy seguro de que te dejarán pasar a ver a Stuart un momento.

Regresaron a la planta de la UCI. Al llegar a la habitación de Stuart y mirar por el cristal, Ashley vio a Lucy junto a la cama, sosteniéndole la mano.

A Ashley se le llenaron los ojos de lágrimas al ver a su

amigo. Estaba enganchado a varios monitores. Tenía catéteres en la nariz y en la boca, y una línea intravenosa le proporcionaba suero. Tenía el rostro azulado e hinchado, y un vendaje en torno a la cabeza. Y, sin embargo, su mano...

La mano que su madre sostenía parecía increíblemente normal. Stuart tenía unas manos hermosas, de dedos largos y uñas cortas. Manos fuertes y masculinas.

Lucy alzó la mirada y los vio. Se puso en pie y se acercó a la puerta.

—Ashley, te daré una bata para que pases unos minutos —redujo la voz a un susurro—. He dicho que eras mi sobrina, nuestra pariente más próxima... Pasa, querida. Habla con Stuart.

Ashley accedió, ya que parecía significar mucho para Lucy. Dudaba que Stuart se percatara siquiera de su presencia.

Se sentó a su lado y le dio la mano. Stuart estaba frío, frío como la muerte, pensó, y se obligó a desterrar la idea. Al principio, se sintió incómoda pero, al poco, empezó a hablar con él.

—Escúchame bien, aspirante a gigante literario, aguanta. Lo tienes todo en el mundo, incluidos unos padres maravillosos. Nick es genial pero... Ya hemos hablado de esto; sabes que me gusta imaginar que mis padres habrían sido como los tuyos. Y voy a averiguar por qué te han hecho esto, Stu, así que, ayúdame. Sé que no eres un yonqui, y voy a demostrarlo, te lo aseguro.

Creyó sentir un apretón levísimo, y miró los monitores. No sabía cómo interpretarlos, pero estaba convencida de que nada había cambiado.

Y él tampoco. Con la ayuda de una máquina, su pecho ascendía y descendía. Aun así... ¿había sentido algo? Quizá los padres de Stuart tuvieran razón y sí que la oía. Se puso en pie, lo besó en la frente y susurró que había sido una amiga pésima, pero que lo quería.

Miró hacia la puerta. Ni Lucy ni Nathan estaban allí. La

enfermera reparó en ella y entró para decirle que los Fresia estaban en el pasillo, hablando con un policía.

Cuando Ashley los vio, estuvo a punto de detenerse en seco. El policía con el que hablaban no era, ni más ni menos, que Jake Dilessio.

Dilessio la saludó con una inclinación de cabeza y semblante serio. Lucy se volvió hacia ella con los ojos llenos de esperanza.

–Ashley, muchas gracias. Ya veo que has empleado tu influencia para traernos ayuda.

Ashley se sonrojó al instante. Carecía de influencia, y estaba más sorprendida que ellos de ver a aquel detective en particular mostrando interés por su problema.

–No puedo prometerles nada –les dijo Dilessio–. Hablaré con los compañeros que llevan el caso e intentaré averiguar qué hacía su hijo al lado de la autovía. Pero deben estar preparados para aceptar que, quizá, las respuestas no serán de su agrado.

Lucy sonrió; se la veía muy fuerte en aquellos momentos.

–Detective Dilessio, todas las personas con las que he hablado se compadecen de mí porque no entiendo que mi hijo pueda haberse hecho drogadicto en cuestión de pocos meses. No niego que esas desgracias ocurran, pero mi marido y yo siempre hemos disfrutado de una relación maravillosa con nuestro hijo. Voy a creer en él hasta que alguien me demuestre lo contrario. Y voy a creer de todo corazón que va a salir de ese coma y que, después, todos sabremos la verdad.

—Rezaré por ello —dijo Dilessio—. Y espero sinceramente que tengan razón. Admiro su fe —Ashley se sorprendió al ver que se dirigía a ella—. ¿Vas a volver pronto a casa, Ashley?

—Eh... Sí —sonrió a modo de disculpa a Lucy y a Nathan—. En la academia empezamos a las siete; tengo que irme —les dijo.

—Estupendo. No me importaría que me llevaras —dijo Dilessio. Debió de advertir su sorpresa, porque se explicó—. Me ha traído mi compañero, Marty.

—Ah. Bueno, lo llevaré, no se preocupe, detective.

Nathan le dio un beso en la mejilla.

—Gracias por venir, cariño.

—Volveré.

—Estás tan ocupada, y puedes hacer tan poco... —dijo Lucy.

—Puedo estar aquí —repuso Ashley, y dio a Lucy un rápido abrazo—. Bueno, detective Dilessio, si está preparado...

—Buenas noches —les dijo a los Fresia.

—Gracias otra vez. De verdad —se despidió Lucy.

Ashley echó a andar por el pasillo tratando de seguir las zancadas de Dilessio.

Se volvió hacia Nathan y Lucy, y los vio observando cómo se iban. Nathan le había pasado el brazo por los hombros a Lucy, con ánimo protector. A pesar de la tragedia que estaban viviendo, Ashley sintió una pequeña punzada de envidia. Llevaban casados muchos años y los dos mantenían un vínculo de amor y de compromiso que los ayudaría a superar aquellos momentos difíciles.

Se despidió con la mano y, al volverse, rozó a Dilessio. Se enderezó enseguida y se apartó un poco.

—Una pareja agradable —dijo Dilessio.

—Mucho. Precisamente, estaba pensando... —se interrumpió, sonrojándose nuevamente, y furiosa consigo misma por ello.

—¿El qué?

Ashley se encogió de hombros. Sería peor no contestar.

—No lo sé. El matrimonio no es una institución muy respetada hoy día pero, a pesar de su dolor, se tienen el uno al otro, alguien en quien apoyarse en esta desgracia.

Dilessio siguió caminando. Ashley creyó que no diría nada, que había revelado demasiado a un hombre al que apenas conocía.

—No sé. Mis padres estaban muy unidos.

—¿Estaban?

—Mi madre murió hace unos años. Ahora, papá vaga de un lado a otro como un perro extraviado. He visto bastantes relaciones buenas —se encogió de hombros—, y otras terribles. Los Fresia parecen padres honrados, muy unidos a su hijo y entre sí.

—Y así es. Y si conociera a Stuart...

—Ya te lo avisé. La verdad podría ser que Stuart acabó mal.

—Sé que no ha sido así.

—¿En serio? —se detuvo y se la quedó mirando—. ¿Cuál es tu versión?

Se quedó inmóvil, levantando ligeramente la barbilla, porque no quería que la tratara con condescendencia.

—Empecemos por lo que sabemos, detective. Apareció de improviso, un peatón, en una autovía de al menos cuatro carriles en cada dirección. Tuvo que salir de alguna parte.

—Cierto. De una casa, un apartamento, un lugar cercano a la autovía. O de un coche.

—Exacto. Pero si estaba viviendo en la zona, es probable que alguien lo viera paseando en calzoncillos, y estoy segura de que el detective que lleva el caso lo ha investigado. Alguien habría aportado alguna información. Estamos en Miami, pero los hombres no se pasean por la autovía en calzoncillos todos los días. Creo que él iba en un coche, que alguien lo dejó salir o lo empujó.

—Si te soy sincero, yo creo lo mismo. Puede que discutiera con alguien y, drogado como estaba, saliera del coche y echara a andar. Quizá estuviera con su camello y, en ese caso, el tipo no iba a quedarse a ver lo que pasaba.

—O quizá, alguien lo empujó a la autovía, dando por hecho que lo matarían.

—¿Un asesino que da por hecho que su víctima perecerá?
Ella se mantuvo firme.
—No sería la primera vez.
Dilessio echó a andar otra vez. Ashley lo siguió.
—Debe de sospechar que algo no encaja o no habría venido aquí, detective.
Dilessio volvió a detenerse.
—Es una historia muy peculiar. Pero no mentía al decir que estoy hasta el cuello de trabajo. Hablaré con Carnegie; es quien lleva el caso. Pero recuerda, ni siquiera eres una agente de policía todavía. Estás en la academia. No vayas por ahí haciendo preguntas. Podrías exponerte a un peligro que, con tu inexperiencia, no podrías afrontar.
—Entonces... —dijo en tono triunfante—. Sí que cree...
Dilessio volvió a detenerse, impaciente.
—Creo que si estaba metido en el mundillo de la droga, podrías meterte en un buen lío. Acuérdate de dónde estás. Casi todas las desgracias que ocurren en esta ciudad están directa o indirectamente relacionadas con las drogas. Así que, si quieres ayudar a tu amigo, ven a verlo cuando puedas, concéntrate en tus estudios y deja la investigación en manos de policías experimentados.
Ashley lo adelantó.
—Sí, señor.
Abrió la puerta del garaje del hospital, y lo precedió de camino al coche. Desbloqueó las puertas con el control remoto, y se sentó detrás del volante, demasiado alerta de la presencia de Dilessio.
Cuando salieron a la autovía, Dilessio seguía sin decir palabra. Para romper el incómodo silencio, Ashley le preguntó:
—Bueno, ¿qué tal se siente en su nuevo amarre?
—Es perfecto. Y cómodo. No soy muy buen cocinero, así que es bueno tener cerca el restaurante.
—Supongo que hace mucho tiempo que conoce a Nick.
—Siete u ocho años.
—¿Tanto?
Dilessio se encogió de hombros.

—Me pasaba los domingos por la tarde de vez en cuando, pero no muy a menudo.

—Conozco a casi todos los clientes policías, y cuando solicité el ingreso en la academia, me ayudaron. Me sorprende que Nick no me dijera que hablara con usted.

—Seguramente, no estaba dando señales de vida en aquel momento y, aunque lo hubiera hecho, podría no haberte alentado.

—¿Y eso? ¿No cree que las mujeres deban ser policías?

—Yo no he dicho eso.

—Entonces, ¿qué es lo que ha dicho? —insistió Ashley.

Se volvió hacia ella y la observó en las sombras, bajo la escasa luz de las farolas.

—Puede que no seas la candidata apropiada —le dijo—. Eres persistente...

—Yo pensaba que eso era una ventaja —murmuró Ashley.

—La persistencia debe equilibrarse con paciencia. Nuestro trabajo es una labor de equipo. No pareces dispuesta a dejar que tus compañeros muevan la pelota.

Ashley clavó la mirada en la carretera.

—¿Por qué? Porque usted es así, ¿no? Por eso no puede cenar sin dejar de leer un archivo.

—Llevo mucho tiempo en esto. Diez años —le dijo—. Acabas de pasarte la salida.

—Puede que yo vaya por otro camino —replicó Ashley en actitud defensiva. Pero, cómo no, Dilessio tenía razón. Acababa de saltarse la salida.

Sería mejor reconocerlo y dar media vuelta. Eso hizo. Dilessio tuvo el detalle de guardar silencio.

Por fin, llegaron a Nick's. Ashley aparcó en su plaza y salieron del vehículo.

—Bueno —dijo, con rigidez mínima—. Le agradezco que se haya tomado la molestia de venir al hospital.

Dilessio asintió.

—No hay de qué. Buenas noches.

Se despidió con la mano y echó a andar hacia su amarre. Ashley lo vio marchar.

Se sentía exhausta, y más preocupada que nunca por Stuart. Entró por la cocina privada, confiando en encontrar la casa vacía. No le apetecía hablar con nadie, ni siquiera con Nick.

La casa estaba vacía. Oyó el murmullo de las conversaciones y de la música de camino a sus habitaciones. Era evidente que Nick seguía atareado.

Una vez en su dormitorio, Ashley encendió la televisión y se preparó para acostarse. Cuando guardó el cepillo de dientes, se sorprendió caminando hacia su puerta exterior privada. Salió y contempló los barcos que se mecían en sus amarres. Reparó en el Gwendolyn, el barco del detective Dilessio.

Era una noche preciosa, y soplaba una brisa balsámica, ni demasiado calurosa, ni demasiado fresca. Ashley permaneció el umbral unos minutos, pero retrocedió al ver una figura saliendo a la proa del barco.

Dilessio.

Al abrigo de las sombras, se preguntó qué estaría haciendo. Quizá hubiera salido a disfrutar de la noche, como ella. Llevaba unos vaqueros cortos, y podía ver la luz de la luna reflejándose en su pecho.

Podía imaginar lo que dirían Karen y Jan. Ya habrían hecho una exhaustiva evaluación de Dilessio: piernas, trasero, cara... quizá, hasta los pies. No podía verlo con tanta claridad desde allí pero...

Sí, era un tipo atractivo. Rostro fuerte, voz grave, buenos ojos y sí, un trasero sensacional.

—Oye, Ash, demasiado trabajo y poca diversión —murmuró para sí. Se obligó a entrar en su habitación, a cerrar la puerta con llave. ¿En qué diablos estaba pensando?

No podía evitarlo. No podía dejar de pensar en su conversación con Karen. «¿Es que nunca te apetece acostarte con alguien?».

No era como si acabara de conocerlo pero, desde luego, no lo conocía.

Aun así, le resultaba atractivo. Demasiado atractivo, sobre

todo, porque podía ser un idiota y un prepotente. Por no hablar de que ella estaba en la academia y de que él era un detective. Era la mayor estupidez que se le había ocurrido nunca.

Pero, claro, no tenía mucho que ver con las ideas. La proximidad de Dilessio en el coche le había puesto las manos sudorosas. Acababa de verlo de pie en su barco y... De acuerdo, era físicamente atractivo, y ella había llevado una vida aburrida de trabajo, estudio, trabajo, estudio y... Tenía las proporciones justas, y un físico en conjunto bastante bueno, y una voz...

Ashley gimió. Se hacía tarde. La alarma sonaría antes de las seis, y cada clase era muy importante. Tenía muchas cosas que demostrar... a sí misma, a otros.

Se tumbó en la cama, extrañamente alerta de que un hombre que la enfurecía y tentaba al mismo tiempo se encontraba a escasos metros de distancia. Golpeó la almohada, decidida a relajarse y a dormir. Pasado un tiempo, concilió el sueño.

Jake no siempre cerraba con llave la puerta del habitáculo del Gwendolyn, pero estaba convencido de que aquella noche lo había hecho. Sin embargo, al insertar instintivamente la llave en la cerradura, el pomo había girado antes que la llave.

Se quedó inmóvil un minuto, escuchando, pero sólo oía el movimiento de las olas contra el barco y el murmullo lejano del bar. Se quedó inmóvil, sacó la pistola y pegó la espalda al exterior del habitáculo al tiempo que abría la puerta.

De nuevo... nada.

Entró despacio y con cuidado. La cocina, el salón-comedor... vacíos. Avanzó hacia el pequeño camarote de popa revisando los armarios, todos los rincones. Retrocedió hasta el camerote principal, atento a cualquier recoveco. Nada.

Nada... salvo una sensación. Alguien había estado allí.

Perplejo, se detuvo junto a su escritorio. Pequeño, compacto, ordenado. Sobre él sólo cabían el portátil y una pequeña impresora, y en los cajones guardaba archivos de los casos en los que estaba trabajando. Los abrió; todo parecía estar en su sitio. El ordenador estaba apagado, tal como lo había dejado. Nada estaba fuera de lugar, sólo.... ligeramente movido.

Con aquella inquietante sensación de invasión, cerró la puerta desde dentro. Una vez en su camarote, se desnudó, se puso unos vaqueros cortos y regresó al escritorio, para encender su ordenador y abrir los viejos archivos que había leído una y otra vez obsesivamente. Después, vaciló, sintiendo que también habían entrado en su ordenador. Aun así, todo parecía estar igual que siempre.

Salió y se quedó de pie en cubierta, recorriendo con la mirada el muelle y la hilera de barcos. Nadie se movía. Todavía había luces en Nick's.

Aunque estaba descalzo y sin camisa, saltó al embarcadero y recorrió la corta distancia que lo separaba del bar. La puerta permanecía abierta, aunque habían puesto el cartel de Cerrado. Entró y encontró a Nick detrás de la barra, limpiando la vieja madera barnizada.

–Hola, Jake. ¿En qué puedo ayudarte? –preguntó Nick, sorprendido de verlo allí. Frunció el ceño y bromeó–. Aquí hay que entrar con camisa y zapatos, ¿sabes? Son las leyes de Florida.

–Sí, perdona –dijo Jake–. Nick, quería preguntarte... La llave que te pedí que guardaras... ¿La has usado esta noche por alguna razón?

Nick lo negó con la cabeza.

–No, esta noche he tenido mucho jaleo. No he salido.

–Es extraño pero... ¿Seguro que la has guardado en un lugar seguro?

–Caray, sí.

–¿No está aquí, al alcance de cualquier cliente de la barra?

Nick salió de detrás del mostrador, se dirigió a la puerta y echó la llave.

—Entra en casa —le dijo a Jake—. Me aseguraré de que sigue donde la dejé.

Nick lo condujo por detrás de la barra, a través del office hasta la sala de estar. Tenues luces de noche bañaban la habitación con suaves sombras.

—¿Le han hecho algo a tu barco? —preguntó Nick.

—No, en realidad, no.

—Está bien... Espera un momento —dijo Nick. No era dado a husmear en la vida de nadie, aunque estuvieran justificadas unas cuantas preguntas.

—Sencillamente, he tenido la sensación de que alguien había estado en el Gwendolyn —le explicó Jake—. Estoy seguro de que cerré la puerta con llave cuando me fui, pero me la he encontrado abierta. No ha desaparecido nada... puede que sólo sean imaginaciones mías —su tono desmentía sus palabras—. Como podía ver las luces del bar y sabía que estabas levantado, se me ocurrió preguntarte por la llave.

—No te preocupes. Oye, si te incomoda que la tenga yo...

—No, te agradezco que tengas una copia para obreros, entregas, lo que sea. Sólo quiero asegurarme de que sigue ahí.

—Estoy seguro. La casa está vedada a los clientes, ¿sabes? De todas formas, echaré un vistazo. Oye, sírvete una copa, un café, lo que quieras. Ya sabes dónde está la cocina.

—Gracias.

Nick se alejó por el pasillo.

Ashley estaba soñando. Stuart hablaba con ella en calzoncillos, como si fuera algo normal, su nuevo traje de oficina.

Stuart se difuminó... y Dilessio apareció en el sueño. Ni siquiera llevaba pantalones cortos. Ashley se esforzaba por mirarlo a los ojos, en lugar de bajar la vista, como si no tuviera nada de extraño que estuviera paseándose desnudo. Estaba con él, en la cubierta de su barco, hablándole de Stuart.

Se despertó de improviso, empapada en sudor y fría al mismo tiempo. Las imágenes del sueño se difuminaron y se sentó en la cama, tratando de determinar qué la había despertado.

Era tarde; no se oía ruido en el bar. Se puso en pie, se estiró y se preguntó qué podría haber oído. Se acercó a una de las dos ventanas que flanqueaban la puerta exterior y miró. El embarcadero estaba vacío, los barcos se mecían suavemente.

Todavía inquieta, Ashley avanzó en silencio, descalza, hacia la puerta que daba a la casa. La abrió y escuchó. Nada. El bar estaba cerrado. Nick debía de estar en la cama.

Nada... y, de pronto, un ruido. Sólo un ruido. Algo que se movía... en alguna parte de la casa.

Entró en el salón. Nick nunca dejaba el lugar en total oscuridad, así que las tenues luces de noche arrojaban sombras espectrales. El pez disecado parecía mirarla con fijeza, furioso por estar fuera del agua, disecado y colgado en una pared.

Hacía años que Ashley vivía en aquella casa. El pez nunca le había parecido amenazador.

Una vez más... ese ruido... Y provenía de la cocina. Avanzó con paso rápido y silencioso hacia allí, y se agazapó junto a la encimera. Aguzó el oído. Podía tratarse de Nick, por supuesto, o de Sharon; pero ¿por qué se movían con tanto sigilo por su propia casa?

Ashley avanzó a lo largo de la encimera hasta el otro extremo, desde donde podría ver toda la habitación.

Demasiado tarde, advirtió que alguien, moviéndose con el mismo sigilo que ella, se había acercado por detrás. Un grito emergió en su garganta cuando unos brazos bruscos la sujetaron por la cintura.

—¿Quién diablos eres y qué diablos haces?

Intentó girar en redondo y luchar, perdió el equilibrio y se precipitó al suelo. La figura cayó pesadamente sobre ella. La camiseta larga con la que estaba durmiendo se arrugó entre sus cuerpos.

Antes de que pudiera forcejear, la cocina se inundó de luz.

—¿Qué diablos...?

Era Nick quien hablaba. Y ella estaba contemplando los rasgos tensos de su nuevo vecino y protagonista de su reciente sueño: el detective Jake Dilessio.

Para placer de Ashley, Jake estaba tan incómodo como ella. Por un momento, permanecieron inmóviles, casi abrazados. Después, él se incorporó al instante y le tendió una mano. No estaba desnudo, pero casi; sólo llevaba unos pantalones cortos. Y en los contados segundos que habían estado en el suelo, habían establecido un contacto que Ashley todavía podía sentir. Se había puesto colorada como un tomate y él, a pesar de su intenso bronceado, tenía un matiz rojizo en el rostro.

—Creía que alguien estaba caminando furtivamente por la casa.

—Lo mismo digo —murmuró Ashley, todavía mirándolo a los ojos.

—¿Y no se os ha ocurrido dar una voz? —preguntó Nick.

—Bueno, si realmente hubiera habido un intruso caminando furtivamente por la casa... —empezó a decir Ashley.

—Eso era lo que estabas haciendo —le dijo Jake a Ashley con una sonrisa jocosa.

—¡Yo vivo aquí! —le recordó—. ¿Qué hacías tú?

—Estaba conmigo —dijo Nick.

—Él estaba en la cocina... Tú no —señaló Ashley.

—Me dijo que me sirviera algo de beber —la informó Jake—. Me estaba sirviendo un vaso de té con hielo.

—Policías —suspiró Nick—. Todo tiene que ser un gran misterio —movió la cabeza, como si aquella especie diferente lo dejara perplejo—. Vamos a poner agua a hervir. No nos vendría mal una taza de té. Descafeinado para mí, porque pienso dormir algo esta noche.

Echó a andar hacia los fogones. Ashley y Jake se quedaron de pie, casi tocándose. Ashley retrocedió un poco. De pronto, lamentaba no dormir con una prenda un poco más... digna. Su camiseta hacía propaganda de una banda de rock, y ni siquiera le llegaba a medio muslo.

—Debería ponerme una bata —murmuró.

—Oye, Nick. Vuelvo al Gwendolyn —dijo Jake—. ¿Has mirado eso?

—Sí —se metió la mano en el bolsillo de los vaqueros y sacó una llave—. Estaba donde debía estar.

Con el ceño fruncido, Ashley se quedó mirando a Jake. Al parecer, éste no sentía la necesidad de darle una explicación.

—¿Hay alguna otra copia en alguna otra parte? —preguntó Nick.

—No —dijo Jake; después, vaciló—. Bueno... Sí. Hace mucho tiempo que no... Lo había olvidado pero sí, hay otra copia.

Tenía el semblante lúgubre. No era el tipo de hombre con quien uno quería tener problemas.

—Oye, Ash, saca unas tazas, ¿quieres? —dijo Nick.

Ashley rodeó la encimera y abrió un armario. En aquel momento, Sharon entró en la cocina, bostezando, estirándose. Llevaba un camisón largo azul oscuro y una bata del mismo color. No llevaba maquillaje, tenía el pelo alborotado y estaba estupenda.

—¿Celebramos algo? —preguntó Sharon, sonriendo pero un poco confusa.

—Sólo que vamos a tomarnos un té —le dijo Nick, y la besó en la frente—. Perdona por haberte despertado. Policías. Todo es un melodrama, ¿sabes?

—¿Policías? ¿Ha habido algún problema? —preguntó.

—No, falta de comunicación —dijo Nick, sonriendo—. Y ahora estamos todos despiertos. Perdona.

—No pasa nada, no tengo que ir a ninguna parte hasta las once. Pero Ashley —dijo con preocupación en la cara—, tú tienes que estar en clase a las siete.

—No le pasará nada. Me dijo que todavía es lo bastante joven para pasarse sin dormir —lo informó Nick—. Oye, estamos en buenas manos, Sharon. Tenemos a la crema y nata de Miami-Dade persiguiéndose el uno al otro en la cocina. Menos mal que no os habéis pegado un tiro.

—Oye, hablando de trabajo —dijo Sharon—. Jake, has sido

muy amable al ir al hospital esta noche. Era tu compañero el que te ha llevado, ¿verdad? ¿Marty?

–Viene y habla con Sandy de vez en cuando. A Sandy le gusta mantenerse al corriente de lo que ocurre en esta ciudad.

–Sandy es un hombre muy alegre –dijo Sharon. Se estiró, bostezó y miró a Nick con afecto–. Una noche ajetreada, ¿eh? Ah, Ashley, también han venido a verte unos amigos. De la academia.

–No, uno de ellos ya es policía –la corrigió Nick–. ¿Cómo se llama? Len Green, creo. Agente Green. Estuvo aquí con ese enorme chico de color, Arne.

–¿Querían algo? –preguntó Ashley.

–Hamburguesas.

–Nick, quiero decir...

–Preguntaron por ti –dijo Sharon, sonriendo–. Supongo que tenían hambre y pensaron que podían tomar algo y hacerte una visita al mismo tiempo. Les expliqué que habías ido al hospital a ver un amigo.

–Gracias. Bueno, si necesitaban algo, los veré mañana. A Arne, al menos. No veo a Len Green todos los días... trabaja en Miami Sur.

–Son simpáticos –comentó Sharon–. Pasaron algún tiempo hablando con Sandy. Parecía estar a gusto con ellos.

–Me alegro –murmuró Ashley, sintiéndose un poco incómoda porque Jake estuviera escuchando la conversación. Éste dejó su taza vacía en la encimera.

–Gracias por el té, y perdonad por el barullo –dijo–. Buenas noches a todos. Os dejaré dormir –echó a andar hacia la puerta lateral y se dio la vuelta. Ashley pensó que podía estar a punto de disculparse por haberla derribado. No fue así–. Averiguaré lo que pueda sobre el caso de tu amigo.

–Gracias.

Salió, y Nick se levantó para cerrar la puerta con llave.

–Será mejor que me acueste ya –murmuró Ashley.

–Por supuesto. Buenas noches, cariño –dijo Sharon.

Ashley lanzó un beso a Nick y regresó a su cuarto. Debería estar agotada, pero estaba tensa, y todavía sentía el contacto del cuerpo de Jake en los momentos en que habían estado fuertemente abrazados en el suelo de la cocina.

Siempre había sido la más práctica de sus amigas. «Si algo no te conviene, no lo hagas. No des una chupada a un cigarrillo. ¿Para qué empezar, si sabes que es malo? No te arriesgues con un tipo que sólo te traerá problemas. Si no empiezas...».

No estaba empezando nada. Se metió otra vez en la cama y, pasado un tiempo, se quedó dormida y empezó a soñar...

Estaba otra vez allí, en su barco. Estaban hablando de calzoncillos blancos aunque, una vez más, él no llevaba ninguno. Ashley seguía intentando mirarlo a los ojos, no bajar la mirada...

Sonó la alarma. Ashley emergió del sueño con sobresalto, todavía con una visión nítida de Jake.

Se incorporó. Estaba molida, como si no hubiera dormido nada. ¡Maldición! Sabía que iba a ser un día terrible.

La habitación no era pequeña, pero resultaba asfixiante. Las paredes eran de color verde... en dos tonos diferentes. No contenía nada más que una mesa marrón y dos sillas.

Peter Bordon y Jake estaban sentados cara a cara, mirándose a los ojos. Había un guardia en el pasillo, pero Jake dudaba que fuera a necesitar refuerzos... Bordon no imponía mucho físicamente. Medía un metro setenta y cinco, más o menos, y no pesaba más de ochenta kilos. Era nervudo y compacto, pero no muy corpulento.

Incluso en aquellos momentos, tantos años después, conservaba el extraño poder de su mirada. Resultaba inquietante. Había sonreído con secreto regocijo al ver a Jake, y el guardia había prometido quedarse junto a la puerta.

—No sabrá que una vez me diste una paliza —dijo Bordon.

—Yo no te di una paliza —replicó Jake. Bordon ladeó la cabeza y despreció el comentario encogiéndose de hombros.

—Es verdad, me estabas estrangulando, creo.

—Estás vivo y se te ve bien.

—Y estoy bien. Muy bien, gracias.

Sólo unas hebras grises salpicaban su pelo castaño claro. Aquellos extraños ojos eran de color avellana y, a menudo, parecía que Bordon podía iluminarlos y oscurecerlos a voluntad. Tenía la habilidad de clavarlos en una persona y producir un efecto casi hipnótico. Hablaba con suavidad, pero con una potencia en la voz que se le oía desde lejos.

—Quizá no debería llamarte Jake. ¿Es demasiado personal? ¿Prefieres que te trate de usted? Pero claro, tengo la sensación de conocerte bien. Sé que te encantaría verme agonizar, morir lentamente por una enfermedad lenta y dolorosa, atragantándome cada día con mi propio vómito. Hay tanto odio y rabia en tu corazón... Pero te perdono.

—Métete tu perdón por el trasero —dijo Jake, y apretó los dientes. Bordon lo estaba hostigando; era su talento. Jake se prometió en aquel momento no volver a morder el anzuelo.

Se metió la mano en la chaqueta y sacó una de las fotografías del cadáver de la última joven que había sido asesinada. Se la puso a Bordon delante.

—¿Cómo ha muerto, Peter? ¿Y por qué?

Bordon contempló la fotografía con frialdad; después, volvió a mirar a Jake a los ojos. Muy despacio, hizo la señal de la cruz.

—Detective, es evidente que la han asesinado, o no estarías aquí. ¿Por qué?, no lo sé. Pero rezaré por su alma.

—Peter, la degollaron y le cortaron las orejas. También las yemas de los dedos. Murió en agonía, como las mujeres que perecieron hace cinco años.

—Yo nunca he matado a nadie.

—Tú ordenaste los asesinatos.

—No, detective, te equivocas. Nunca ordenaría a un ser humano que le arrebatara la vida a otro.

Jake movió la cabeza.

—Quizá no obtuviéramos pruebas, pero todo el mundo sabe que conspiraste para cometer estos crímenes.

—Quizá estuviera furioso con las mujeres que murieron... o quizá no me agradaran especialmente y, aunque, según mis creencias, intentaría no reflejar mis sentimientos, quizá otros vieron la decepción que me producían y, por eso... murieron.

Jake se inclinó hacia delante.

–Papá Pierre. Así es como te llamaban. Los tontos y los desorientados se congregaban en torno a ti, extasiados con tus sermones sobre el gozo de la inmortalidad para aquellos que aprendían la verdadera Palabra durante su existencia terrena. Para aquellos que lo daban todo a la iglesia, tu iglesia, y ellos mismos, por entero, a ti, claro.

Bordon sonrió, repentinamente natural, sin la ensayada cualidad hipnótica de sus ojos y de su voz.

–Desplumé a unas cuantas personas. Fui culpable de fraude y de evasión de impuestos, y estoy cumpliendo condena. Y, sí, tuve relaciones sexuales con unas cuantas mujeres. Está bien, con muchas mujeres. Mujeres hermosas. ¿Celoso, Jake? No hace falta, ¿sabes? Rezumas testosterona. Las mujeres caen a tus pies, así que no me guardes rencor por que haya disfrutado de un poco de placer carnal, Jake. Los dos sabemos que no hay ley que prohíba el sexo voluntario entre adultos.

Jake se recostó en la silla. Bordon no había cambiado ni un ápice. Pronunciaba con serenidad cada palabra, cada mentira. Sostuvo su mirada un momento y esperó.

–¿Qué le pasó a Nancy? –inquirió con voz suave, tan letal como podría ser la de Bordon. Éste se lo quedó mirando, moviendo la cabeza.

–Jake, Jake, Jake. Pareces un disco rayado. Era tu compañera, pero no estaba contigo cuando viniste a amedrentarme. Había oído hablar de ella. Era un hacha con el ordenador, ¿no? Y en el juicio salió a relucir que fue ella quien sugirió que me investigaran por delitos que no fueran asesinato. Pero no sé qué le pasó. Sé que la encontraron en un coche en el canal, pero nada más. En serio, Jake, serénate. Soy un hombre listo; sé leer entre líneas. Sé lo que había entre vosotros. Diablos, mi especialidad es conocer las debilidades de la gente. Vienes aquí, haciéndote el poli decidido y compasivo, temeroso de que esta nueva víctima sea la primera de otras... pero te importa un comino, ¿verdad? Después de tantos años, todavía quieres cerrar los dedos en torno a mi cuello y matarme porque, quizá, eso te hará creer que tu amante no se mató porque se sintiera desgraciada, atrapada entre su marido infiel y tú.

En aquella ocasión, Jake contuvo el mal genio.

—Nancy no se mató, Bordon. Era mi compañera, no mi amante, y eso es lo de menos. Era una mujer fuerte, y no se habría suicidado ni por mí, ni por su marido, ni ningún otro hombre. Fue asesinada y, digas lo que digas, creo que tú ordenaste su ejecución porque sabía algo. ¿Qué era lo que sabía, Peter? Es la clave de lo que está pasando ahora. Tanto tú como yo lo sabemos.

—¿Qué está pasando ahora, aparte de que tienes un nuevo cadáver?

—Algo que todavía no hemos visto. Creo que tú podrías evitar más muertes. Y no sólo eso, Peter, creo que estás conspirando con alguien que sigue ahí fuera. Alguien que estuvo anoche en mi barco.

—¿Allanando tu morada? ¿Qué se llevaron?

—Nada.

—Se te está yendo la olla, Jake. Imaginando una conspiración. Quizá no hubiera nadie.

—No, Peter. Alguien estuvo en mi barco, buscando algo.

—Bueno, veamos, tú eres el detective. No pude haber sido yo... Los guardias lo jurarán. ¿Quién si no? Apuesto a que tu compañera tenía la llave de tu barco.

Jake profirió una exclamación, y Bordon sonrió, satisfecho.

—Lo sabía. Será mejor que interrogues a ese marido suyo.

—Ya he hablado con el marido de Nancy, y dice que no sabe nada de ninguna llave.

—¿Sabes? Pones en evidencia los cuernos de un hombre y no es extraño que éste quiera vengarse de ti durante el resto de su vida.

—En realidad, creo que está más interesado en ti. Y él no ha jurado defender la ley ni nada parecido. Podría buscar un arma, matarte y alegar demencia temporal provocada por el dolor que lo ha estado atormentado todos estos años.

—Deberías averiguar algo más sobre ese hombre, Jake. Podría estar más loco que yo.

—Ayudaría que me dijeras lo que sabes de la víctima que acabamos de descubrir... y sobre Nancy. Nunca me convencerás de que no ha desaparecido por lo que pasó hace cinco años.

Bordon mantuvo la mirada clavada en Jake, sin pestañear. Movió la cabeza con tristeza.

—Apuesto a que tus superiores coinciden conmigo. Pobre Jake, quiere creer que hay un motivo, que la culpa es de otro. Sabes que hay accidentes: malas carreteras, mal tiempo. A veces, las personas, incluso policías, conducen demasiado deprisa. Y pueden estar muy alteradas. Hay docenas de posibilidades. Pero ¿sabes qué, Jake? Lo siento mucho.

—Entiendo. Me ayudarías si pudieras.

Bordon tamborileó con los dedos sobre la mesa, con semblante inexpresivo.

—¿Alguna vez vas a espectáculos de magia, Jake?

—¿Qué?

—Ya sabes, espectáculos de magia. Son todo humo y espejos. Juegos de manos. La gente no ve lo que está pasando en realidad porque desvían su mirada hacia otra parte. Ves el mago, ves a la hermosa ayudante semidesnuda.

—Bordon, ¿de qué diablos hablas?

—¿Sabes?, he pasado mi condena leyendo mucho. He aconsejado a algunos de los prisioneros —por un momento, se le iluminaron los ojos y una sonrisa de pesar afloró en sus labios—. He encontrado a Dios y la belleza sencilla de la vida.

—¿Que has encontrado a Dios? Eras un predicador, tenías adeptos que te seguían hasta la muerte. ¿Y ahora has encontrado a Dios?

Bordon hizo un ademán.

—Desplumé a la gente. Soy un hombre carismático. Un mago, si quieres, un showman. Pero ahora... Bueno, sólo quiero vivir, Jake. Voy a salir de aquí; es casi una garantía. He sido un prisionero modelo... pero estoy seguro de que ya lo sabes.

—Sabes que haría lo posible por meterte aquí otra vez.

—Afortunadamente, eres un detective, no un juez ni un jurado. Lo gracioso es que me caes bien, Jake. Y eres bueno, ¿sabes? Quizá demasiado. No me das miedo pero... puedes ser un hombre temible. Ten cuidado, Jake.

—¿Me estás amenazando, Bordon?

—¿Yo? En absoluto. Los dos sabemos que yo nunca maté a nadie. Sólo digo que eres un buen detective, nada más. Pero nadie gana siempre, Jake. Deberías aceptarlo.

Jake movió la cabeza.

—Siempre no, pero pienso ganar en esto.

—Pues, Jake, estás perdiendo el tiempo conmigo. Llevo en la cárcel muchos años —se encogió de hombros—. Si esperas que te haga una confesión tardía, que me venga abajo y te diga: «Maldita sea, sí, yo lo hice, he mantenido a un grupo de fieles en mi ausencia, y controlo los corazones y las mentes de hombres y mujeres desde aquí», no podrías estar más desencaminado. Ya te lo he dicho, he pasado mi condena arrepintiéndome de mi maldad. He encontrado a Dios.

—Sí, claro, Bordon. Si hubieras encontrado a Dios, estarías confesando todo lo que sabes para que no murieran más personas brutalmente.

Bordon se lo quedó mirando.

—Humo y espejos, Jake. El mundo está lleno de humo y espejos.

Para sorpresa de Jake, Bordon pareció contrariado después de aquella última afirmación.

—No quiero seguir hablando. No diré nada más. No tengo por qué hablar contigo.

—Te equivocas. Estás en prisión, y tengo el permiso del alcaide para estar aquí.

—A mí ya no me acusan de nada; estoy cumpliendo condena. Sólo quiero vivir, Jake. Te he dicho todo lo que podía. Tú eres el detective; te toca a ti investigar.

Jake estaba decepcionado; Bordon había puesto fin a la entrevista. No sabía qué había esperado sonsacarle. Quizá, nada. Quizá, había creído que, si lo veía, lo sabría. Sabría si había estado conspirando de nuevo desde la cárcel.

En cambio, estaba tan inseguro como antes. Jake se puso en pie y dio un golpecito al cristal para que el guardia se acercara a la puerta.

Mientras salía del presidio, repasó la entrevista. Paso a paso, palabra por palabra. «Humo y espejos. Magos. Desviando la atención del público...».

¿Qué diablos había querido decir Bordon?

Otras frases le vinieron a la cabeza.

«Sólo quiero vivir, Jake». Atravesó la alambrada, se acercó a su coche, y se detuvo en seco.

«Sólo quiero vivir, Jake». ¿Acaso Bordon tenía miedo de alguien?

A lo largo de la mañana, Ashley se sorprendió haciendo bocetos durante las clases. Stuart en la cama de hospital. Sus padres, abrazándose. Jake Dilessio, de pie en la cubierta de su barco. Dibujó a Arne, sentado junto a ella. Recordaba lo que le había dicho minutos antes, al empezar la clase.

—Eh, anoche cenamos en el restaurante de tu tío —le había dicho.

—Eso he oído. Len y tú, ¿verdad?

—Sí, nos encontramos en el campo de tiro. Se nos ocurrió pasarnos a verte, tomar algo e intentar animarte. Se te veía muy triste por lo de tu amigo. No se nos ocurrió que podías haber ido al hospital, como el chico estaba en coma... Pero no importa. Necesitábamos cenar y la comida de Nick's es buena.

—Gracias —dijo Ashley, repentinamente hambrienta. Pero el sargento Brennan ya había empezado a hablar, así que tendría que esperar hasta el almuerzo y siguió dibujando.

Cuando terminó la clase, dejó el lápiz y alzó la mirada. Maldición. Brennan la estaba observando con fijeza.

La había visto dibujando. Creía que no había estado prestando atención. Ashley sintió un escalofrío. La semana anterior, habían expulsado a dos compañeros. Habían fallado demasiadas preguntas en un examen.

Sus notas eran buenas, se dijo.

Por si fuera poco, el capitán Murray entró en clase después del almuerzo. No iba a darles ninguna charla; sólo estaba observando.

Ashley también tenía la sensación de que la estaba mirando con fijeza.

En un momento dado, se inclinó hacia Arne y susurró.

—¿Estoy loca? Tengo la sensación de que Murray me vigila como un halcón.

Arne elevó las cejas repetidas veces.

—Puede que le gustes.

—En serio...

—Eres mona, Montague.

—Arne, voy a darte un puñetazo en cuanto acabe la clase.

Arne se limitó a sonreír. Gwyn se inclinó hacia delante desde el asiento de atrás. Al parecer, había oído el comentario.

—No sé, Ash. ¿Tienes un montón de multas escondidas? Brennan y Murray no te quitan ojo.

Ashley intentó prestar atención durante el resto de la clase, y no tocó el lápiz ni dibujó más aquel día.

Por fin, la tarde tocó a su fin. Estaba ansiosa por marcharse.

Por desgracia, en cuanto se puso en pie, Murray se volvió hacia ella.

—¿Montague?

—¿Sí, señor?

—Necesito hablar contigo. Quédate un momento, por favor.

Carnegie era un buen hombre, y se mostró más que dispuesto a reunirse con Jake en una cafetería de la frontera del condado de Miami-Dade a las cuatro de la tarde para hablar de su investigación.

Jake atravesó el estado en coche desde el presidio y llegó por los pelos.

Carnegie tendría cincuenta y pico años, y le faltaba poco para jubilarse. A pesar de los años que ambos llevaban en el cuerpo, nunca se habían visto. De todas formas, la entrevista fue bien desde el principio. Existía una especie de camaradería entre ellos, ya que los dos estaban un poco de vuelta y, al mismo tiempo, eran supervivientes.

—¿Sabes? —le dijo a Jake enseguida—, los padres me han estado atosigando desde el principio, insistiendo en que tengo que averiguar algo porque su hijo no se drogaba.

—Los conozco —dijo Jake.

—Ningún padre quiere aceptar que su hijo se ha echado a perder. He investigado muertes en que hay pruebas, incluso testigos visuales, de que un chico conducía a lo loco, y los padres siguen sin creerlo. «Mi hijo no... sacó sobresaliente en educación vial. Mi hija no, ella nunca sobrepasaría el límite de velocidad».

—Lo entiendo —dijo Jake—. Pero conozco a una de las amigas de este chico, y dice que tampoco era de esos.

Carnegie tenía luminosos ojos azules, pelo blanco y un rostro arrugado por los años pasados al sol. Era un hombre alto, no dado a engordar, pero con aspecto sólido como un muro. Sin embargo, no parecía insensible. Jake vio compasión en sus rasgos cuando respondió:

—Me gustaría darles algo, te lo juro. Estaría más que dispuesto a ver el caso como ellos. Pero es que, diablos, no tengo nada en lo que basarme. El chico estaba en medio de una autovía, en calzoncillos. Dios sabe lo que estaría viendo cuando se metió entre el tráfico, porque tenía suerte de estar vivo, con tanta porquería como llevaba en la sangre. El tipo que lo atropelló es un manojo de nervios; dice que no lo vio hasta que no lo tuvo delante. Otros dos coches chocaron porque no pudieron frenar lo bastante rápido, pero nadie vio nada. El conductor del primer vehículo está libre de sospecha. Tiene una tienda de muebles en North Dade, tres hijos, es entrenador de fútbol y va a la iglesia los domingos. Es un ex marine, estuvo en Oriente Medio. No lo han multado nunca. No vio nada hasta que el chico cruzó la mediana y apareció en su carril. Demasiado tarde para frenar, aunque lo intentó. No sabía si el chico llegaba del otro lado, si cayó del cielo o si saltó de un coche. Hemos encargado a todos los policías de la zona que hicieran preguntas en casas y negocios próximos, y hasta hemos puesto un anuncio para pedir que quienquiera que supiera algo nos llamara para informarnos.

Carnegie movió la cabeza, suspirando.

—También hemos interrogado a los padres, pero no saben qué estaba haciendo su hijo. Prácticamente, desapareció de la faz de la Tierra hace unos meses, decidió ponerse a escribir. Quería ir por ahí de incógnito, o algo así. Hasta el momento, ha vendido unas cuantas cosas a un periódico sensacionalista llamado *A fondo*. He estado en la oficina. Al editor jefe le caía muy bien Fresia y se horrorizó al enterarse de lo ocurrido. Creía que el chico estaba entusiasmado con el reportaje que estaba preparando pero no quería contarle a nadie lo que hacía hasta que no hubiera reunido más información. Podría haberse metido en algún lío mientras recababa datos, supongo. Créeme, hemos estudiado a fondo este caso, pero estamos en un punto muerto. No sabemos por dónde tirar.

—Te entiendo. Lo único seguro es esto: el chico tuvo que salir de alguna parte.

—Así es. Pero no sabemos de dónde. Hemos revisado los registros de los hoteles de alrededor. Nada. Si estaba en una residencia privada, nadie quiere reconocerlo. Si salió de un coche, nadie lo vio. Rezamos para que surja una pista. No hemos desistido.

—También queda la esperanza de que el chico salga del coma.

—Sí, claro. Una pequeña esperanza.

Jake se puso en pie y dio las gracias a Carnegie al tiempo que le estrechaba la mano.

—Si hay alguna novedad, ¿me lo dirás enseguida?

—Claro. Y si crees poder encontrar una respuesta, adelante. No soy un novato, no protejo mi territorio. Me encanta recibir ayuda.

Ya estaba. Por alguna razón que desconocía, pensó Ashley, iban a echarla. Había metido la pata en algún momento. Tanto el sargento Brennan como el capitán Murray la miraban de manera muy extraña.

–Siéntese, y tranquilícese, señorita Montague –dijo Murray.

Se sentó, pero no se tranquilizó.

–He estudiado su ficha –le dijo. Al parecer, era él quien iba a hablar. Claro, era el jefe de personal.

–¿Sí? –dijo Ashley, expectante.

–Ha estado varios años aprendiendo artes plásticas.

–Sí.

–¿Por qué no completó su formación?

Ashley frunció el ceño.

–Decidí solicitar el ingreso en la academia de policía.

–¿Por qué?

El ceño se intensificó.

–Porque me interesa la defensa de la ley. Mi padre fue agente de policía.

–Pero mantiene su interés por el arte.

Era una afirmación. A Ashley la invadió la intranquilidad. Sí, la habían visto dibujar en clase... seguramente, con demasiada frecuencia.

Se encogió de hombros, tratando de mostrarse natural y, al mismo tiempo, atenta y respetuosa.

–Me encanta el arte. Por supuesto que mantendré siempre el interés. Y no creo que sea un obstáculo para un agente de policía. La mayoría tienen otras aficiones en la vida, como cualquier trabajador de otro sector. Tengo amigos en el cuerpo a quienes les encanta... navegar, y a algunos se les da muy bien el karaoke. Podrían haber sido cantantes profesionales, pero su verdadera pasión es ser policías.

Se quedó perpleja al verlos sonreír a los dos. Se puso rígida.

—Si me han expulsado por alguna razón, por favor, díganmelo ya.

—No te hemos expulsado —le aseguró Brennan—. A decir verdad, eres una estudiante excepcional.

—Tendría que dejar la clase —dijo Murray—. Pero podría retomar sus estudios donde los ha dejado en cualquier momento en el futuro.

—Lo siento, pero me he perdido.

—Tengo una proposición para usted. Necesitamos un artista forense. Sería una empleada civil, y estaría a las órdenes del jefe Allen, otro civil contratado por el cuerpo.

—Es un trabajo que muchas personas ambicionarían —añadió Brennan en voz baja.

—Pero... Pero sólo he estudiado unas nociones básicas de la práctica forense —les dijo—. ¿Qué conlleva ese trabajo?

—Hacer dibujos a partir de descripciones de testigos visuales, principalmente. Fotografías. Y también, reconstrucción de restos humanos.

—Sé un poco de fotografía, pero...

—Es mucho más fácil enseñar fotografías a alguien que encontrar a un buen retratista.

Se quedó mirándolo sin comprender, tratando de asimilar lo que le decía. Murray sonrió.

—Perdóneme. Metí la mano en la papelera el otro día, cuando tiró algunos de sus dibujos —sacó un papel alisado, un boceto que había hecho de Jake Dilessio. Ashley se sonrojó—. Tiene un parecido increíble con Jake. Refleja más del hombre de lo que se aprecia en muchas fotografías.

—Es un modelo interesante —se oyó decir Ashley.

—Sí. Creo que está decidida a ser policía, señorita Montague. Y, como le he dicho, siempre puede completar su formación, retomarla donde la ha dejado. No se graduará con su clase, pero nada de lo que haya hecho será una pérdida de tiempo. El trabajo es muy interesante... y duro. Pero no más que patrullar las calles. Y está bien pagado —dijo un salario anual superior al que ganaría como policía novata, e incluso después de pasar varios años en el cuerpo. Los dos la miraban con expectación.

—Ahora mismo estoy... estoy un poco abrumada.

—No esperamos que se decida ahora mismo. Pero la necesitamos. Si quiere, puede entrevistarse con el jefe Allen mañana por la mañana.

Ashley asintió despacio.

—Me gustaría.

—Estupendo —Murray le dijo dónde debía presentarse a las ocho en punto—. El jefe Allen o, cualquiera de sus ayudantes, podrá explicarle mejor que yo los pormenores del trabajo. Le enseñé sus dibujos y se quedó impresionado; me dijo que le encantaría tenerla en su equipo. Y yo estoy convencido de que es la candidata ideal.

—Gracias.

Le dio las gracias a Brennan también. Aunque seguían mirándola, tratando de descifrar su reacción a la proposición, Ashley sabía que ya lo habían dicho todo.

—Entonces, a las ocho en punto —les dijo.

Brennan sonrió.

—Decidas lo que decidas, mañana podrás dormir una hora más.

—Vaya, ya es una ventaja —bromeó Ashley. Volvió a darles las gracias y se despidió. Los dos hombres se quedaron mirando cómo salía del aula.

Arne y Gwyn la estaban esperando en el aparcamiento.

—Dios mío, ¿qué ha pasado? No han podido expulsarte, ¡imposible! —dijo Gwyn con vehemencia.

Ella lo negó con la cabeza.

—Pero quieren que me vaya de la academia.

—¿Qué? —exclamó Arne con indignación.

Ashley se lo explicó. Los dos se la quedaron mirando, atónitos.

—¡Genial! —exclamó Gwyn pasado un momento; después, rió—. Caray, si me hubieran pillado a mí dibujando en clase, me habrían echado.

—Y a mí —corroboró Arne—. Estupendo. Es una gran sorpresa.

—Pero no seré policía.

—¿No te han dicho que siempre podrás terminar tu formación? No seas tonta, Ashley. Es el trabajo de tus sueños: arte y defensa de la ley. Acéptalo. Nosotros, los humildes peones, te miraremos con envidia —bromeó Gwyn.

—Tengo que pensarlo —dijo Ashley. Pero empezaba a comprender que le habían hecho una propuesta tentadora. Sería una idiota si no aceptara—. Tengo que irme. Quiero ir a casa, cambiarme y, después, pasarme por el hospital.

—¿Tu amigo sigue con vida?

Ashley asintió. Se despidieron y se dirigieron a sus respectivos coches.

Cuando Ashley llegó a Nick's, se alegró de ver que el restaurante estaba tranquilo. Había varios comensales, tanto dentro como fuera, pero tenían personal de sobra para atenderlos. Nick, Sharon y Sandy estaban sentados en torno a una mesa. Ashley se acercó al verlos, ansiosa por contarle a su tío lo ocurrido.

Recibió la misma reacción de los tres.

—¡Caramba! —exclamó Nick.

—Increíble —comentó Sharon.

—Una noticia estupenda —dijo Sandy con una sonrisa.

—Entonces, ¿debería aceptar? —preguntó Ashley con nerviosismo, mirando a Nick.

—Cariño, no sé qué puedes perder —le dijo—. El capitán Murray te ha dicho que podrás retomar tus estudios en cualquier momento.

—Pero me gustaría graduarme con mi promoción...

—Quizá el puesto no esté libre para entonces —replicó Nick—. Ashley, es la oportunidad de utilizar tu talento para ayudar a otras personas. ¡Piénsalo!

—Supongo que tienes razón. Sí... —se quedó pensativa un momento; después, cambió de tema—. Oye, Nick, ¿cuál es el plato del día? Me gustaría llevarles la cena a los padres de Stuart al hospital.

—Dorada al horno.

—Genial. Vendré en cuanto me cambie.

—Tú cámbiate y nosotros te prepararemos tres raciones para llevar —dijo Sharon—. Tú también tienes que comer algo.

—No puedo comer con los Fresia —dijo—. Quiero hacer compañía a Stuart y dejar que coman juntos.

—Entonces, te prepararemos un plato para que te lo tomes antes de irte —repuso Sharon con firmeza.

—Está bien, está bien —rió Ashley. Dio un beso a su tío en la mejilla; después, a Sharon y, porque estaba allí, a Sandy.

—Diablos, conozco a un montón de policías —dijo Sandy—. Y ahora, a una artista forense.

Ashley sonrió y empezó a alejarse de la mesa, pero se detuvo.

—¿Habéis visto al detective Dilessio esta tarde?

—No —dijo Nick—. Esta mañana temprano. Tenía que viajar al centro de Florida.

—Ah —dijo—, tratando de ocultar su decepción.

—¿Por qué? —preguntó Sharon—. ¿Quieres que me acerque a su barco y mire si ha vuelto?

—Iba a intentar reunir cierta información para mí —le explicó Ashley—. Pero, por favor, no te molestes. No quiero que piense que lo estoy presionando... Todavía. Veré si ha llegado cuando vuelva del hospital.

En aquella ocasión, cuando se presentó en el hospital, Lucy Fresia estaba en la sala de espera. Parecía sorprendida pero complacida de ver a Ashley, y la recibió con un abrazo.

—Cariño, no hacía falta que vinieras. Nathan y yo... nos pasamos el día aquí sentados.

—Pues ahora, no —dijo Ashley—. Yo voy a hacer compañía a Stuart y ustedes van a tomar la especialidad del día de Nick's.

—Ashley, qué detalle —parecía que estuvieran a punto de llenársele los ojos de lágrimas—. Gracias.

—No hay de qué. Mientras comen, charlaré un rato con Stu.

Ashley se sentía culpable. Se preguntó si las cosas habrían

sido distintas si hubiera mantenido el contacto con su amigo.

Mientras los Fresia cenaban, Ashley se sentó con Stuart y le dio la mano. Le habló de su oferta de trabajo, expresó el temor de no estar a la altura y después, su entusiasmo. Stuart no contestó, y ella no sintió ninguna reacción aquella noche. No importaba. Siguió hablando. Era agradable poder decir lo que le venía a la cabeza, y también saber que, si estuviera despierto y consciente, podría desnudar su corazón con la misma facilidad.

No sabía cuánto tiempo llevaba allí cuando la puerta se abrió y Lucy entró a ocupar su puesto. Una vez fuera, Nathan le dio las gracias por la comida y por la visita.

—Vete a casa, jovencita. Sé que estás muy atareada.

Ashley le dio las buenas noches y se marchó. Mientras bajaba al aparcamiento subterráneo, pensó que no había llamado a Karen ni a Jan para ponerlas al corriente de cómo se encontraba Stuart. Esperaría, sin embargo, a poder hablar con Dilessio. Con suerte, aquella noche.

Extrañamente, el aparcamiento estaba desierto a aquella hora. Mientras avanzaba por el suelo de cemento, oyó unos pasos que parecían casi un eco de los suyos. Se detuvo, y una sensación intranquilizadora le recorrió la espalda.

Cuando se detuvo, el sonido cesó. Miró alrededor. El garaje estaba iluminado, pero los pilares y los coches arrojaban sombras por todas partes. Se dio la vuelta despacio y escrutó las sombras. Nada.

Echó a andar otra vez. Al principio, no oyó nada. Después, ese espeluznante eco de sus propios pasos, tan próximo...

Giró en redondo y gritó:

—¡Soy policía, tengo una pistola y sé cómo usarla!

Nada...

Le estaba gritando a un garaje vacío. Quizá hubiera imaginado los pasos.

Se dio la vuelta y siguió avanzando hacia su coche. En aquella ocasión, era imposible que estuviera imaginando las pisadas. Eran lejanas, pero claras. Vio la figura que caminaba hacia ella, envuelta en un uniforme de médico y una mascarilla quirúrgica.

Ashley se dio la vuelta y rompió a correr, consciente de que el garaje estaba vacío, de que las pisadas resonaban como si aquello fuera una tumba de cemento.

Los pasos se oían cada vez más fuertes, más cercanos.

Ashley desbloqueó el cierre de su coche con el control remoto, se abalanzó sobre la puerta, la abrió de par en par y arrancó al tiempo que la cerraba. El ruido del motor ahogó las pisadas. Dio marcha atrás para salir de la plaza, consciente de que su perseguidor podía ir armado o usar una barra de hierro para romper la ventanilla.

Enseguida, pisó el acelerador. Al hacerlo, recorrió el garaje con la mirada. Ya no había nadie. La persona del uniforme y mascarilla había desaparecido...

O quizá hubiera entrado en su coche, ansiosa de volver a su casa después de una ardua jornada de trabajo.

Temblando, sin saber si había sentido una amenaza donde no la había, condujo velozmente hacia la salida.

10

Todavía intranquila, Ashley regresó a casa. Cuando llegó a Nick's, vio que alguien había aparcado en su plaza, a pesar del cartel de Reservado que, por lo general, los clientes respetaban. Maldijo y aparcó más lejos, en la zona más oscura.

Quizá tuviera que dejar la academia y entregar su pistola, pero la tenía y sabía usarla... ¿por qué diablos no la llevaba encima?

Porque había vivido allí toda la vida y nunca había estado en situación de necesitar un arma, se dijo. Aun así... Cuando salió del coche, miró alrededor, recelando de las sombras.

Recorrió con paso rápido la senda de grava que conducía a Nick's. Pensó en usar su llave y entrar por su puerta particular, pero se dirigió a la entrada del local, la que daba al muelle. Vio que había unos cuantos comensales en la terraza. Redujo sus pasos y recorrió el embarcadero con la mirada.

Vio el barco de Dilessio. Había luz dentro.

Echó a andar por el embarcadero con paso enérgico. Al acercarse, redujo sus pasos y se detuvo un momento. No quería ser una pesada, ni apremiarlo si realmente estaba haciendo todo lo posible.

Al cuerno con sus reparos. Stuart estaba en el hospital, en coma. Sus padres estaban envejeciendo cada hora.

Siguió caminando, y casi se sobresaltó al ver que Dilessio estaba a bordo de su barco, sentado en una silla de mimbre, con las piernas estiradas y los pies desnudos apoyados en la barandilla. Sostenía un botellín de cerveza en las manos, y parecía estar observando la franja de oscuridad en que el cielo se fundía con el agua. Ashley no sabía si la había visto acercarse; no se había movido. Pensó que podría estar dormido... ¿habría bebido demasiado? Iba a dar media vuelta, cuando él la llamó.

—Buenas noches, Ashley. Sube a bordo.

—No sé si debo, detective. Estás muy ocupado investigando casos las veinticuatro horas del día.

—Aunque no lo creas, ahora mismo estoy investigando uno.

—Siempre he pensado que, si llegaba a ser detective de homicidios, tomar cerveza y contemplar el agua sería el mejor método deductivo.

—Sube —le dijo.

Ashley pasó del muelle a la cubierta.

—Sírvete una cerveza, una coca-cola, lo que quieras —le dijo Dilessio.

—Con una invitación tan amable, quizá lo haga.

—Baja un poco la cabeza cuando entres... la puerta no es muy alta —añadió.

A Ashley no le apetecía tomar nada, pero la invitación de entrar en su guarida era demasiado tentadora. Se adentró en la habitación principal. La cocina, el comedor y el salón se fundían dando una sorprendente sensación de amplitud. Era un lugar organizado, ordenado y limpio, ni abarrotado ni estéril. Entró en la zona de la cocina y hurgó en la pequeña nevera. Refrescos, zumos, cerveza, agua.

—Suéltate el pelo, Montague. Tómate una cerveza —le dijo.

Ashley sacó un botellín de Millar Lite y se reunió con él en la cubierta.

Apenas se había movido. Prácticamente, estaba tumbado entre la silla y la barandilla.

—Bonita noche, ¿verdad? —dijo Dilessio.
—Hace buen tiempo.
—Y lo que menos te apetece es hablar del tiempo, ¿verdad?
—¿Has podido hablar con el detective que lleva el caso de Stuart?
—Sí.
Ashley se apoyó en la barandilla y se lo quedó mirando.
—¿Y?
—Es un buen hombre, Paddy Carnegie. Sabe lo que hace.
Ashley exhaló un suspiro de exasperación.
—¿Y qué ha dicho?
—Que está haciendo lo que puede. Los Fresia le caen bien, y le gustaría que tuvieran razón. Pero no tiene testigos. Nadie ha llamado reconociendo haber visto a tu amigo caminando por la autovía. El conductor que lo atropelló lo vio cuando ya estaba delante de él, no antes.
Debió de reflejar su desolación porque, de pronto, Dilessio estaba impaciente.
—¿Qué esperabas? ¿Gratificación instantánea? Las cosas no son así. Créeme, puedes dedicar años a un caso y, aun así, quizá nunca se resuelva. Aquí, al menos, existe la oportunidad de que tu amigo sobreviva y dé algunas respuestas.
—Y sobrevivirá —dijo Ashley, desolada por el tono patético de su voz cuando había pretendido resultar convincente.
Para sorpresa de ella, Dilessio resopló con impaciencia y desprecio.
—¿Por qué? Te acostaste con ese chico una vez y quieres que sobreviva y se descubra la verdad. Ojalá fuera así.
Ashley se lo quedó mirando fríamente y se apartó de la barandilla. No iba a molestarse en negarlo.
—¿Estás borracho?
—No, Montague, te digo lo que hay. A veces, no se puede hacer nada.
—Eres un tonto, ¿lo sabías? —le espetó, y empezó a salir del barco.
—¡Montague! —la llamó. Ella se detuvo sin saber por qué.

No le debía nada–. Eres muy insolente. ¿Qué tal: «Gracias, detective, por dedicar su tiempo a conocer los detalles del caso?».

—¡Caramba, gracias, detective! Ha sido estupendo.

—Oye, lo que pasa es que entiendo la frustración de Carnegie. Necesita una pista para seguir adelante. Nadie sabe lo que Stuart ha estado haciendo los últimos meses. Ni sus padres, ni el editor jefe del periódico para el que trabajaba, el *A fondo*. Estaba preparando un reportaje y no quería contarle a nadie sobre qué era.

Ashley se lo quedó mirando.

—Bueno, ahí está... Una respuesta.

—¿Una respuesta? ¿Sabes lo que estaba haciendo?

—No, pero es obvio. Intentó investigar algo sucio, alguien lo descubrió... y quiso matarlo. Tenemos que descubrir qué era lo que estaba investigando.

Dilessio se puso en pie con un movimiento fluido y brusco, contradiciendo cualquier sospecha de ebriedad.

—¿«Tenemos»? Ni siquiera eres policía todavía. Y yo soy de homicidios. Carnegie posee toda la información y, como te he dicho, es un buen policía —exhaló un suspiro de irritación—. Maldita sea, no se te ocurra ir por ahí averiguando cosas tú sola, ¿entendido? Y no te engañes, podría haberse juntado con un puñado de niños ricos y haberse enganchado a la droga. Tanto si te gusta como si no, tanto si lo creas como si no, no queda descartado.

Se sorprendió al verse casi acorralada contra la barandilla. Dilessio no la estaba amenazando de ninguna manera, no gritaba ni hablaba en voz alta, pero la vehemencia de su voz era sorprendente.

Ashley elevó la barbilla, sin preocuparse por la falta de espacio existente entre ellos.

—Ahora sé que Stuart había descubierto algo. Alguien me estaba siguiendo en el aparcamiento esta noche, cuando fui a verlo.

—¿Qué? —perplejo, Dilessio retrocedió ligeramente.

—No lo había relacionado con Stuart, pero cuando bajé al

aparcamiento del hospital, alguien intentó alcanzarme. Llegué al coche a tiempo y desapareció... Quizá estuviera a punto de atacarme porque conozco a Stuart, porque sabe que sospecho de algo. Y quizá, quienquiera que le hizo eso sabe que no logró matarlo, que es posible que Stuart salga del coma un día de estos.

—Una persona te estaba siguiendo... ¿quién? ¿Qué aspecto tenía? ¿Un vagabundo? ¿Era blanco? ¿Negro? ¿Hispano? ¿Viejo? ¿Joven?

Ashley movió la cabeza, lamentando haber hablado.

—Llevaba un uniforme verde de hospital. Y mascarilla... Ni siquiera sé si era hombre o mujer, aunque tuve la sensación de que era hombre.

—¿Te siguió una persona vestida de uniforme... en el hospital?

—Sí —afirmó Ashley con impaciencia.

Jake guardó silencio varios momentos, en los que Ashley se percató de la escasa distancia que los separaba. Olía a la ducha que se había dado y a la brisa del mar, junto con un rastro de cerveza. Tenía la piel bronceada, y un remolino de vello oscuro en su sólido pecho. Su rostro, ese rostro magnífico para el dibujo, era enigmático. Entonces, lo vio mover la cabeza.

—Oye, no deberías montarte películas sólo porque tu amigo está herido y tú estás de los nervios.

—No me he montado ninguna película —replicó Ashley, aparentando más convicción de la que sentía—. Sé cuándo alguien representa una amenaza.

—Entonces, no deberías volver al hospital sola.

—Voy a ser policía —a decir verdad, quizá no lo fuera, al menos, en un futuro inmediato. El puesto de artista forense era demasiado bueno para rechazarlo, pero no pensaba contárselo a Dilessio.

—Pero esta noche has pasado miedo.

—No esperaba tener que afrontar ningún peligro en el hospital. No iba armada.

—Y, tal vez, no hayas pasado suficiente miedo —dijo Dilessio, repentinamente furioso.

—¿Por qué siempre acabo discutiendo contigo? —exclamó.

—Esto no es una discusión. Sólo intento enseñarte a no ser idiota.

—¿Qué problema tienes conmigo?

—Ninguno... Salvo que eres una principiante arrogante y te crees que eres la única a quien le importa un pimiento la justicia o que puede sacar algo en claro.

Ashley tuvo la sensación de estar convirtiéndose en un pilar de hielo. No pestañeó.

—Caramba, gracias, detective. Ahora, si me disculpas... Voy a dar por terminada la jornada.

—Te acompañaré a Nick's.

—No hace falta. Sólo está a unos pasos.

—Te acompañaré.

—¿Por qué?

—Esta noche has creído que alguien te seguía. Los policías velan los unos por los otros, Montague.

—Estupendo. ¿Quieres que te acompañe después yo a ti? Así podemos pasarnos la noche yendo y viniendo.

—Escúchate. No has oído ni una sola advertencia de las que te he hecho.

—¿Qué esperas de una principiante arrogante con delirios de grandeza?

Jake se apartó. Ashley creyó oír que le rechinaban los dientes.

—Está bien, Montague. Lamento haber sido tan franco. Eres una niña mona, y tienes madera de policía. Yo soy mayor, estoy más gastado, más de vuelta, y he visto muchas cosas, ¿vale? Compláceme.

La agarró del brazo y echó a andar. No le hacía daño, pero la sujetaba con firmeza.

«¿Niña mona?», pensó Ashley.

—Esa puerta da a mi cuarto.

—Perfecto.

Dilessio franqueó el muro bajo de madera que separaba

el embarcadero de la orilla. Ashley lo siguió, y él la acompañó hasta la puerta.

—Gracias. Las niñas monas siempre agradecemos que nos traigan a casa sanas y salvas.

—Perfecto. Abre la puerta y entra.

Ashley sacó la llave del bolso, abrió la puerta y entró.

—Muy bien, ya estoy dentro.

—Buenas noches.

Jake se dio la vuelta y echó a andar hacia su barco. Ashley se mordió el labio mientras lo veía alejarse. Bueno, ya estaba. Lo estaba perdiendo de vista después de no haber recibido nada de él salvo hechos y desánimo. ¿Acaso había soñado con otra posibilidad? ¿Que le diera la bienvenida en su barco, que tratara seriamente el caso con ella, que le dijera que juntos, de alguna manera, hallarían las respuestas?

Por supuesto que no.

Pero tampoco había esperado que la acompañara a su casa como si fuera una cría.

«Niña mona». ¿Por qué narices la atraía tanto aquel cretino? Nunca se había considerado mona. No era menuda, no tenía una cara redonda ni un hoyuelo en la mejilla. Quizá no fuera una gran belleza, pero sabía que resultaba atractiva, que, como mínimo, tenía un rastro de sofisticación.

Dilessio era un cretino.

Pero cuando estaba cerca de él... «¿Es que nunca te apetece acostarte con alguien?».

«Sí, Karen, ahora mismo, desesperadamente. Y con un estúpido integral».

Jake se dio la vuelta y la vio de pie en el umbral, observándolo.

—¡Entra y cierra la puerta con llave! —le gritó con impaciencia.

Ashley cerró la puerta y echó la llave.

Para sorpresa de Jake, regresó al Gwendolyn sintiendo una tensión y un enojo irracionales. Le dolía el cuello. Había hecho un largo viaje en coche aquel día, y lo único que sentía era frustración, tanto con el caso Bordon como con el de Fresia.

Frustración... con la sobrina de Nick. La chica tenía que tomárselo con calma.

Frustración... porque quería zarandearla, apartarla del peligro.

No, porque quería mucho más. No sabía por qué había tardado tanto en darse cuenta de que los ojos de Ashley Montague no eran de un verde cualquiera. Cambiaban del lima al esmeralda cuando hablaba, cuando se enfurecía. No sólo era esbelta y ágil, tenía unas curvas sensacionales. Olía suavemente a un perfume suave, profundo, sutil. No tenía el pelo de color zanahoria ni rojo vivo; era un tono más profundo, como su aroma, seductor como un susurro cálido y suave.

Abrió la nevera, pensando en tomarse otra cerveza.

La cerró.

Paseó la mirada por la sala de estar del barco. Estaba seguro que alguien había entrado en el Gwendolyn la noche anterior. No había desaparecido nada, pero sabía que alguien había estado allí. Y, de pronto, Ashley decía que la habían perseguido en el aparcamiento.

Quizá no existiera ninguna relación entre los dos incidentes. Aun así... llamaría a alguien para que le cambiara las cerraduras. Debería haberlo hecho aquel mismo día.

Entrelazó los dedos detrás de la cabeza, recordando su conversación con Bordon. Humo y espejos...

Mary Simmons estaba convencida de que Harry Tennant estaba loco. Que oía voces. Lázaro... Lázaro resucitando de entre los muertos.

Stuart Fresia había estado escribiendo un reportaje.

Ashley Montague tenía los ojos más verdes que había visto nunca, con chispas de fuego. Unos senos sensacionales. Un trasero prieto muy bonito.

Maldijo en voz alta y regresó a la cubierta del Gwendolyn.

Maldición, ella estaba cerca. Al otro lado de la franja de hierba.

Perfecto. No, no lo era. Ella no debería ser policía. No tenía la paciencia necesaria. No tenía...

Mentira. Seguramente, sería una policía sensacional. Como Nancy. Pero Nancy había cometido un error y estaba muerta. Otros policías habían cometido errores y no la habían contado.

Humo y espejos... Lázaro.

¿Y si Harry Tennant no era un loco? Quizá no hubiera oído voces. Quizá a uno de los miembros de la secta lo habían llamado Lázaro.

Deseaba volver a tener a Bordon delante. Deseaba que fuera legal ponerlo en el potro de tortura, obligarlo a contar lo que sabía.

No lo era. Pero resultaba irritante, porque sabía que tenía la respuesta delante de sus narices y que no la veía. Humo y espejos. Bordon había asegurado no tener nada que ver con Nancy. Jake nunca había ido a la finca de la secta con ella. Había hecho dos visitas, y las dos solo. La primera vez, Nancy estaba interrogando al turista que había tropezado con el segundo cuerpo y la segunda, localizando los informes financieros de Bordon. Después... había desaparecido.

Qué extraño. Bordon no la había visto, pero parecía saberlo todo sobre ella. Sus problemas matrimoniales con Brian...

Humo y espejos. Lázaro.

Consúltalo con la almohada, se dijo con cansancio. Quizá algo cobrara sentido a la mañana siguiente.

Echó la llave al Gwendolyn y se fue a la cama. El sueño lo esquivó durante mucho tiempo.

Volvió a soñar aquella noche.

Estaba en un bosque, un bosque lleno de espejos. Un anciano con hábitos blancos caminaba entre los árboles. Lázaro resucitando de entre los muertos.

Los espejos se disolvieron en cristal. Como polvo, fueron arrastrados por la brisa. El bosque desapareció y se quedó mirando la playa contigua al puerto deportivo. Una mujer caminaba hacia él; esbelta, ágil, sensual, con movimientos lentos y provocativos. Su piel suave resplandecía a la luz de la luna; parecía tener el pelo en llamas.

Estaba desnuda. Caminaba despacio por el embarcadero.

Un momento después, estaba en el barco, sobre él. Al momento siguiente...

Jake se despertó con brusquedad, sudando, maldiciendo.

El sueño había sido tan vívido que estaba empapado. Movió la cabeza para despertarse del todo. Diablos, se acabó eso de volver directamente a casa. Estaba obsesionado. Tenía que salir. Aquel día iría a un club de la playa.

Se sentó y permaneció inmóvil, escuchando. ¿Lo habría despertado el sueño, o un ruido? Se levantó en silencio. Recorrió el barco aguzando el oído. Un ruido... fuera del barco. Alguien que estaba... cerca.

Diablos, no vivía allí solo. Alguien habría vuelto a su casa o estaría subiendo a su propio barco. O alguien habría salido de Nick's. O Nick estaba tirando la basura.

Abrió el cajón de su mesilla y sacó su pistola. Se dirigió a la sala de estar y abrió la puerta.

Salió a cubierta. Reinaba el silencio, salvo por el murmullo del agua al romper contra los barcos. Saltó al embarcadero y lo recorrió con la mirada. Todo estaba tranquilo.

Miró al otro lado de la hierba. Ashley Montague estaba allí, en el umbral de su puerta. Llevaba una camiseta larga con el dibujo de un personaje de cómic. Era la prenda más erótica que había visto nunca.

Se quedó inmóvil un momento, mirándola fijamente, sabiendo que ella lo miraba.

Saltó por encima de la barandilla y se acercó a ella. Ashley miró el arma que sostenía en la mano; después a él, pero no se movió.

—¿Vas a detenerme? —le preguntó.

—No. ¿Qué haces aquí fuera?

—He oído algo. ¿Y tú?

—También.

—¿Crees que nos hemos oído el uno al otro? —preguntó.
—Tal vez.

La suave brisa nocturna los acariciaba, fresca y suave. Siguieron mirándose. Jake la oía respirar, veía el descenso y el ascenso de sus senos bajo el algodón que la ceñía suavemente.

—Llevas la pistola.
—Tiene echado el seguro.

Ashley se humedeció los labios sin dejar de mirarlo.

—¿Y bien?

Él se encogió de hombros. Se sentía como una torre de lava. El volcán Etna en un mal día. No la estaba tocando, pero tenía la sensación de que ella le lanzaba pequeñas chispas que parecían polvo de diamante.

—Demonios —masculló, moviendo la cabeza. ¿Qué diablos estaba haciendo?

Entonces, ella dijo:

—¿En tu casa o en la mía?

Un susurro. No tan osado como había pretendido, sin duda. Después, la vio mover la cabeza y pensó que iba a retractarse, a irse. No lo hizo.

—En la tuya —dijo, e hizo una mueca—. Ésta sigue siendo la casa de mi tío.

Jake no contestó; la tomó del brazo con la mano que tenía libre y la condujo a su barco.

Rojo.

Lo único que veía era rojo. La mancha de color vibrante se extendía sobre su almohada, una melena larga, rizada y tentadora como el pecado original.

Jake sabía que estaba loco, por supuesto. Pero no importaba; los dos lo estaban. Quizá una locura anulara la otra.

Ella era, en aquel momento, la mujer más hermosa que había visto nunca. La más deseable. Se movía como ninguna otra mujer se había movido jamás. Tenía los ojos de color verde fuego, los labios... Nunca había visto una boca tan perfecta. El aire se llenaba de electricidad allí por donde ella pisaba. Nadie había hecho nunca, nunca, que una camiseta de algodón resultara tan terriblemente erótica.

Dios, era perfecta.

¿Qué diablos estaba haciendo?, se preguntó Ashley. Después, rechazó la pregunta. Había soñado con aquello, con él. Y, Señor, era perfecto. Rostro adusto, rasgos que rayaban en lo clásico. Hermoso pero impregnado de virilidad. Hombros y torso amplios, estómago firme y plano, caderas estrechas, músculos en movimiento, piel dorada que reflejaba la luz de la luna. Y su olor... irresistible. Olía a mar, a sal, a jabón... y a un rastro de aftershave.

Jake se dijo que Ashley podría haberse resistido, podría haber dicho algo. Porque haría falta un hombre mucho más noble y fuerte que él para echarse atrás en aquellos momentos.

Ella no decía nada.

De hecho, no habían vuelto a hablar. Ni mientras caminaban hacia el Gwendolyn, ni mientras él se detenía a cerrar la puerta con llave, ni siquiera cuando le señaló los pocos peldaños que conducían al camarote principal. No había hablado cuando ella se había despojado de la camiseta; no habría podido, porque su respiración se había vuelto errática. El tanga de encaje negro que llevaba contrastaba con la sencilla camiseta de algodón, y el contraste provocó una erupción de adrenalina por todo su cuerpo.

Jake había retirado el edredón de la cama con la destreza de un mago, dejando al descubierto las sábanas limpias, y fue allí donde ella se tumbó, boca arriba, esperando, cegándolo con aquel laberinto rojo de su pelo. Y, por fin, habló.

—Dios —susurró. Una palabra. No era una blasfemia, sino una admiración.

Se olvidó de sus pantalones cortos con las prisas por tocarla. Su atención se desvió del rojo de su pelo a la exigua prenda de encaje negro. «Directo al grano, ¿eh, amigo?», se burló de sí mismo. Pero, qué diablos, aquello no era una lenta seducción. Se colocó sobre ella y la miró a los ojos un momento...

Color, más color. Ojos verdes, ojos de gato, y tan sensuales como lo habían sido siempre los de un felino. Medio cerrados, resguardados tras las pestañas.

Y los labios... húmedos, entreabiertos, exhalando pequeños jadeos. Ella volvió a humedecerse los labios con la lengua. Quizá expectante. Jake pasó por alto su boca, por atractiva que fuera. Tenía un objetivo en mente.

Bajó la cabeza e inspiró el aroma dulce de su piel. Saboreó el valle de sus senos con la punta de la lengua. Dios, aquella franja de encaje. Se detuvo fugazmente en el ombligo. Estaba enamorado del jabón que ella usaba, de su loción, de su perfume. Quizá sólo fuera la fragancia de su piel, su tacto. Era seda ardiente, viva. Más abajo, su lengua encontró el encaje, jugó con la banda elástica. Oyó que ella inspiraba con brusquedad. Sólo un roce de labios al principio, sobre la seda, sobre el encaje. Después, cerró los dedos en torno al elástico... y apartó la tela.

Rojo.

Su mente estalló como si el color la hubiera atravesado. Ella hundió los dedos en los cabellos de Jake. Estaba diciendo algo, pero las palabras carecían de sentido. Quizá no fueran palabras, sólo sonidos, susurros, gemidos. No dejaba de moverse, arqueando la espalda, sinuosa, sensual. El elástico se deformó entre los dedos de Nick. La prenda de seda y encaje desapareció, y él la atormentó, la saboreó, la bañó, volvió a atormentarla, respiró... Al principio, no se dio cuenta de que ella le tiraba del pelo con fuerza. Ashley había saturado sus sentidos. La sangre corría por sus venas con un ritmo entrecortado; todo su ser y concentración estaban llenos del sabor y del olor de ella. Era consciente de cómo se movía, de los sonidos que escapaban de sus labios, consciente de que había llegado al límite, de que se había estirado como un gato, de que había estallado en mil pedazos. Ashley relajó los dedos. Jake se colocó sobre ella y la miró. Volvía a tener los ojos entrecerrados, las pestañas se posaban sobre sus mejillas sonrojadas.

A continuación, vio su boca. La besó, y ella volvió a la vida. Lo rodeó con los brazos, le acarició los hombros y, enroscando la lengua en la de él, la movía, húmeda, ardiente, aún más seductora. Pero al tiempo que respondía al calor húmedo de la pasión de Jake, lo apartaba, decidida a recorrerlo con los labios. Para sorpresa de Jake, las lenguas de fuego estaban resbalando por su tórax. Lo acariciaba con los labios, atormentando con la punta de la lengua el vello oscuro de su pecho, moviéndose contra él mientras seguía sus curvas naturales, y esa cabellera roja se enredaba sobre su cuerpo con cada movimiento.

Ashley bajó los dedos a la cintura de los vaqueros cortos, hábilmente, despacio... Deslizó la mano por debajo de la cintura, y cerró los dedos en torno a su palpitante erección.

Jake rezó para poder contenerse. La sangre que latía por su cuerpo amenazaba con abrumarlo. Se apartó de ella, se quitó los pantalones y la tomó entre sus brazos; volvió a besarla y, antes de que Ashley pudiera someterlo a una tortura que no pudiera resistir, se deslizó dentro de ella. Era suave, apasionada, mercurio, fuego. No recordaba haberse movido nunca impulsado por un deseo tan poderoso ni sintiendo una dulce tortura exquisita en cada segundo que conducía al clímax.

Ashley se tensó como un arco y emitió un gemido que ahogó rápidamente junto al cuello de Jake. Él dejó que el fragor del trueno lo poseyera, y alcanzó un clímax que, fugazmente, pareció robarle cada átomo de vida de su cuerpo, cada aliento de sus pulmones. Saciado, empapado en sudor, pesado por los efectos del orgasmo...

Aquel pensamiento dio vida a sus miembros, se dejó caer junto a ella, y la atrajo a sus brazos. Ashley todavía estaba temblando. La estrechó. Los dos empezaron a respirar.

Un momento después, él dijo con suavidad:

—¿Quieres hablar?

—No.

Así de sencillo.

Pero no hizo ademán de marcharse, y él tampoco se apartó.

Las luces eran tenues, el barco se mecía. Ella estaba sensual en sus brazos. Las lenguas de fuego caían sobre su piel. Era seda sólida y vibrante. Jake deslizó la mano por su brazo, por su espalda.

Maldición, qué espalda.

Sus dedos acariciaron la curva de los glúteos de Ashley.

Segundos más tarde, la sentó sobre él con fuerza, y la oleada de sangre le puso el corazón a cien. Ella estaba húmeda, ardiente, prieta, y se movía al ritmo de una salsa erótica. Él cerró los dedos en torno a su abdomen, a sus senos, acarició, incitó... Las dejó caer sobre sus caderas y la sujetó con fuerza hasta que la explosión estalló de nuevo dentro de ellos. Incluso entonces, detestaba apartarse, así que se mantuvo dentro de ella, serenándose despacio en un guante de calor.

Tiempo después, deslizó los dedos por el hombro de Ashley, acariciando el pelo llameante que le hacía cosquillas en la nariz. Ella seguía sin tener deseos de hablar, así que permaneció en silencio, abrazándola. Y fue entonces cuando comprendió que hacía siglos que no se sentía tan a gusto, que nunca había experimentado tanto placer abrazando a una mujer durante y después de hacer el amor con ella. El agua lamía la proa con suavidad. Cerró los ojos.

Lucy Fresia estaba sentada en la silla del hospital, junto a la cama de su hijo. No había mejorado, pero ella no pensaba tirar la toalla; Stuart tenía una voluntad de acero. No hacía más que decirle una y otra vez que lo quería.

Tomó su mano y se recostó en la silla. Era tarde. Cerró los ojos. En cuestión de segundos, a pesar del trauma constante que turbaba su corazón, notó que se quedaba dormida...

Oyó un clic... un suave ruido, y se despertó con sobresalto. Se incorporó y miró alrededor. Sería Nathan, que venía a sustituirla, a decirle que fuera a casa a pasar la noche. O la amable enfermera, para echar un vistazo a Stuart, para ponerlo lo más cómodo posible.

Miró hacia la puerta. A través del cristal, distinguió una figura vestida de verde. Empezó a enderezarse, a forzar una sonrisa, a recibir al recién llegado con el mejor ánimo posible.

La figura la vio; Lucy estaba segura, a pesar de que estaba muy cansada y parpadeaba para disipar la somnolencia.

La puerta no se abrió. La figura se detuvo y se alejó. Perpleja, Lucy se levantó y se dirigió a la puerta. La abrió y echó un vistazo, pero no había nadie en el pasillo. Se encogió de hombros y retomó su vigilia; acercó la silla un poco más a su hijo y le habló con suavidad.

—Lo conseguirás, Stu. ¡Ya lo verás! Tienes que volver en ti, ¿sabes? —a pesar de que había estado allí día y noche, nuevas lágrimas anegaron sus ojos—. Tienes que salir del coma,

Stu. Tu padre y yo te queremos mucho. Lo eres todo para nosotros, hijo. Por favor...

El ruido ascendente y descendente del respirador fue la única respuesta. Lucy le dio un apretón en la mano.

—No nos resignaremos. Estaremos aquí, pase lo que pase.

El pitido de la alarma resultaba doloroso. Jake se incorporó con sobresalto y se llevó las manos a las sienes.

—Maldición.

—Maldición —oyó decir a su lado.

Ella también se estaba incorporando, con la sábana envuelta en torno a su cuerpo y el pelo enredado y lleno derramándose en torno a su rostro como lenguas de fuego. A la luz de la mañana estaba aún más deseable. Imponente, sensual... y un tanto vulnerable.

Pero la luz de la mañana también era demasiado real.

Se quedaron mirándose el uno al otro.

¿En qué diablos había estado pensando?, se preguntó Jake. Era la sobrina de Nick. Arrogante, demasiado segura de sí, estaba destinada a meterse en líos. La necesitaba tanto como necesitaba dar un paseo con una daga hundiéndosele en el costado. Diablos, había sido sexo, sólo sexo. Espontáneo pero de mutuo acuerdo. Sexo de primera, pero sólo sexo.

No. Con aquella mujer, no. Se había encaprichado con ella antes incluso de tocarla. Se preguntó cómo podía haber vivido tantos años reparando en ella de lejos, quizá hasta recibiendo una cerveza de sus manos de tarde en tarde. La había visto como la sobrina de Nick, como una niña. Pues ya no era una niña, desde luego, sino fuego llameante, y debería haberse quemado.

Dios, qué idiota era. Seguía siendo la sobrina de Nick y, para colmo, estaba en la academia. Salir con un compañero no era una transgresión, siempre que se dejara la relación para los ratos libres. Pero Ashley no era más que una aspirante, y no estaban saliendo juntos. Se habían acostado.

Era arrogante. Y lo estaba mirando con algo parecido al horror.

¿En qué diablos había estado pensando?, se preguntó Ashley. Era obvio que la lógica no había intervenido en aquello. Jake tenía el pelo alborotado, la piel bronceada, y maldición si su trasero no era tan perfecto como había imaginado pero...

Era el detective Jake Dilessio.

Y ella no hacía esas cosas. Karen sí, de vez en cuando, y a Ashley se le había pasado por la cabeza pero... pero no se metía en la cama con un perfecto desconocido.

–Maldición –volvió a decir Jake. La miraba como si se hubiera despertado junto a una cobra.

–Maldición –repitió Ashley, y se levantó para buscar su tanga y la camiseta de dormir–. ¿Qué hora es?

–Las seis y media. Tendrás que darte prisa si quieres llegar a clase a las siete.

–No tengo que ir hasta las ocho –el tanga estaba deformado; tendría que cruzar hasta la casa con el trasero desnudo bajo la camiseta.

–¿Por qué?

–Tengo... Tengo una reunión. Será mejor que te des prisa tú. No, espera, eres detective. Tienes tu propio horario. Pero sí, tengo que ponerme en marcha.

Ashley se puso la camiseta y bajó los dos peldaños del camarote, atravesó la sala de estar y se dirigió a la puerta. Estaba complacida con su rápida salida.

Salvo que no lograba abrir la puerta. Jake se acercó por detrás, en pantalones cortos, y se la abrió.

–¿Ashley?

Ella no lo miró.

–¿Qué pasa? Tengo prisa.

Pero percibió su calor, y levantó la cabeza para mirarlo a los ojos.

–Ten cuidado, ¿de acuerdo? No vayas por ahí pensando que puedes resolver los problemas del mundo... ni siquiera el misterio sobre tu amigo.

—Tengo cuidado.

Jake asintió. Ella seguía allí, marchitándose bajo su mirada, sintiendo su propio rubor. Iba a sermonearla y a decirle que aquella noche no había significado nada.

Pero no lo hizo. Sonrió, y habló con suavidad.

—Gracias por venir. Ha sido una de las noches más agradables que recuerdo haber pasado jamás.

Ashley abrió los ojos de par en par.

—Ah, bueno... Gracias.

—Ha sido sexo de primera —le dijo, y entreabrió la puerta.

Por propia voluntad los labios de Ashley se movieron para decir:

—El mejor que he tenido nunca.

Podría haberse pellizcado pero, como la puerta estaba abierta, en cambio, huyó.

La mañana de Ashley fue alucinante, y muy agradable porque no tardaron en dejarla en manos de una mujer maravillosa llamada Mandy Nightingale, que era afectuosa, amable e increíblemente profesional. Mandy, pues insistió en que la tuteara, le explicó las diversas áreas de la práctica forense y la presentó a los demás miembros de la unidad. Habló de los horrores que solían encontrar, seguramente, para cerciorarse de que Ashley estaba preparada para afrontarlos. Ashley le explicó que había hecho pinitos en fotografía, pero que no era una experta. Aquello no pareció preocupar a Mandy, que prometió enseñarle todo lo que sabía.

—Puedo enseñarte fotografía —dijo—, pero he visto tus dibujos. No es fácil encontrar un talento como el tuyo —siguió explicando que Ashley trabajaría como empleada civil del cuerpo de policía de Miami-Dade y que podría completar su formación de policía cuando quisiera—. No quiero presionarte, pero los puestos como éste no quedan libres muy a menudo.

Ashley asintió, aunque ya estaba prácticamente decidida.

—La otra destreza que me preocupa un poco es la reconstrucción. Nunca he hecho nada parecido.

—Eso también puede aprenderse.

Hablaron un poco más. Después, a media mañana, regresó el capitán Murray, y Ashley le dijo que sí, que aceptaría el puesto. Aquello dio paso a varias horas de papeleos. Después, Murray le dijo que podía tomarse la tarde libre. Empezaría a aprender con Mandy al día siguiente.

Marty llamó y se disculpó profusamente; dijo que quedaría con él para que lo pusiera al corriente de la investigación al final del día. Al menos, eso esperaba, porque, o había tomado algo en mal estado o había contraído un virus, y no podía pasar más de quince minutos lejos del retrete.

Jake echó en falta a su compañero durante la reunión de trabajo, aunque los demás hombres eran policías buenos y sólidos. Todos hablaron de sus entrevistas, revisaron los interrogatorios puerta a puerta y analizaron el informe del forense.

También estaba Franklin. Una vez más, habló de su experiencia en el FBI, una agencia que consideraba mucho más importante. Había peinado los archivos de datos del FBI y hablado con agentes de la ley de todo el país y no había encontrado la pista que necesitaban. Franklin era alto, moreno y se consideraba muy, muy culto... y afable. Se vanagloriaba de que le hubieran pedido compartir sus increíbles conocimientos en diversos programas de televisión.

—Hasta que no logremos identificar a esa chica, tenemos las manos atadas —dijo, mirándolos fijamente a todos—. Necesitamos saber quién es.

Jake se abstuvo de hablar. Miró a Rosario y estuvo a punto de sonreír, porque estaba seguro de que ambos pensaban lo mismo. «Cretino».

Jake salió desalentado de la reunión. Llamó a la unidad de medicina forense y habló con el doctor Gannet. Consultó su reloj y supo que le daría tiempo a ir y volver del depósito de cadáveres, aunque sería un viaje largo.

Un momento después, tomó su chaqueta y su maletín y salió por la puerta.

—¿Señor Bordon?
—¿Sí?
Peter Bordon estaba sentado en el patio de recreo, sintiendo el sol en la cara. El guardia le hablaba con educación. Diablos, casi todos eran educados; no tenían motivos para no serlo. Él siempre era respetuoso, un modelo de buen comportamiento.
—Lo llaman por teléfono. Tiene permiso para contestar.
—¿Quién es?
—Su primo Richard. Hay un enfermo en la familia, lo siento.
—Ah.
—No tardará en salir, ¿verdad? —le preguntó el joven guardia.
—Si me dan la condicional.
—Bueno, buena suerte.
—Gracias, Thomas.
Lo condujeron al teléfono. Peter descolgó.
—Peter Bordon al habla.
—Así que el poli ha ido a verte.
Cerró los dedos en torno al auricular, pero no reflejó nada.
—Sí.
—¿Y?
—No sabe nada.
—Esperemos que nunca lo sepa.
—No lo sabrá.
—Bueno, nos encargaremos de que así sea.
La línea se cortó. El guardia estaba esperando.
—Mejor de lo que esperaba —le dijo al guardia—. Mi sobrino está enfermo, pero empieza a recuperarse.
—Lo siento.
—Es un hombrecito muy fuerte.

De nuevo en el patio, Peter volvió a sentir el sol. No era tan tibio. Pensó de nuevo en su detención. No se vino abajo, y pasó el detector de mentiras con sobresaliente. Aun así, había acabado en la cárcel por fraude y evasión de impuestos.

Sonrió y levantó la barbilla. No le había importado mucho.

Desde el principio había decidido no planear ningún intento de fuga estúpido, sólo cumplir su condena. Y se alegraba.

Al fin y al cabo, había encontrado a Dios.

Sólo deseaba haber encontrado también un poco más de valor. Dilessio seguía ahí. Y era como un terrier con un hueso. Los demás no acababan de enterarse; jamás desistiría.

A no ser que estuviera muerto.

Ashley ya había salido del edificio cuando llamó a Karen para hablarle de Stuart y de su propio cambio de vocación. Karen insistió en ir al hospital aquella noche, y dijo que llamaría a Jan. Como mínimo, podrían dar apoyo moral a los Fresia. Ashley no podía estar más de acuerdo. Puso fin a la llamada diciéndole que se pasaría a recogerla a eso de las seis.

Justo cuando pulsaba la tecla de fin de llamada, sintió unos brazos rodeándole la cintura. Se volvió y se sorprendió al ver a Len Green.

—¡Oye, chico! —bromeó—. ¿Has renunciado a tu coche patrulla?

—Qué va. Estoy inmerso en uno de esos papeleos que surgen de vez en cuando. Y, sinceramente, por esta vez, me alegro. Acabo de enterarme de lo de tu ascenso.

—Bueno, no es exactamente un ascenso... —empezó a decir Ashley.

—¡Y un cuerno! —hizo un ademán enérgico—. Es increíble. ¿Vas a seguir dirigiéndole la palabra a un humilde patrullero ahora que me has dejado atrás?

Ashley rió.

—Yo no he dejado atrás a nadie —protestó—. He cambiado de dirección.

—Lo mires como lo mires, es maravilloso —le dijo Len con sinceridad.

—¡Hola, artista! —oyó gritar por detrás. Se dio la vuelta y vio a Gwyn y a Arne corriendo hacia ella. La abrazaron y saludaron a Len.

—¡Oye, hay que celebrar tu ascenso! —le dijo Arne a Ashley.

—Sinceramente, me encantaría.

—¿Qué tal esta noche? —sugirió Len.

—No, he quedado en ir al hospital.

—¿Por qué no el viernes? —dijo Arne. Ashley se quedó pensativa un momento.

—Sí, el viernes estaría bien. Y llevaré a un par de amigas. ¿Te acuerdas de Karen y Jan? —le preguntó a Len, tratando de observar su reacción. Deseaba tanto que se fijara en Karen...

—Claro. Me encantará verlas otra vez —contestó, pero Ashley era incapaz de descifrar su reacción—. ¿Alguna idea de adónde iremos?

—A Benningans, en la carretera US1. Es bueno, barato y divertido... ya que no a todos nos van a subir el sueldo —bromeó Gwyn.

—Oye, nosotros tenemos que volver a clase —dijo Arne—. ¿Tú no tienes que dibujar algo en alguna parte, Ashley?

Ashley rió.

—No, tengo la tarde libre.

—Me parece que ya no —dijo Len de improviso, con la mirada puesta en la entrada del edificio.

Ashley giró en redondo y vio al capitán Murray acercándose hacia ella. Éste saludó al grupo.

—Ashley, te dije que podías disponer de la tarde libre y ahora quiero echarme atrás.

Ella no pudo evitar sonreír.

—No he tenido tiempo para planear una tarde en la playa ni nada parecido. Y aunque lo hubiera tenido, desharía los planes en un abrir y cerrar de ojos si usted me lo pidiera, capitán.

—Entonces, vamos. Te explicaré lo que tienes que hacer de camino al coche.

Ashley se despidió de Len y de sus amigos con la mano y acompasó sus pasos a los de Murray.

—¿Adónde vamos? —le preguntó.

—Al depósito de cadáveres del condado.

La habitación estaba esterilizada. Aunque sus ocupantes fueran cadáveres, había más limpieza que en cualquier hospital de los que Jake conocía. Azulejos y cromo, y personal con uniformes blancos.

Ya habían sacado a la chica cuando llegó y miró por el cristal de la puerta. Vio a Gannet y, sorprendentemente, también al capitán Murray, el jefe de personal. Cuando entró, también reparó en Nightingale, y se le cayó el alma a los pies... Era una de las mejores fotógrafas forenses que conocía, pero le faltaban habilidades artísticas.

Después, muy a pesar suyo, se quedó boquiabierto.

Ashley Montague estaba de pie junto a Nightingale. Se miraron a los ojos. A ella ya la habían informado de su llegada.

Jake miró a Gannet y a Murray, esperando una explicación.

—Jake, estás aquí. Creo que ya conoces a Ashley Montague, que sois vecinos —dijo Murray.

—Sí —pero ¿qué diablos estaba haciendo ella allí? Aquel caso era demasiado importante para que recurrieran a aspirantes a policía.

—La señorita Montague va a unirse al equipo forense civil. Todavía no se ha hecho oficial su incorporación pero, cuando Gannet nos llamó, le pedimos que nos acompañara.

Jake se la quedó mirando. Ella le devolvió el escrutinio con serenidad.

—¿Y eso?

—Es la mejor retratista que he visto en años —dijo Murray.

Jake advirtió entonces que Ashley tenía un bloc de dibujo y un lápiz en las manos. La última víctima del caso Bordon, la pobre «Cenicienta», yacía ante ella.

—Voy a limpiar el cráneo, y Mason, del equipo forense, hará la reconstrucción, como estaba planeado, pero ya que están tan ansiosos por publicar algo, la señorita Montague parecía nuestro mejor recurso en este momento —le dijo Gannet.

Sintiéndose tan rígido como un tubo de acero, Jake entrelazó las manos en la espalda y asintió. Sabía que la mirada que estaba dirigiendo a Ashley era casi hostil. No podía evitarlo; no le gustaban las sorpresas.

Nightingale tomó el bloc de Ashley y, sin percatarse de la tensión reinante, se acercó a Jake.

—Echa un vistazo a los dibujos. Éste es el primero.

Jake tomó el bloc y se mordió el labio con fuerza.

Era bueno, increíblemente bueno. Alzó la mirada del boceto que tenía en la mano a los restos putrefactos de la cara de la mujer que yacía sobre la mesa. Ashley había encontrado la humanidad de la joven partiendo de los pocos restos de carne que le quedaban. El ojo izquierdo había sufrido un grave deterioro; el derecho, no. La boca estaba descolorida y amoratada por un lado; Ashley la había suavizado. Sin duda, había tenido que valerse de su instinto e imaginación en algunos momentos, pero cuando Jake desviaba la mirada de los restos de la pobre chica muerta y la posaba en el dibujo, no podía negar que la veía viva.

Pasó la página. Había más dibujos, todos ellos excelentes, y en todos veía a una joven atractiva y llena de vida.

—¿Detective? ¿Cambios, sugerencias? —preguntó Nightingale.

Quería criticar algo. Quería que algo estuviera mal.

Diablos, no; quería resolver el caso. Pero no quería que Ashley Montague fuera... tan endiabladamente buena.

No, necesitaban buen personal, pero detestaba las sorpresas.

—¿Jake? —insistió Mandy Nightingale.

—No, son buenos —dijo, y guardó los dibujos en su maletín.

No dio las gracias a la artista, aunque sabía que debería haberlo hecho. Se despidió de todos con una inclinación de cabeza y se dio la vuelta con intención de marcharse. En el último momento, se obligó a girar sobre sus talones.

—Gracias a todos. Escogeré uno para el periódico de mañana.

No daba más de sí. Se dio la vuelta y salió, más irritado aún al sentir la rigidez de sus dedos cuando abrió la puerta.

12

Ashley debería haber experimentado una profunda sensación de logro y de orgullo. Gannet, Nightingale y Murray habían aplaudido su talento artístico con satisfacción, incluso con jactancia por parte de Murray. Bueno, era el jefe de personal; su trabajo consistía en conocer a las personas, sus dones y sus debilidades y determinar cómo podían ser más útiles para el interés general. Mandy Nightingale también se había portado de maravilla; le había dicho que no se preocupara, que las demás habilidades llegarían con el tiempo, que ya había prestado un servicio muy importante... aun antes de firmar el contrato. Hasta el doctor Gannet había sido excepcionalmente amable, moviendo la cabeza con cierta admiración al ver el convincente parecido entre el retrato y el rostro deteriorado del cadáver.

El cadáver. Cielos. Todavía sentía la bilis que había ascendido por su garganta al ver el horror de aquellos restos humanos.

Mientras se alejaba del depósito de cadáveres, desesperada por ducharse y ponerse ropa limpia antes de ir a recoger a Karen y a Jan, se enojó consigo misma por no sentir una mayor sensación de logro, por que prevaleciera la hostilidad de Jake. Al diablo con él.

Dolía sentir su rechazo después de la intimidad que habían compartido. No. No había sido más que un momento de locura, casi como salir del agua para tomar aire con desesperación. Jake no sentía nada por ella... aparte de antipatía.

Aparcó en su plaza, agradeciendo que estuviera disponible, tan absorta en sus pensamientos que apenas miró alrededor.

—Eh, Ashley, ¡enhorabuena!

Sobresaltada, alzó la vista. Había visto antes al hombre que estaba sentado en una de las mesas de la terraza. Debía de rondar los treinta y cinco, era compacto, de pelo moreno, y rostro cuadrado y agradable. Sí, lo había visto en Nick's... y también con Dilessio. Era su compañero.

—Gracias —le dijo, y se acercó a la mesa. El hombre sonrió.

—Me presentaré oficialmente: soy Marty Moore.

Ashley le devolvió la sonrisa.

—Encantada de conocerte... oficialmente. Recuerdo haberte visto por aquí. Jack Black con agua los sábados por la noche, ¿verdad?

El hombre se recostó en la silla, regocijado.

—Tienes buena memoria; no vengo muy a menudo. Supongo que me verás más ahora que Jake tiene aquí el abarco.

—Estupendo —Ashley intentó mantener la sonrisa en su sitio.

—He oído que has hecho un boceto de nuestra Cenicienta. Un trabajo excelente. Todo el mundo espera que alguien la reconozca en cuanto su retrato salga en el periódico.

—Vaya, las noticias vuelan —dijo Ashley, sorprendida.

—No, no tanto —al ver que ella enarcaba una ceja, Marty se explicó—. Estoy aquí porque he quedado con Jake. Ha sido él quien me lo ha dicho. Habría ido al depósito de cadáveres, pero ayer tomé algo que me hizo polvo el estómago.

—Lo siento. Espero que te haya sentado bien la cena.

—Sí. Tienes una madraza muy dulce, y bastante atractiva,

ahí dentro. Me ha recomendado pan, caldo y pechuga de pollo a la plancha. Ya me siento mejor.

—Sharon Dupre —le dijo Ashley—. La novia de Nick.

—Es un local estupendo. Ahora entiendo por qué siempre ha sido tan popular. Un ambiente agradable junto a la playa, y la personalidad relajada de tu tío.

—Siempre me ha gustado. Me encanta vivir aquí.

—A ti también te gusta el agua, ¿eh?

—Ya lo creo.

—A Jake es imposible arrancarlo de su barco —dijo Marty y, a la mención de su compañero, a Ashley se le borró la sonrisa—. Oye, no me digas que mi insufrible colega te ha hecho pasar un mal rato.

—No, qué va...

Marty la miró con severidad.

—Está bien, un poco... pero sólo a mí.

Marty se la quedó mirando con semblante serio.

—¿Sabes? Quizá esté intentando protegerte.

—¿Por qué conmigo? No soy la única mujer del cuerpo.

Marty se encogió de hombros con pesar y habló con cautela.

—Antes que yo, Jake tenía una compañera, ¿lo sabías?

—No tenía ni idea.

—Era una buena policía.

—¿Y?

—Murió.

—¡Dios mío! ¿Cómo?

—Se precipitó en un canal con el coche. Fue hace casi cinco años, tras unos asesinatos en serie muy desagradables. Semejantes al de la víctima que has visto hoy.

—Sí, me hablaron del caso cuando Murray me pidió que fuera al depósito de cadáveres.

Marty asintió.

—Jake nunca creyó que Nancy Lassiter se cayera al canal por accidente. Creía que sabía algo sobre los asesinatos y que la mataron por ello.

—Lo siento mucho. Es terrible.

Marty vaciló. Hizo una mueca; después dijo:

—Quizá no debería decirte esto, porque acabamos de conocernos, pero es evidente que existe cierta tensión entre Jake y tú. Vives aquí y, seguramente, acabarás trabajando a menudo con él, así que te contaré algo. Nancy Lassiter estaba casada. Su marido, Brian, también viene por aquí de vez en cuando. Su matrimonio estaba en crisis, y Brian creía que Nancy se estaba acostando con Jake. Como compañeros de trabajo, estaban muy unidos y... Bueno, supongo que muchas personas de la comisaría pensaban que quizá estuvieran *demasiado* unidos. La cuestión es que, a pesar de las pruebas en contra, Jake no quiere aceptar que Nancy se mató. Se siente culpable por no haberla obligado a revelar la información que había averiguado y que, según él, la llevó a la muerte. A lo que voy es que eres la sobrina de Nick. Quizá tenga miedo de que tú también te metas en líos, por lo decidida que estás a demostrar tu valía.

Ashley movió la cabeza.

—Entonces, debería alegrarse. He dado un paso atrás; ahora, seré una empleada civil. Tardaré algún tiempo en ser policía.

—No te preocupes, se le pasará.

—Estoy segura. Oye, tengo que irme. Voy a ducharme para ir a ver a un amigo al hospital.

—¿El chico que fue atropellado en la autovía?

—Sí. ¿Sabes algo?

—El otro día dejé a Jake en el hospital. Me ha dicho que crees que hay algo raro en el accidente.

—Sí.

—Entonces, ten cuidado.

Ashley sonrió. Decidió que Marty le caía bien. No había intentado soltarle el sermón de siempre sobre las drogas.

—Hasta pronto. Y gracias.

Se despidió con la mano, atravesó la terraza, saltó la valla y atravesó la franja de arena y hierba en dirección a su puerta.

Varios minutos después, duchada y vestida como estaba, entró en el restaurante por la puerta de la cocina y vio a Katie, la camarera más antigua y especie de lugarteniente de Nick, detrás de la barra. Ésta saludó a Ashley con la mano; parecía alegrarse de verla.

—Oye, ¿puedes ayudarme con las mesas?

—Ay, Katie —dijo Ashley con desolación, porque sentía un gran afecto por la mujer—. Lo siento, pero no puedo. Voy a recoger a unas amigas para ir al hospital. Tengo un amigo...

—Lo sé, lo sé. Nick y Sharon están allí —dijo Katie con un suspiro—. El local estaba casi vacío, y les dije que podían irse si querían. Y, ahora, empieza a llegar gente.

Sandy estaba sentado delante de la barra.

—No te quites el delantal, Katie. Yo llevaré la comida a las mesas.

—Sandy, eres un cliente —dijo Ashley con firmeza.

—No, soy parte del mobiliario —repuso con una sonrisa—. Vete, Ashley. Pero te lo advierto, espero cobrar por esto.

—Por supuesto.

—No me refiero a dinero. Quiero que me cuentes todos los detalles sobre tu nuevo trabajo.

Ashley lo miró, sorprendida. Ni siquiera había tenido ocasión de decirle a Nick que había aceptado el puesto.

—Nick tiene clientes policías, ¿recuerdas? —dijo Sandy, sonriendo. Ashley le plantó un beso en la mejilla.

—Te pagaré con creces. Hablaré tanto que te estallarán los oídos —le aseguró. Katie la despidió con la mano. Para no arriesgarse a ver a Jake Dilessio en la terraza con su compañero, Ashley decidió salir por la puerta de la cocina.

Karen estaba en la acera, esperándola, cuando Ashley se presentó en la casa de su amiga.

—Sé que llego tarde.

—Sólo unos minutos —dijo Karen—. No es tarde para la gente normal, pero como tú tienes tanto talento para la puntualidad...

—Creo que estoy empezando a perderlo —murmuró Ashley.

Tuvieron que llamar a Jan por el portero automático varias veces; después, ésta salió corriendo, disculpándose, diciéndoles que había estado al teléfono, haciéndose pasar por su propia agente publicitaria para conseguir una actuación en un concierto. Las tres rieron cuando les mostró su «voz de agente publicitaria». Ashley puso al corriente a Jan de su nuevo trabajo, y su amiga la felicitó sinceramente

—Por cierto, este viernes por la noche voy a celebrar mi nuevo empleo con mis compañeros de clase. Estáis invitadas.

—¡Perfecto! —exclamó Jan—. ¿Dónde es?

Ashley les dio la dirección.

—No habrá cambios a no ser que Stuart sufra algún cambio. Ah, ¿sabéis qué? Fui a decirle a Nick que venía al hospital y Katie me dijo que Nick y Sharon ya estaban allí.

—¿En el hospital? —dijo Jan.

—Sí.

—Apuesto a que Sharon les ha llevado una tonelada de comida —dijo Karen.

—Tal vez.

—Ella ni siquiera conoce a los Fresia —dijo Ashley—. Nick sí, claro. ¿Recuerdas todas las ferias escolares en las que trabajó con Nathan Fresia?

—Sharon se esfuerza mucho por ser... —empezó a decir Karen.

—¿El qué? —Ashley lanzó una mirada a Karen.

—Como una madrastra, supongo. En fin, se esfuerza por... por ser parte de la familia.

Ashley se encogió de hombros.

—A mí no necesita impresionarme. Tengo veinticinco años; ya soy mayorcita.

—Pero lo eres todo para Nick —intervino Jan.

—Y —dijo Karen—, va a presentarse a las elecciones municipales.

Ashley rió.

—¿Crees que nos hace galletas y visita a enfermos en el hospital con fines electorales?

—Quién sabe —dijo Karen.

—¿Qué más da? —repuso Jan—. Sus galletas están deliciosas.

—Pues no le haría falta dar coba a los Fresia —dijo Ashley, todavía regocijada—. No viven en nuestro distrito.

—Cierto —corroboró Karen—. Está bien, puede que no tenga segundas intenciones. El tiempo lo dirá.

Ashley entró en el garaje del hospital y frunció el ceño.

—¿Os he contado lo que me pasó la otra noche? —dijo, y les relató el incidente con el hombre que la había seguido.

—Genial. Y nos lo cuentas ahora —se lamentó Karen.

Ashley aparcó y las tres salieron del coche. Miraron alrededor con nerviosismo.

—Estamos justo al lado del ascensor —dijo Ashley—. Y somos tres.

Riendo, subieron a la planta de la UCI. A los pocos minutos, estaban recorriendo el pasillo que conducía a la sala de espera. Cuando entraron, vieron que Lucy estaba allí con Nick y Sharon. Los tres alzaron la vista, se levantaron y se acercaron a saludarlas. Karen y Jan dieron un afectuoso abrazo a Lucy Fresia, y Lucy les dio las gracias por ser tan buenas amigas.

—No puedo creer que hayamos recibido tanto apoyo —dijo Lucy—. Nick se ha portado de maravilla. Y Sharon. Una nueva amiga, pero amable. Esta noche vamos a cenar camarones y galletas caseras.

—Sus galletas son las mejores —dijo Ashley, y sonrió a Sharon, quien le devolvió la sonrisa—. ¿Es ésa vuestra cena? —preguntó, señalando la bolsa que estaba en la mesa—. ¿Dónde está Nathan? Deberíais tomarla ahora que está caliente.

—Iré a buscarlo, ya que estáis aquí. Estoy convencida de que Stuart agradece las visitas. Miró a Karen y a Jan y se encogió de hombros—. Sabrán que miento, pero les diremos que Stu tiene unos cuantos parientes más. Iré a hablar con la enfermera.

A los pocos minutos, Lucy reapareció con Nathan, quien las saludó con afecto, haciendo aparente su alegría al ver a las amigas de su hijo. Apremiados por Nathan, Nick y Sharon accedieron a acompañarlos a la cafetería, aunque Nick parecía impaciente por volver al local.

—Chicas, sólo podéis entrar de dos en dos, pero han fingido creerse la bola del pariente —dijo Lucy—. No tardaremos —añadió con cierto nerviosismo.

—Estaremos aquí cuando vuelvan —la tranquilizó Jan.

Las dos parejas se fueron, y Ashley dijo:

—Entrad vosotras dos. Yo lo vi ayer.

Karen asintió, y Jan y ella echaron a andar por el pasillo. Ashley miró alrededor, vio una revista, la tomó y se sentó.

Hasta entonces, apenas había reparado en el hombre de la sala de espera que estaba leyendo el periódico. Cuando se sentó, estuvo a punto de dar un respingo cuando se acercó a ella.

Era el hombre del que Nathan le había hablado, el periodista recalcitrante.

—¿Qué quiere? —inquirió con aspereza. No se molestó en hablar en voz baja, ya que eran las únicas personas que quedaban en la sala de espera.

—No grites —dijo—. Todo el mundo cree que estoy aquí para escribir una historia sórdida. Ni siquiera los Fresia quieren creer que soy amigo de su hijo.

—Yo no te conozco —le dijo Ashley.

—Ya. ¿Cuánto hacía que no veías a Stuart?

Aquello hizo mella.

—¿Por qué no creen que eres amigo de Stuart?

El joven suspiró.

—Porque trabajo para la prensa sensacionalista... aunque saben que él estaba vendiendo historias al mismo periódico. No sé, puede que me echen la culpa de lo que le ha ocurrido a su hijo. Saben que yo presenté a Stuart al editor-jefe, y fue entonces cuando desapareció de sus vidas. No se fían de mí. Por desgracia, soy famoso por titulares como: «Fui abducido por unos extraterrestres que secuestraron a mi hijo de dos cabezas».

—Caramba, qué periodismo.

—Oye, sirve para pagar las facturas, ¿sabes?

—Si conocías a Stuart y tienes idea de lo que estaba haciendo, ¿por qué no se lo has contado a la policía?

—Y lo he hecho. Les dije que Stuart estaba interesado en

la economía, la agricultura y lo que las grandes empresas estaban haciendo en los Everglades. Y eso era lo que hacía, investigar sobre los canales, la polución... Ya sabes, el medioambiente. Pero estaba muy entusiasmado. Creía haber descubierto algo de mayor envergadura. La cuestión es que no tengo ni idea de lo que buscaba, ni entiendo cómo ha podido acabar drogándose.

Ashley lo miró con atención. Era aproximadamente de su misma edad, de pelo castaño bastante largo. Los ojos eran grandes, muy azules y sinceros. Llevaba camisa y chaqueta, y parecía demasiado consternado e inteligente para estar escribiendo noticias sobre bebés alienígenas de dos cabezas.

—Hablé con la policía —prosiguió el joven—, y les di los nombres de unos cuantos peces gordos con los que Stu había estado hablando antes de ir de incógnito. La policía los entrevistó pero ¿puedes creerlo? Todos estaban puros como la nieve, y se indignaron mucho con los agentes. Después del revuelo, la policía me dijo que cerrara el pico y que me desentendiera del caso. Dudo que vuelvan a tomarse en serio nada de lo que les diga.

—Entonces, ¿por qué hablas conmigo? ¿Por qué iba a creerte si no has hecho más que causar problemas?

El joven se encogió de hombros y sonrió; era una sonrisa agradable, pesarosa.

—He oído que estabas en la academia, y sé que no crees que Stu se drogara. Si alguien puede luchar por él, ese alguien eres tú.

Ashley se lo quedó mirando. Parecía sincero. Había intentado ayudar y le había salido el tiro por la culata.

Aquel hombre creía en Stuart, y eso era importante para ella. Y, aunque sabía que no debía formarse criterios rápidos de la gente, no podía evitar pensar que aquel periodista tenía más ética de la que Nathan Fresia creía. Sonrió por fin.

—Lo siento. Ya no estoy en la academia.

El joven frunció el ceño.

—¿Has tirado la toalla? No puedo creerlo, con lo que Stu decía de ti.

—¿Habló de mí contigo?

—Sí, bueno, de pasada. Una tarde fuimos a verte a Nick's, hará cosa de un año. Tú no estabas, y tu tío no estaba trabajando. Pero me habló de que habíais sido muy buenos amigos y de que quería llamarte para quedar. La camarera dijo que habías solicitado tu ingreso en la academia de policía —desplegó otra sonrisa sincera—. Oye, me gustaría ayudar. Sé investigar.

—¿Y crees que puedes averiguar algo que la policía no sepa?

—Ya lo he hecho —contestó.

Jake seguía sentado en la terraza; hacía más de veinte minutos que Marty se había ido. No había tardado mucho en ponerlo al corriente de la reunión de trabajo de aquella mañana y de su escapada al depósito de cadáveres.

–El dibujo saldrá publicado mañana. No tardará en llamar alguien, estoy seguro.

Marty se lo había quedado mirando con extrañeza.

–¿Tan buenos son esos bocetos?

–Excepcionales. Si nuestra Cenicienta era de por aquí, la reconocerán enseguida.

–Entonces, ¿por qué se lo has hecho pasar tan mal a la artista?

Jake se puso rígido.

–¿Eso te ha dicho ella?

–No. Es que... Diablos, Jake, yo también soy detective. Sé interpretar las reacciones de la gente.

Minutos después, Marty se fue, y hacía rato que Jake se había quedado mirando su taza de café vacía.

–Hola, Jake. ¿Me dejas que te invite a una cerveza?

Jake se sobresaltó. Era Sandy. ¿De dónde diablos había salido?

–Invita la casa –añadió Sandy con orgullo–. Esta noche estoy echando una mano.

–¿Y eso?

—Todo el mundo está en el hospital, viendo a ese chico.
—¿Nick y Sharon también?
—Sí. Katie está al mando, y yo la ayudo con las mesas.
—¿Se fueron los tres juntos? —preguntó Jake, preguntándose por qué le importaba.
—No, no. A Nick se le metió en la cabeza antes de que Ashley llegara aquí. Creo que, en realidad, fue idea de Sharon; había estado cocinando otra vez. Pensó que a los padres no les vendría mal un plato de comida casera. Bueno, ¿qué me dices de esa cerveza?
—Gracias, Sandy, pero no; tengo cosas que hacer. Ni siquiera sé por qué sigo aquí sentado.
—Tu cerebro está trabajando.
—No lo suficiente, me temo.
Sandy pareció vacilar; frunció sus pobladas cejas blancas.
—Oye, Jake —dijo en voz baja—. Esto no es asunto mío pero... sé más suave contigo mismo. Todo el mundo sabe que... Diablos, que todavía te sientes responsable de la muerte de tu compañera, y que este nuevo caso está sacando todo otra vez a la luz.
—Sandy, sabes demasiado.
—No tengo otra cosa que hacer más que interesarme por la gente que me rodea. Eres un buen hombre, pero tómate un respiro. Todo el mundo comete errores alguna vez. Te vi aquí con Brian Lassiter la otra noche. Ese malnacido engañaba a su mujer, la hacía desgraciada así que... aunque fueras... No fuiste responsable, Jake. Y alguna vez tendrás que olvidarte.
—Gracias por el consejo, Sandy, y por el apoyo —se puso en pie—. Aceptaré esa cerveza en otro momento.
—Claro, cuando sea yo quien tenga que pagar.
—No querría ofenderte insinuando que no puedes permitírtelo —bromeó Jake, sonriendo. Recorrió el embarcadero con paso lento hasta que llegó al Gwendolyn. Como tenía por costumbre últimamente, revisaba la cerradura de la puerta antes de meter la llave. Todavía no la había cambiado.
Una vez dentro, encendió el ordenador, abrió una lista de

nombres, la revisó. John Mast. El nombre le llamó la atención.

Pero Mast estaba muerto.

Humo y espejos.

Quince minutos más tarde, advirtió que llevaba un rato mirando la misma pantalla.

Maldición, todo el mundo pensaba que estaba equivocado.

Un accidente. Era la conclusión lógica de la muerte de Nancy. Pero él sabía... Sabía que su muerte no había sido accidental.

Y estaba tratando a Ashley Montague como los demás lo trataban a él, mostrándose sensato, lógico, razonable. Pero, a veces, lo sensato, lógico y razonable valía un pimiento.

Pensativamente, apagó el ordenador.

—Tengo que irme. ¡Lo siento! —exclamó de repente el periodista que estaba sentado junto a Ashley, y se puso en pie. Ashley oyó ruido de pasos en el pasillo.

—¡No! —le espetó Ashley. Estaba a punto de contarle algo importante, y aunque trabajara para un periodicucho de mala muerte, la alarma había saltado en la cabeza de Ashley. Ella también se puso en pie—. No puedes irte todavía. No me has dicho...

—Tengo que largarme antes de que alguien piense que te estoy acosando.

—¡No! Tienes que contármelo.

—Te buscaré, no te preocupes —dijo, ya en el umbral.

—¡Espera, maldita sea! —Ashley lo siguió rápidamente hasta la puerta pero, para frustración suya, ya había logrado desaparecer por el pasillo. Vio a los Fresia acercándose a la sala de espera. Nick y Sharon no estaban con ellos; seguramente, habían regresado al bar.

—Qué rápidos —dijo.

—No nos gusta alejarnos mucho de Stuart —le explicó Lucy.

—Karen y Jan todavía están dentro —les dijo Ashley—. Iré a ver si ya están listas para salir.

—Tómate el tiempo que quieras, cariño. Entraré después y dormiré en ese sillón abatible que hay. Nathan va a ir a casa a ducharse y cambiarse, y a ocuparse de un par de cosas. Yo haré lo mismo por la mañana.

Ashley se dirigió a la habitación de Stuart y sustituyó a Jan y a Karen. Su amigo seguía en coma, pero se animó un poco al ver que parecía tener mejor color. Tomó su mano, la que no tenía la intravenosa, y le habló del día que había pasado, incluso de su conversación con su amigo periodista. Cuando terminó, consultó su reloj. Hacía un buen rato que estaba allí.

—Me iré para que tu madre pueda entrar a dormir un poco —se despidió. Le dio un beso en la frente y un apretón en la mano, y se marchó.

Cuando llegó a la sala de espera, se sorprendió al ver a Len Green con Lucy, Nathan y sus amigas.

—Hola —lo saludó.

—Hola. Se me ha ocurrido venir a solidarizarme un poco. Les he dicho a los Fresia que no soy más que un policía de calle pero que, si puedo hacer algo, no duden en decírmelo.

—Estupendo. Eres muy amable.

—Y ahora tenemos un escolta privado para el aparcamiento —dijo Jan felizmente.

—Un escolta alto y apuesto —añadió Karen en tono desenfadado—. Y va armado.

—¿Necesitáis escolta para bajar al garaje? —preguntó Lucy, confusa.

—Bueno, ya sabe, está muy oscuro ahí abajo —bromeó Ashley, y miró a Karen con el ceño fruncido. No quería que los Fresia se preocuparan porque fuera a ver a Stuart por las noches—. Nos vamos ya, para que puedan descansar —les dijo. Intercambiaron besos y abrazos y los dejaron solos.

—Ashley —dijo Karen, cuando salieron del ascensor en la planta del aparcamiento—, ¿no crees que deberías decirles a los Fresia que alguien te estaba siguiendo el otro día?

–¿Alguien te ha estado siguiendo? No me lo habías contado –dijo Len en tono de reproche.

–No he tenido oportunidad –repuso Ashley–. Además, no quiero preocupar a los Fresia innecesariamente. Ya tienen bastantes problemas.

De pronto, Karen se detuvo en seco.

–¡Silencio! –exclamó.

–¿Qué pasa? –preguntó Jan.

–Oigo pasos. Vienen hacia aquí.

–Voy armado –dijo Len en voz baja. Después, guardaron silencio.

–¿Podéis ver quién es? –preguntó Jan.

–Demasiadas columnas en medio –murmuró Ashley.

–No os mováis –ordenó Len, y se metió la mano por debajo del cortavientos. Debía de llevar la funda de hombro, pensó Ashley.

–Las pisadas se oyen cada vez más cerca –murmuró Karen.

Así era, pensó Ashley, pero eran pisadas firmes, no sigilosas.

Apareció una figura recortada contra la luz de los fluorescentes del techo. Una figura alta, oscura... de hombros anchos. Cuando se acercó, la luz lo iluminó.

–Jake Dilessio –dijo Ashley con un suspiro.

Los vio al mismo tiempo que ellos, y siguió acercándose.

–Es el tipo que dibujaste –dijo Karen.

–Es policía –dijo Len.

Ashley se lo quedó mirando.

–¿Lo conoces? ¿Por qué no me dijiste que era policía cuando estuvimos en Orlando?

Len frunció el ceño.

–No sé de qué me hablas. ¿Estuvo en Orlando?

–No, no, lo retraté. Aquella noche, en el club –Len seguía frunciendo el ceño, completamente perplejo–. Cuando hice los otros dibujos –añadió Ashley.

–Él estaba pagando la cuenta, Ash –dijo Karen.

Dilessio llegó donde estaban y guardaron silencio.

—Detective Dilessio —dijo Len—. ¿Qué está haciendo aquí?

Dilessio enarcó una ceja.

—He venido a ver cómo estaba Stuart Fresia. ¿Y tú?

—Lo mismo. Soy amigo de Ashley —le explicó Len.

—Entiendo.

—Y Karen y Jan también son amigas mías —se apresuró a decir Ashley—. Oye... No sabía que Len y tú os conocíais.

Todos se la quedaron mirando.

—Los dos son policías, Ashley —dijo Karen.

—Hay miles de policías en la ciudad. No todos se conocen —se defendió Ashley.

—Creo que todo el mundo conoce al detective Dilessio —intervino Len—. Dio unas cuantas charlas sobre lugares del crimen cuando estaba en la academia.

—Ahora estás trabajando en la sección sur de la ciudad, ¿verdad? —le preguntó Jake a Len.

Desde luego, se lo veía muy amable aquella noche, pensó Ashley. No el ogro que había encontrado en el depósito de cadáveres.

—Sí, señor.

—¿Sigue gustándote el trabajo?

—Por supuesto.

—¿Has venido a contarles alguna novedad a los Fresia? —preguntó Ashley, esperanzada. Dilessio posó en ella sus ojos oscuros.

—No, lo siento. He venido a decirles que había hablado con Carnegie y que haré lo que pueda. Me han dicho que acababas de salir, y quería alcanzarte.

—Ah.

—Pero ya veo que estás con amigos. Ya hablaremos después.

—Voy a llevar a Karen y a Jan a su casa y, después, volveré a Nick's.

—Estupendo. Entonces, hasta luego. Karen, Jan, encantado de conoceros. Len, me alegro de haberte visto.

—Igualmente, detective —dijo Len.

Dilessio se alejó.

—¿A qué ha venido eso?

—Hoy he hecho un boceto para él. Querrá que le haga algún retoque.

—No debería buscarte en tus horas libres para algo así —dijo Len con indignación.

—No, verás... Le pedí que reuniera información sobre el accidente de Stuart —le explicó Ashley enseguida—. Pero ya hablaré con él cuando vuelva a Nick's.

—Oye, si quieres irte ya, podemos tomar un taxi —dijo Karen.

Len sacó su vena galante.

—No seas tonta. Acompañaremos a Ashley a su coche y, después, os llevaré a las dos a casa.

—Len, eres un cielo. ¿Seguro que no te importa? —preguntó Ashley—. Estoy impaciente por saber qué quería Dilessio.

—Claro, no es problema.

Se despidieron junto al coche de Ashley, y ésta se marchó.

Le costó trabajo no superar el límite de velocidad; estaba impaciente por volver a casa.

Len Green dejó primero a Jan en su casa. Después, cuando se quedó a solas con Karen, llevó la conversación a un plano más personal.

—Ashley lo está haciendo muy bien, aunque vaya a ser una empleada civil durante un tiempo. Dilessio es uno de los hombres más respetados del cuerpo.

—Y un bombón —comentó Karen, y se volvió hacia él—. Claro que no a todas nos gustan los tipos silenciosos, ¿sabes? No sé si alguna vez se suelta el pelo y sabe divertirse. Ni siquiera lo conozco pero, en fin, parece un hombre muy serio. En cambio, mírate tú. Eres policía, vives entregado a tu trabajo, pero fíjate lo bien que lo pasamos en Orlando. No sé si llegué a darte las gracias por una velada tan agradable.

Len le sonrió.

—Lo hiciste —dijo con suavidad. Karen estaba muy cerca. Amable, cálida... ¿ansiosa? De pronto, deseaba conocerla mejor, mucho mejor—. Por cierto, ¿vas a venir a celebrar el ascenso de Ashley con nosotros?

—Por supuesto. No me lo perdería por nada del mundo —dijo Karen—. Ya hemos llegado.

Len aparcó delante de la pequeña casa con jardín.

—Es bonita. ¿Vives sola?

—Sí. No es una mansión, pero es mía. Bueno, mía y del banco. ¿Quieres entrar a verla?

—Me encantaría —dijo Len—. Si no es demasiado tarde.

—Qué va. Me levanto a las seis y media, pero nunca me acuesto antes de las doce. Por favor, pasa. Puedo hacer café, té... lo que quieras. O una cerveza. Ay, lo siento, eres policía y estás conduciendo...

—Podríamos tomarnos una cerveza... y luego café —dijo Len.

Karen sonrió despacio.

—Claro.

Entraron, y Karen le enseñó la casa con orgullo. Era pequeña pero agradable, y antigua, teniendo en cuenta la zona en la que estaban.

—Te traeré esa cerveza... y prepararé el café para después —dijo Karen.

Sirvió la cerveza, encendió el estéreo y se sentaron en el sofá del salón a hablar de sus respectivos trabajos. Pasado un tiempo, Karen lo sorprendió mirando fijamente su botellín vacío.

—Te ofrecería otra pero, si tienes que conducir...

—La verdad, no me importaría tomarme otra cerveza.

—Oye, esto es un sofá-cama. Puedes quedarte, si quieres.

Estaba sentada junto a él, con sus largas piernas flexionadas a un lado. Sus rostros estaban próximos. Len le tocó la barbilla.

—No sé si podría quedarme en el sofá toda la noche —dijo con suavidad, y oyó la suave inhalación de aire.

—No sé si querría que te quedaras en el sofá —repuso Karen.

Len se inclinó y la besó con suavidad. Cuando rompieron el contacto, ella tenía los labios húmedos y la respiración agitada.

—Te traeré esa cerveza —murmuró.

Karen desapareció en la cocina durante lo que pareció una eternidad. Después, la oyó llamarlo por su nombre, y volvió la cabeza. Estaba en el umbral de su dormitorio, sin subterfugios. Esbelta, hermosa... y desnuda.

Se preguntó por qué sentía una repentina oleada de furia. «Hoy día todas las mujeres son unas furcias».

La tensión creció en su interior. Se puso en pie, con las manos cerradas a los costados por la furia.

—Te he traído aquí la cerveza —dijo Karen, con voz suave, sexy, sensual.

«Furcia».

—¿Ah, sí? —contestó Len con la misma suavidad. Karen desapareció del umbral; él la siguió. Se había tumbado en la cama con una postura sugerente. Se la quedó mirando un largo momento, sintiendo cómo se le ponían rígidos todos los músculos del cuerpo. Aquella era la amiga de Ashley. *Ashley*.

—¿Agente? —bromeó.

Avanzó hacia la cama. Después, ella gritó.

Pero sólo un instante.

Ashley aparcó en su plaza y dio la vuelta al local, confiando en que la terraza estuviera vacía. Había clientes en algunas mesas, pero todos eran parejas que disfrutaban de una velada íntima. Saltó el muro bajo y echó a andar por el embarcadero.

Al acercarse al barco de Jake, ralentizó sus pasos, vacilante. Jake había dicho que quería hablar con ella pero, aun así, se sentía incómoda.

No se dio cuenta de que seguía avanzando con paso silencioso. Se quedó mirando el barco. Las cortinas estaban echadas, pero creía ver luz en el interior. Un poco intranquila, aminoró la marcha.

Cuando llegó al barco, tenía el corazón desbocado. Saltó con cuidado del muelle a la cubierta, después, se quedó inmóvil durante varios segundos antes de acercarse a la puerta, vacilar y levantar la mano para llamar. La puerta cedió hacia dentro.

Se había equivocado; no había luz dentro. Justo cuando estaba a punto de llamar a Jake por su nombre, oyó un movimiento, una advertencia demasiado tardía. Intentó darse la vuelta y chillar, pero la sujetaron por detrás, y su chillido se convirtió en un jadeo silencioso. Después, Ashley aterrizó en el suelo, inmovilizada por un peso semejante a una roca viviente. Abrió la boca para volver a chillar, pero una mano cayó sobre sus labios.

El chillido murió en su garganta.

Lucy Fresia se despertó de improviso, sin saber por qué. Paseó la mirada por la habitación a oscuras, pero no vio nada raro. Movió la cabeza con pesar, medio sonriendo. Su vigilia constante empezaba a destrozarle los nervios.

Se recostó en la silla. Stuart yacía en la cama, en la misma posición que había mantenido desde que había ingresado en el hospital. La habitación estaba tenuemente iluminada, y reinaba el silencio.

Se incorporó de improviso.

Silencio. ¡No debería haber silencio! Debería estar oyendo el ruido del respirador, ese resoplido lento, regular y constante que había formado parte de su mundo durante lo que parecía una eternidad.

Se acercó corriendo a su hijo. Tenía el rostro un poco azulado. Lanzó una mirada a los monitores. No daban ninguna señal.

Stuart no estaba respirando. Su corazón no estaba latiendo.

Muerto... ¡No!

Corrió a la puerta, la abrió de par en par y pidió ayuda a gritos. La enfermera de Stuart se acercó corriendo por el pasillo; vio la situación y dio la alarma. Más personal llegó corriendo por el pasillo y entró en la habitación, apartando a Lucy.

Lucy empezó a chillar; la vida parecía escapar de sus miembros. Empezó a caerse al suelo, todavía incrédula.

Los sollozos la sacudían. Ni siquiera podía rezar. Siguió chillando «¡no!» hasta que alguien llegó con una jeringuilla hipodérmica y se la clavó en el brazo.

—¿Ashley?

La mano se apartó de su boca.

—¿Jake? —dijo con incredulidad.

La roca viviente se hizo a un lado. Una mano descendió y encontró la de ella en la oscuridad, y la ayudó a levantarse. Por un momento, hasta la oscuridad parecía dar vueltas.

Una luz inundó el Gwendolyn, y Ashley se sorprendió mirando fijamente a Jake. Llevaba puesto un bañador y nada más. Tenía las manos en las caderas y la mirada, severa.

—¿Qué diablos hacías husmeando? —inquirió.

—¡Yo no estaba husmeando! —respondió con indignación—. Dijiste que querías hablar. ¿Qué diablos estabas haciendo tú? ¿Tumbas a todos los que vienen a visitarte?

—Subiste a bordo de puntillas. Y desde que entraron en mi barco...

—Estaba oscuro, y no sabía si estabas dentro, durmiendo... ¿Cómo que alguien ha entrado en tu barco?

—La otra noche. Y hoy han estado aquí otra vez; lo sé.

—¿Te han robado?

—No digas tonterías.

—No me hables así; es una suposición perfectamente lógica. ¿Por qué iba a venir alguien sólo para invadir los preciados dominios del gran detective Dilessio? ¿Para poder decir que han estado en tu barco?

Se la quedó mirando con irritación y, después, se volvió hacia el muelle. Lo recorrió con la mirada. No se movía nada.

—Jake, ¿qué diablos está pasando?
—No lo sé. Alguien está buscando algo.
—¿El qué?
Jake se encogió de hombros.
—¿Habías cerrado la puerta con llave?
—Sí.
—¿Y han forzado la cerradura?
—No.
—Entonces...
—Esta vez, la culpa es mía. Debería haber llamado al cerrajero.

Ashley vaciló.
—¿Quién más tiene una llave?
—Nick tiene una.

Ashley se puso rígida y apretó los dientes.
—Nick jamás, jamás, subiría a bordo de tu barco sin tu permiso. Y si crees que no tiene cuidado con tu llave, será mejor que se la pidas, porque...
—Tengo fe completa y absoluta en Nick —la interrumpió.
—¿Entonces?

Jake se encogió de hombros.
—Hace años... Había otra copia —cerró los párpados un minuto—. Se la di a mi compañera detective.
—¿La mujer que murió? —preguntó Ashley con suavidad.

Él clavó la mirada en ella.
—Sí —volvió la cabeza hacia las luces que iluminaban suavemente la zona que circundaba el bar. Después, volvió a encogerse de hombros—. Ni siquiera le di importancia. No hasta... hasta hace poco. Pensé que su marido podría tenerla pero... él lo niega.
—Puede que no te esté diciendo la verdad.
—Ya lo sé.
—¿Por qué no pides a un equipo de huellas que venga a ver si encuentran algo?

Jake asintió, pero no parecía convencido.
—Apuesto lo que quieras a que el que ha estado en el Gwendolyn no deja huellas.

—Pero ¿por qué iban a querer entrar?

—No lo sé. Creen que tengo algo, pero no sé qué puede ser —se dio la vuelta y echó a andar hacia el habitáculo. Ashley frunció el ceño—. ¿Vienes? —preguntó Jake.

—Bueno, sólo me había pasado para...

Jake ya había entrado en el barco. Ella lo siguió despacio.

—¿Vas a quedarte? —le preguntó.

La sobresaltó la sinceridad de la pregunta. No sabía si estar indignada porque la hubiera derribado, preocupada porque estuviera convencido de que alguien había invadido su espacio, o enfadada porque habían compartido cierta intimidad y él la había tratado como escoria en el depósito de cadáveres.

—¿Para qué querías hablar conmigo? —preguntó Ashley, insuflando cierta aspereza en su voz. Jake enarcó una ceja.

—Para disculparme, por supuesto.

Su indignación se derritió como hielo en un día de verano. No debería haberlo perdonado tan rápidamente.

—¿Vas a quedarte? —repitió Jake.

Ashley se sorprendió asintiendo.

Jake avanzó hacia ella, y Ashley se sorprendió abrazándolo. Los labios de Jake eran casi dolorosos, ardientes y húmedos, y con la lengua parecía lamer sus entrañas y no sólo la cavidad de su boca. Hacía el amor con un beso, acariciándola con la lengua, haciéndola ansiar, desear, anhelar, provocando la desesperación de querer sentirlo dentro de ella, al instante. Ashley forcejeó para interponer cierta distancia entre ellos. La firmeza de su erección se hacía evidente bajo la tela fina del bañador que llevaba. Ashley deslizó los dedos por debajo del elástico y lo despojó de la prenda, con lo que arrancó un gemido grave, semejante a un gruñido, de su garganta. Jake siguió besándola mientras deslizaba las manos por debajo de la blusa, del encaje del sujetador. Deslizó los dedos por uno de sus senos buscando el pezón, rodeándolo con caricias eróticas. Ashley combatía las sensaciones, decidida a realizar su propia búsqueda y cerró las manos en torno a él. Lo acarició. Era suave y palpitante como el trueno.

Cortaron el beso. Jake le sacó la blusa por la cabeza y la arrojó en algún rincón del camarote. Después, acercó los labios a la garganta de Ashley. Ésta se aferró a sus hombros, notando que él la levantaba, y acabó sentada en el mostrador de la cocina. Jake le desabrochó el sujetador con un hábil movimiento y bajó las manos al botón de los vaqueros mientras ella forcejeaba para quitarse los zapatos. Enseguida,

Jake estaba deslizando las manos bajo la cintura de los vaqueros, tomando los glúteos de Ashley al tiempo que la despojaba de la prenda. El bañador de él ya estaba en el suelo. Jake volvió a levantarla y, después, la hizo descender sobre el calor palpitante de su erección. La sostuvo allí durante varios segundos antes de que Ashley se encontrara sentada nuevamente en el mostrador, viendo el mundo girar a su alrededor, presa del deseo acuciante de necesitar a Jake allí mismo, firme y vibrante, dentro de ella. Las lágrimas llenaron sus ojos mientras se entregaba al frenesí.

Podría haber explotado una bomba en el embarcadero que ella no la habría oído. Los fuertes latidos de su corazón eclipsaban la realidad. Sólo era vagamente consciente de la piel húmeda, del movimiento de los músculos y la figura de Jake sobre ella, del mostrador sobre el que estaba sentada. Se aferraba a Jake, tensa, desesperada, dejando escapar sonidos, no palabras, de su boca. Se movía y arqueaba la espalda, se retorcía, cada vez más febril, rayando la locura, hasta que se contrajo en torno a él y se elevó en espiral hacia un clímax tan explosivo que se sorprendió de no estallar en mil pedazos. Mientras él se estremecía con las convulsiones del orgasmo, la sujetaba con fuerza, unidos en aquella sacudida de éxtasis.

Ashley apoyó la cabeza en el hombro de Jake. No lograba lamentar haberlo perdonado tan fácilmente, haberse entregado tan deprisa, porque no creía que la hubieran tocado nunca con tanta ternura como cuando la levantó en brazos y, envolviéndola con su piel sedosa, la condujo al camarote como si sostuviera una preciada carga. La depositó en la cama, todavía deshecha de la noche anterior, y un segundo después, se tumbó a su lado. Cerró los brazos en torno a su cuerpo y sonrió. Ashley se lo quedó mirando y se sorprendió diciendo:

—Aún no sé si estabas disculpándote por haberme derribado cuando subí a bordo o por haberte comportado como un cretino cuando estábamos en el depósito de cadáveres.

Un tanto alarmada por su propia afirmación, contuvo el aliento.

—Por las dos cosas —dijo Jake pasado un momento. Alargó el brazo y le retiró un mechón húmedo de la mejilla—. Esta tarde me tomaste por sorpresa. Yo ni siquiera sabía que tenías un lápiz, y mucho menos que poseías un talento tan maravilloso. Supongo que estaba enfadado porque es difícil para un carroza como yo ver tanto talento en una principiante.

—¿Principiante?

—Deberías decir que no soy un carroza.

—¿Cuántos años tienes?

—Treinta y seis, casi. Llevo trece en el cuerpo. Y, ahora que lo pienso, me debes una disculpa.

—¿Que yo te debo una disculpa?

—Podrías haberme dicho que estabas pensando en incorporarte a la unidad de medicina forense.

—Bueno... —dijo Ashley con voz rasposa—. No es que hayamos sido amigos durante años ni nada parecido. Apenas te conozco... ni tú a mí.

Se sorprendió del pesar que reflejaba la sonrisa de Jake.

—Quizá sintiera que te conocía un poco. Vamos, piénsalo. ¿Cuántos hombres del cuerpo saben que tienes una minúscula flor tatuada en la base de la espalda, o esa pequeña cicatriz en la cara interna del muslo?

Ashley se sonrojó.

—En realidad, ni siquiera estaba segura de caerte bien.

Jake rió y la atrajo hacia él.

—Tienes mucho temperamento, Montague —su sonrisa se perdió, su mirada era seria—. Y la tenacidad de un bull terrier.

—¿Y tú eres la diplomacia y el encanto personificados?

Jake se encogió de hombros.

—Me abrasaste, ¿sabes?

—No veo cicatrices; nada permanente.

Él guardó silencio durante un largo momento. Después, dijo en voz baja:

—Es más permanente de lo que crees.

Aquella simple frase la dejó con una extraña sensación de euforia. Y los labios de Jake rozando los de ella parecían más íntimos. A la ternura le siguió una urgencia desnuda. Se agitó en sus brazos, besó su piel, y sintió la lengua de Jake moviéndose dentro de su boca con esa intimidad que parecía prometer los actos más carnales. Se sentía bañada en el calor de su cuerpo, en la destreza de la caricia más suave, pero la urgencia sustituyó a la finura. Perdió la noción del tiempo, del espacio y de la realidad. Después, mientras yacía en silencio junto a él, se quedó dormida y, cuando se despertó, supo que él también estaba despierto.

—¿Jake?

—¿Sí?

—¿Por qué has venido al hospital esta noche? ¿Has averiguado algo?

—No, lo siento —no se volvió hacia ella.

—Pero ¿me crees? ¿Crees que hay gato encerrado en el accidente de Stuart?

Guardó silencio unos momentos; después se volvió hacia ella.

—Ashley... No sé qué creer. Carnegie es un buen policía. Puedo investigar por mi cuenta pero... tienes que meditar en si lo que sientes es fundado o...

—¿O qué?

Se incorporó sobre un codo para hablarle con gravedad.

—O si es culpabilidad porque te acostaste con él y, luego, perdiste el contacto.

Ashley tuvo la impresión de que le habían arrojado un cubo de agua helada. Se puso rígida, y se incorporó para vérselas cara a cara con él. Ni siquiera iba a molestarse en corregir su suposición.

—¿Ah, sí? ¿Tan fundado como tu convicción de que alguien ha entrado en tu barco cuando, en el fondo, todo se reduce a que te estuviste acostando con tu compañera?

La sobresaltó la violencia de su reacción. No la tocó, pero se apartó con tanto ímpetu que tuvo la impresión de que un remolino había atravesado el dormitorio. De pie como estaba, Jake salió del camarote desnudo, seguramente, en busca de su bañador.

Ashley permaneció inmóvil varios segundos, notando el frío repentino del aire. Se mordió el labio, se incorporó y decidió que aquel romance loco y fugaz había terminado. En cuanto a la emoción que provocaba esa decisión en su corazón... ni siquiera podía comprenderlo. Sólo sabía que debía irse de allí.

Echó mano a la ropa y recordó que estaba desperdigada en el salón. Con toda la dignidad de que era capaz, salió del dormitorio. La puerta de la cubierta estaba abierta, y entraba una suave brisa con aroma a sal. Mientras buscaba sus cosas con frenesí, lo oyó decir:

—No te vayas.

Acababa de encontrar su sujetador. Se dio la vuelta y lo vio en el umbral de la cubierta. Jake entró, cerró la puerta y avanzó en línea recta hacia ella, sin preocuparse por la prenda que Ashley apretaba contra su pecho. Tomó su cabeza entre las manos y la miró a los ojos.

—No te vayas. Me gustaría que me escucharas, si estás dispuesta.

—Te escucho —dijo Ashley con suavidad.

—Nunca me acosté con Nancy, nunca. No sé quién te lo ha dicho, pero da lo mismo. Muchas personas pensaban que éramos pareja, pero nunca ocurrió. Ella estaba casada. Yo estaba enamorado de ella, sí, pero nunca dormimos juntos. Estuvimos a punto varias veces, pero o ella o yo nos echábamos atrás. Ella, porque todavía creía en sus votos matrimoniales; yo, porque la quería y sabía que Nancy tenía que luchar por su matrimonio o decidir divorciarse sin que yo estuviera en medio. Fue una de mis mejores amigas. La conocía como raras veces he conocido a nadie en mi vida. Me aferro a la convicción de que está pasando algo porque la conocía... no porque me acostara con ella. No se suicidó, y no decidió pasar una noche loca de bebida y drogas porque estuviera deprimida. No me importa que el psicólogo de la policía lo considere factible; no fue eso lo que ocurrió. Y ¿sabes qué? Hay algo en ti que me recuerda a Nancy.

Dejó de hablar. Los ojos de Jake poseían una cualidad intensa; podían no revelar nada o, como en aquellos momentos, llamear con vehemencia y convicción.

—¿Sabes qué? —dijo.

—¿Qué?

—Yo nunca me acosté con Stuart. Era mi amigo, mi mejor amigo.

Jake relajó los dedos con los que la sujetaba, y sonrió despacio.

—Mmm. Supongo que debo disculparme otra vez.

—Así es.

—Perdona. Lo defendías con tanta pasión, pero debería haberme dado cuenta de que podía deberse a la amistad. Nos parecemos más de lo que creía —dijo—. Voy a echar la llave y a programar la cafetera para mañana por la mañana.

—Está bien.

Ella permaneció inmóvil un momento. Después, dejó que el sujetador que había recogido volviera a caer al suelo.

No había sonado la alarma. Ashley sabía que todavía era de noche, pero los golpes en la puerta de Jake habrían resucitado a un muerto.

—¿Qué diablos...? —masculló Jake. Se puso en pie y recogió el bañador.

—¡Jake! —gritaron desde la puerta

—Es Marty —murmuró, antes de dirigirse a la sala de estar.

Ashley se incorporó parpadeando, emergiendo todavía de las profundidades del sueño. Oyó a Jake abrir las cerraduras y a Marty irrumpir en el comedor.

—Ya está —dijo Marty.

—¿El qué?

—¡El periódico acaba de salir a la calle y ya han identificado a Cenicienta! —Marty se interrumpió con brusquedad—. Maldita sea, Jake. No estás solo. Chico, lo siento.

—Jake siguió la mirada de Marty y vio el sujetador de Ashley en el suelo. Maldijo para sí.

—No te preocupes. Cenicienta, ¿quién es?

—Los del turno de noche recibieron la llamada justo después de que saliera la edición de la mañana —empezó a decir Marty. Pero antes de que pudiera añadir algo más, se oyó un chillido repentino en el local de Nick.

Los dos salieron corriendo por la puerta.

Len Green aparcó a cierta distancia de la plaza que pertenecía a Nick Montague, salió de su coche y echó a andar en silencio hacia el establecimiento. Pensaba acercarse a la parte de atrás dando un rodeo. Aún no había amanecido y disponía de árboles y arbustos en abundancia para ponerse a cubierto. Estaba convencido de poder llegar a la puerta de Ashley sin ser visto.

De pronto, un chillido penetrante hendió el aire y lo detuvo en seco.

A Ashley le estaba sonando el móvil. Oía el timbre, pero no tenía ni idea de dónde había dejado el bolso la noche anterior. Lo único que sabía era que tenía la ropa desperdigada por toda la sala de estar, y que tanto Marty como Jake habían salido disparados al oír el chillido.

Olvidándose del calzado y de las prendas interiores, se puso los vaqueros y se metió la blusa por la cabeza antes de salir por la puerta y recorrer descalza la cubierta. Saltó al muelle y vio que Jake, Marty, Nick y Sharon se habían congregado en la terraza.

Mientras corría hacia el grupo, vio a Sandy saliendo de su barco rascándose su blanca cabeza.

—¿Qué ha pasado? —exclamó Ashley al llegar a la terraza. Todos la estaban mirando fijamente excepto Jake, claro, que no le quitaba ojo a Sharon.

—¡Ashley! —exclamó Sharon.

—¿Has sido tú la que ha chillado? —preguntó Ashley—. ¿Por qué?

—Estaba preocupada —dijo Nick con voz inexpresiva.

—¿Preocupada?

—Vi tu dibujo en el periódico —le explicó Sharon, y reconocí a la mujer de inmediato. Fui a tu habitación, pero no estabas ahí y... chillé. Me asusté tanto...

—¿Por qué te asustaste? —preguntó Jake.

—Ni siquiera sabíamos que habías aceptado el trabajo —dijo Nick, mirando a su sobrina con fijeza. A Ashley se le cayó el alma a los pies. No, no lo sabía. La había criado, había sido su mejor amigo y no lo había hecho partícipe de una de las decisiones más importantes de su vida.

—Lo siento.

—¿Está su nombre en el dibujo? —preguntó Marty, perplejo. Pero él también seguía mirando a Ashley. Esta se preguntó si no debería colgarse un cartel que dijera: «Sí, estoy durmiendo con Jake Dilessio».

—Reconocería los dibujos de Ashley en cualquier parte —dijo Nick con dignidad, y un ápice de reproche.

—Y yo —añadió Sharon.

—Nick, la dibujé ayer —le explicó Ashley.

—¿Quién es la mujer? —inquirió Jake con impaciencia. Sharon se volvió hacia él.

—Se llama... Se llamaba Cassie Sewell.

—¿Y la reconoces porque...?

—Fue agente inmobiliaria de esta zona. Llegó hace unos meses, desde el centro de Florida, y la conocí porque las dos estábamos implicadas en la venta de una propiedad situada junto a las Redlands.

—¿Por qué no fue dada por desaparecida? —preguntó Marty.

—Bueno, que yo sepa... —Sharon inspiró hondo y prosiguió—. Yo estaba a punto de zanjar un trato, pero todo quedó en agua de borrajas porque los vendedores pensaron que no estaban representados como era debido. Cuando intenté contactar con ella para aclarar lo sucedido, un compañero de su oficina me dijo que había dejado el puesto. Que iba a cambiar de estilo de vida, o algo así. Como si se hubiera enamorado. Es lo único que sé. Como es natural, no me caía muy simpática... me echó a perder una venta. Pero cuando vi su rostro... y el dibujo de Ash...

—¿Cómo se llama la compañía para la que trabajaba? —preguntó Jake.

—Algemon y Palacio —respondió Sharon. Jake se volvió hacia Marty.

—Me voy derecho hacia allí. Tú ve a la jefatura y analiza la información que hayan recibido los del turno de noche.

—De acuerdo —dijo Marty, y se despidió.

Jake giró sobre sus talones y echó a andar hacia su barco. Nick y Sharon se quedaron mirando a Ashley, y ésta se acorazó contra el inminente sermón de su tío. Pero Nick no abrió la boca; se dio la vuelta sin decir palabra y entró en el local.

—No... No pasa nada, cariño —dijo Sharon.

—Sí, sí que pasa —replicó Ashley, moviendo la cabeza.

Siguió a Nick. Estaba detrás de la barra, sirviendo café. Sabía que Ashley estaba allí, pero seguía sin hablar.

—Nick, lo siento.

—Tienes veinticinco años. Si quieres mantener en privado tu profesión y tu vida amorosa, eso es cosa tuya.

—¡Nick, por favor!

Ashley entró en la barra y lo rodeó con los brazos; apoyó la cabeza en su pecho como había hecho desde que era niña.

—Lo siento mucho. No tuve oportunidad de hablar contigo anoche porque ya habías salido a ver a Stuart. Y después, cuando regresé...

—Ah, sí. Cuando regresaste.

Se apartó de ella. Ashley guardó silencio un minuto.

—Pensaba que Jake Dilessio te caía bien.

—Eso era antes de que se acostara con mi sobrina.

Ashley se quedó inmóvil.

—Nick, como tú mismo has dicho, tengo veinticinco años y... Bueno, debes saber que... que he tenido...

—¿Amantes? —preguntó con franqueza, y se volvió para mirarla fijamente—. Sí, supongo que lo sabía. Estuviste saliendo con ese deportista cuando ibas al instituto. No soy idiota, ¿sabes? Y, sí, tienes veinticinco años pero es que... ¡diablos! Me gustaría creer que significo un poco más para ti que un policía que se acaba de mudar a este muelle.

—Nick, sé que debería haber hablado contigo. Sé que debiste de quedarte a cuadros cuando viste el dibujo, pero es que todo ha pasado tan deprisa...

—¿Quieres contármelo ahora?

Se lo quedó mirando a los ojos, asintió y se sentó delante de la barra.

—¿Me servirías un café?

—Sí.

Le llevó una taza.

—Nick, fue increíble.

—No quiero oír los detalles de tu noche con el policía...

—No me refería a eso, sino al empleo. Acepté, como me aconsejaste. Y, después, cuando todavía no había empezado oficialmente a trabajar, decidieron llevarme al depósito de cadáveres para hacer el boceto. Todo ocurrió muy deprisa, Nick.

—¿Como lo tuyo con Dilessio? —preguntó Nick con suavidad.

—Sí —susurró.

—Ni siquiera lo conoces.

—Pensaba que era amigo tuyo, que lo apreciabas.

—Y tanto que lo aprecio. Pero tú no lo conoces. Es obsesivo, brusco. Un adicto al trabajo. Admiro a un hombre así, pero no sé si te conviene. Y, Ashley, corrieron todo tipo de rumores...

—Sé lo de los rumores.

—Ashley...

Se interrumpió. Sharon había entrado en el local. Estaba de pie, vacilando, en el umbral.

—Perdonadme. Sé que es una conversación personal pero... es que necesito ir al dormitorio para quitarme esta bata y ponerme la ropa de trabajo.

—Sharon, no seas ridícula —dijo Ashley—. Pasa.

Sharon miró a Nick con ojos comprensivos y sonrió.

—Os quiero a los dos —dijo, y pasó deprisa.

—Jovencita —empezó a decir Nick, inclinándose hacia ella—. No quiero que sufras. No quiero que te enredes con un tipo que es estupendo desde el punto de vista de un hombre pero que está un poco de vuelta en lo referente a las mujeres y...

De nuevo, se interrumpió. Ashley siguió su mirada hacia la puerta. Sonrió a pesar de la gravedad de la charla. Sandy estaba allí de pie, descalzo, con vaqueros raídos y con el bolso de Ashley en la mano.

—Perdonad. Dilessio me pidió que te trajera esto, Ash.

—Pasa —dijo Nick con un suspiro. Sandy se acercó.

—¿Tienes café, Nick?

Nick y Ashley se miraron a los ojos.

—¿Crees que podría cenar algún día de estos, lejos de aquí, con mi propia sobrina? —le preguntó. Ella sonrió, se inclinó por encima del mostrador y lo besó en la mejilla.

—Pues claro.

El móvil empezó a sonar. Con el revuelo de los últimos minutos, había olvidado que alguien había estado intentando llamarla. ¿Sería la misma persona? Sandy ocupó la banqueta contigua mientras Ashley rescataba el teléfono del fondo del bolso.

—¿Ashley? ¿Ashley Montague?

—¿Sí?

—Soy yo, David Wharton, el tipo que conociste en el hospital. Necesito verte. Alguien ha intentado matar a Stuart.

15

Ashley quedó con David Wharton en el News Café de Coconut Grove. Fue idea de él. Estarían al aire libre, en la acera, a la vista de todo el mundo.

Antes de entrar en su habitación para ducharse, Ashley intentó localizar al señor Fresia en el hospital. La enfermera se negó a pasarle la llamada a la habitación. Afortunadamente, Ashley pudo encontrar el número del móvil de Nathan Fresia en una vieja agenda de teléfonos y, cuando lo marcó, se alegró al ver que no había cambiado.

Pero hablar con Nathan no le sirvió de nada. Estaba exhausto y, aunque se mostró tan amable como siempre, insistió en que no fuera al hospital... Habían estado entrando y saliendo muchas personas la noche pasada y, a causa del trajín, se había desenchufado el respirador. Las consecuencias habían podido ser fatales.

Ashley no podía creer lo que estaba oyendo. Había sido la última en visitar a Stuart, y sabía que no había desenchufado ningún cable de la pared. También sabía que el respirador de Stuart estaba funcionando a la perfección cuando se despidió de él. Intentó explicárselo a Nathan, pero éste se puso tenso, le dijo que su mujer estaba ingresada y que, tanto si quería creerlo como si no, eso era lo que había ocurrido. Después, se disculpó por ladrarle pero insistió nuevamente en que necesitaban estar solos, al menos, unos días.

Atónita, Ashley se duchó y condujo a Coconut Grove para reunirse con David Wharton. Éste la saludó cordialmente y se sentó frente a ella. En cuanto les sirvieron el café, fue al grano.

—Se dice que una de vosotras tropezó con el cable del respirador.

—¡Y un cuerno! —exclamó Ashley con indignación—. Pero tú sabes algo y será mejor que me lo digas ahora.

—Oye, te he llamado para hablar contigo, ¿no? Si no dejas esa actitud de poli, me largo ahora mismo.

Ashley se recostó en la silla, exhaló un suspiro y se lo quedó mirando.

—No tropezamos con ningún cable. ¿Qué pasó?

—Pasé la noche en la sala de espera, atento a los pasillos y a lo que ocurría alrededor. Y sólo los padres de Stuart y el personal del hospital entraron y salieron de esa habitación.

—¿Cómo puedes estar tan seguro? ¿No bajaste a tomar café ni una sola vez?

—Soy bastante bueno cuando me propongo algo.

—Entonces, ¿un empleado del hospital intenta matar a Stuart?

—Lo dudo.

—¿No es eso lo que acabas de decir?

—Debería haber dicho que sólo personas que parecían personal del hospital entraron y salieron de su habitación.

Ashley guardó silencio porque la camarera se había acercado para tomar nota del desayuno. Tenía tanta hambre que pidió un copioso desayuno, mientras que David optó por zumo de naranja y tostadas. Parecía hacerle gracia su apetito.

—¿Siempre comes tanto?

—Sólo cuando tengo hambre —la camarera se había marchado; Ashley no necesitaba inclinarse hacia delante, pero lo hizo—. Es decir, que crees que una persona vestida de médico o de enfermera entró en la habitación de Stuart y tiró del enchufe.

—Exacto. Y no vayas por ahí diciéndome que he visto demasiadas películas, ¿vale?

—No iba a decir eso —Ashley creía la teoría de David. Lo mismo que creía que un hombre disfrazado de trabajador del hospital la había perseguido en el aparcamiento—. Te creo, y eso me da miedo. Así que alguien vestido de uniforme entró y desenchufó el respirador. Pero ¿no se habría dado cuenta Lucy?

—Si estaba profundamente dormida junto a la cama, no.

—Se habría despertado.

—No hay garantías. Debe de estar agotada; y el que lo hace se sabe al dedillo su papel.

Ashley movió la cabeza y tomó un sorbo de café.

—No sé qué puedo hacer.

—Tengo una dirección. Puedes ir a ver dónde está. Diablos, podemos ir los dos.

—¿Una dirección? ¿De qué? Y, si la tienes, ¿por qué no se la has dado a la policía?

—Acabo de encontrarla, cuando revisaba algunas notas de Stu. Además, después de lo de esta noche... Diablos, no sé qué hacer. Pasar las horas sentado en el hospital no parece servir de nada, pero temo lo que pueda ocurrir si no sigo allí.

—¿Dónde está esa dirección?

—En el sudoeste. Tierra agrícola.

Ashley se lo quedó mirando. ¿Qué daño podía hacer echar un vistazo?

—Yo tampoco sé qué puedo hacer —murmuró Ashley, y se sobresaltó cuando David alargó la mano y le tocó la suya con suavidad.

—Vale, ya no eres policía, pero podrás hacer algo, conseguir que alguien te escuche.

Ashley vaciló. A su manera, Jake la escuchaba. Quizá sólo lo hiciera porque estaban durmiendo juntos, y no quería sentirse en deuda con él. Pero tampoco quería que su orgullo le impidiera ayudar a Stuart. Sobre todo, cuando existía la posibilidad de que corriera un peligro real.

Cayó en la cuenta de que no sabía cómo localizar a Jake cuando no estaba en su mesa.

—Espera un momento —le dijo a David, y se puso en pie.

Empezaba a volverse paranoica, pensó con desolación. De pronto, tenía miedo de que alguien pudiera estar escuchándolos. Caminó hasta la esquina, llamó al departamento forense y pidió hablar con Mandy Nightingale. Después de efusivas enhorabuenas por el éxito de su boceto, Mandy le dio el número del móvil de Jake.

El móvil de Jake sonó varias veces antes de que contestara con impaciencia.

—Dilessio al habla.

—Jake, soy Ashley.

—Ashley —por un momento, pareció no reconocer el nombre—. Dime. Estoy muy ocupado.

—Lo sé, lo sé. Seré breve. Sé que estoy pidiendo mucho pero... Stuart ha estado a punto de morir esta noche. No por sus heridas —añadió—, sino porque alguien desenchufó el respirador. El hospital lo achaca a demasiadas personas entrando y saliendo pero sé... sé que no desenchufamos ese respirador. Creo que Stuart corre un peligro real. ¿Hay alguna manera...? Quiero decir, utilizando agentes que no están de permiso... Yo correré con el gasto. ¿Podrías conseguir a un par de agentes para que vigilen su habitación? ¿Y para que se cercioren de que el personal del hospital que entra es, de verdad, personal del hospital?

Jake guardó silencio un minuto.

—Ashley, estoy en plena investigación.

—Lo sé, pero no soy una paranoica que se asusta por cualquier cosa. Intento impedir otro asesinato. ¡Jake, por favor! No sé a quién más acudir. Y sé lo que tienes entre manos; no te molestaría si no estuviera desesperada. Ayúdame.

—Veré lo que puedo hacer.

Colgó antes de que Ashley pudiera decir nada más. Se quedó mirando el teléfono, mordiéndose el labio, sin saber qué pensar.

Pero cuando se estaba dando la vuelta para regresar a la mesa, recibió una llamada. No era Jake, sino Marty. Quería conocer los detalles, oír otra vez la historia. Marty prometió organizar tres turnos de agentes fuera de servicio, y hablar personalmente con Carnegie y con Nathan Fresia.

Ashley regresó a la mesa y se dejó caer en la silla, sintiéndose extrañamente exhausta.

—Agentes fuera de servicio montarán guardia en el hospital —dijo. David enarcó una ceja y la miró como si hubiera obrado un milagro. Después, frunció el ceño.

—¿Les pusiste sobre aviso del personal del hospital?

—Sí.

David se recostó en la silla, sonriendo.

—Entonces, deberíamos ir juntos al sur. ¿Quieres conducir tú, o prefieres que lo haga yo? He dejado el coche en el aparcamiento del centro comercial.

—Yo lo he dejado en la calle, y creo que me toca echar otra vez dinero en el parquímetro. Iremos en el mío.

Rona Palacio era una de las personas que había llamado a la jefatura de policía nada más ver el dibujo de Cassie Sewell en el periódico. Cuando Jake llegó, estaba ansiosa por hablar, angustiada porque le hubiera ocurrido algo tan terrible a una de sus trabajadoras... y vacía de respuestas.

—Estuvo aquí muy poco tiempo —dijo Rona, sentada detrás de su escritorio, tamborileando con la goma del extremo de un lápiz—. Cuando llegó, estaba preciosa, brillante, vivaracha; quería trabajar a todas horas, y parecía una incorporación perfecta para la compañía. No hay que ser atractivo para vender inmuebles, pero con lo bonita y dinámica que era... En fin, no estaba de más.

Rona Palacio también era atractiva, pensó Jake. De mediana edad, con el pelo plateado perfectamente peinado, esbelta y elegantemente vestida con un traje de diseño. Las apariencias eran importantes para ella.

—Por lo que nos contó —prosiguió Rona—, no tenía familia, al menos, inmediata. Dijo que había estado trabajando en el centro del estado. Todas sus referencias eran válidas. Había venido a Miami porque tenía amigos aquí y porque, pasara lo que pasara en el mundo, la gente siempre querría vivir en Miami. Estuvo aquí tres semanas, y acababa de empezar a vender cuando, un día llamó y dijo que su vida había cambiado, que iba a seguir por otro camino. Intenté hablar con ella, claro, pero no me dijo nada más. No llegué a conocer a ninguno de sus amigos, ni creo que lo hicieran sus compañeros. En el archivo tengo su última dirección conocida, y una lista de nuestros agentes inmobiliarios para que pueda hablar con ellos usted mismo, pero no sé en qué más puedo ayudarlo.

—¿Qué me dice de su lugar de trabajo?

—Le enseñaré su mesa y su ordenador. Pero ha habido otros agentes trabajando allí desde que se fue, por supuesto.

—Por supuesto. Pero cualquier cosa podría servir de ayuda.

Minutos después, tenía listas de agentes y una dirección, y lo habían acompañado al antiguo puesto de Cassie Sewell. Una joven ayudante lo ayudó a revisar el ordenador y a encontrar las propiedades que había estado representando. Una vez con la lista en la mano, supo que el trabajo de calle y las entrevistas no serían interminables.

Franklin, del FBI, llamó cuando estaba entrevistando a un antiguo compañero de Cassie Sewell. Jake debía reconocer el mérito de Franklin: había revisado interminables archivos y puesto a trabajar a agentes en el centro del estado y, en cuestión de pocas horas, ya había reunido muchos datos sobre su víctima. Sintió un nuevo respeto por él.

Al parecer, Cassie Sewell había trabajado como agente inmobiliaria en el condado de Orange, y sus compañeros de allí habían llegado a conocerla mejor que los de Miami. La recordaban como una joven amable y atenta, religiosa, que en algún momento de su vida había pensado en hacerse monja. Sus compañeros se habían encariñado mucho con ella. Había dimitido alegando que iba a mudarse a Miami porque había hecho amigos en la zona y creía tener más oportunidades de conocer al hombre de su vida en una parroquia. Sin embargo, después de recorrer las listas de parroquianos de varias iglesias católicas locales, no habían sacado nada en claro.

–¿Crees que se metió en algo que prometía más que el catolicismo? –preguntó Franklin–. Viendo su perfil, parece la conclusión más lógica. Y como te ciñes a la teoría de que algo ha vuelto a cobrar fuerza por aquí...

–No pareces muy convencido. ¿Has averiguado algo más?

–No. Pero no sé si sabes que a Peter Bordon le queda poco para la condicional y que saldrá a principios de la semana.

–Sí, lo sabía, pero gracias de todos modos.

Colgó y, momentos después, volvió a sonar el teléfono. Era Marty.

–Estoy en el último paradero conocido de Cassie Sewell. Hay inquilinos nuevos, pero no les importa que echemos un vistazo.

–Voy para allá.

Jake recogió las listas y se marchó. Una vez en su coche, echó un vistazo a las direcciones.

Todas bordeaban los Everglades. Y estaban demasiado cerca del lugar en que, cinco años atrás, Nancy Lassiter había perecido, llevándose consigo los secretos que pudiera haber descubierto.

Había momentos en los que Ashley ponía en duda su propia cordura mientras conducía. No conocía al hombre que estaba sentado a su lado, y ni siquiera sabía lo que estaba haciendo... ni por qué. David tenía un aspecto muy normal, incluso atractivo, con ojos sagaces y rápida sonrisa. Llevaba unos vaqueros y una camisa de algodón, una vez más, muy normal. El pelo lo tenía un poco largo, pero los hombres llevaban el pelo de mil maneras hoy día. Mientras conducía, advirtió que, para ser periodista, gozaba de una estupenda forma física. Debía de pasar horas en el gimnasio para mantener aquel torso tan musculado.

—Será mejor ir por la autopista —dijo cuando salían.
—Supongo que sí —corroboró Ashley—. ¿Dónde encontraste esa dirección, exactamente? ¿Y cómo es que no la viste antes?
—Stu dejó varias revistas en mi casa, todas ellas con artículos sobre los Everglades. Mientras las hojeaba, intentando adivinar qué era lo que estaba investigando, encontré un trozo de papel. Había escrito varios nombres en él, nombres que yo ya había pasado a la policía. Pero, cuando le di la vuelta, vi que también había escrito una dirección. Tardé un poco en descifrarla. La había escrito a lápiz y se había difuminado.
—Entonces, ¿estás seguro de que vamos al lugar exacto?
—Claro —dijo—. Creo. Oye, deberíamos tomar esta salida —sugirió al ver el letrero.
—¿Has estado aquí antes?
—Bueno, he estado en la zona.
David se inclinó hacia delante para acomodarse mejor en su asiento. Con la rodilla, golpeó la guantera, y ésta se abrió. La pistola y la placa de Ashley seguían allí; no había tenido oportunidad de entregarlas en la jefatura, como procedía, desde que había aceptado el puesto civil.
—Caramba, qué bien. Estamos armados y somos peligrosos —dijo David.
—Cierra eso.
—Apuesto a que sabes disparar.
—Sí.
David sonrió y cerró la guantera. A Ashley la inquietó un poco su expresión y decidió guardarse la pistola en el bolso en cuanto pudiera para llevarla encima a todas horas hasta que la entregara.
—¿Y tú? ¿Sabes manejar un arma? —le preguntó, tratando de parecer natural.
—Tengo una puntería excelente —le dijo, y señaló hacia la derecha—. Por ahí... Probemos a desviarnos al oeste y, después, al sur.
Ashley siguió su sugerencia. Tropezaron con un canal y tuvieron que dar media vuelta.

—Unas orientaciones excelentes —masculló.

—No es culpa mía que estemos prácticamente en una marisma y que haya canales por todas partes.

Después de varios intentos infructuosos, encontraron una carretera que atravesaba la zona y, por fin, llegaron al lugar que parecía corresponder con la dirección. Al menos, por los números, tenía que estar en algún lugar dentro de la amplia extensión de campos a la que habían llegado.

Ashley aparcó a un lado de la carretera, que no era más que una franja de tierra y grava. Apagó el motor y los dos se quedaron mirando la finca a través del parabrisas.

—Es una granja muy grande —dijo Ashley.

—Cultivan fresas —dijo David—. Pero ni siquiera veo la casa.

—Sí... Allí, al fondo. Una torre redonda unida a una especie de cobertizo o almacén.

—Quizá sea una enorme torre con ventana para que el granjero vea crecer sus fresas —dijo David con un suspiro—. No lo sé. Ojalá pudiéramos echar un vistazo. ¿Quieres?

—Está prohibido entrar en una propiedad privada, David.

Se la quedó mirando y sonrió despacio.

—Soy periodista; se supone que debo hacer caso omiso de las leyes. Y tú ya no eres aspirante a policía.

—David, no tenemos derecho...

David no le hizo caso.

—Más allá, cerca de la casa... Eso parece un huerto. Yo diría que cultivan mucha comida.

—David, los agricultores cultivan mucha comida. Así es como hacen dinero —replicó Ashley con irritación.

—Han plantado gran parte de la propiedad... Pero, mira, la parte de atrás es una maraña de árboles y maleza.

—Increíble —dijo Ashley—. No pueden impedir que la maleza crezca en lo que puede que no sea su propiedad.

Se la quedó mirando.

—Este sitio parece una granja. Han hecho que lo parezca.

—Y es una granja. Caso resuelto; los dueños deberían ser arrestados —murmuró con sarcasmo—. David, escúchate. Hemos encontrado una granja que ni siquiera sabemos si se corresponde con la dirección que buscamos. ¿Qué hacemos ahora que sea legal y sensato? —dijo Ashley, más para sí que para David.

—Salir del coche y echar un vistazo.

—No podemos pasearnos por una propiedad privada.

—Yo sí.

Ashley se sobresaltó cuando David abrió la puerta del coche y se apeó. Ella maldijo, y se dispuso a abrir su puerta para seguirlo. Había una cosa en la que ella y David Wharton sí coincidían... y era en que Stuart no había acabado medio muerto en la autovía por accidente.

Abrió la guantera y se metió la pistola reglamentaria en el bolso.

David ya estaba avanzando a lo largo de la linde frontal de la propiedad. En aquellos momentos, pensó Ashley, podían ser vistos fácilmente a través de los campos cultivados.

—David, ¿adónde diablos vas? —preguntó.

—A esa hilera de árboles.

—David, cualquiera puede vernos ahora.

—Entonces, agáchate.

—El coche está a la vista.

David se detuvo en seco.

—Cierto. Vuelve por él y apárcalo detrás de esos árboles, en el límite de la propiedad. Corre.

—Estás loco. No me extraña que la policía esté furiosa contigo. Debería irme.

—Pero no lo harás. No vas a dejarme... Y sabes que Stuart había descubierto algo.

Alargó sus zancadas para ponerse al amparo de los árboles. Ashley maldijo y regresó al coche pensando que, si alguien los estaba observando, su comportamiento resultaría muy sospechoso.

Lo que parecía ser la linde oriental de la propiedad tenía un tramo de cerca hasta que se interrumpía entre los árboles y el follaje. Ashley dejó el coche tras la hilera de árboles.

—¿David? —susurró cuando salió del vehículo. Que ella

supiera, no había nadie más por allí–. ¿David? –volvió a decir con más fuerza, en tono casi enojado.

Apretó los dientes y echó a andar entre los árboles. Pronto, tuvo la impresión de estar en una jungla. Un mosquito zumbó junto a su mejilla. Ashley maldijo y le dio un manotazo.

–David, maldito idiota –masculló, y se dio la vuelta para regresar al coche. Iba a dejarlo allí. Su sentido de la responsabilidad no abarcaba a maniacos que la metían en un lío para luego abandonarla.

Retrocedió en lo que le parecía la dirección correcta. Un momento después, apareció en un campo de tomates. Había un hombre inclinado sobre una tomatera, trabajando; llevaba vaqueros, camisa vaquera con las mangas arrancadas, un pañuelo de algodón en torno al cuello y una gorra de béisbol para protegerse del sol. Antes de que Ashley pudiera regresar al amparo de los árboles, el hombre se enderezó. Era joven. Cuando se levantó la gorra para secarse la frente, Ashley vio que tenía el pelo de color castaño claro, y corto. Sonrió a Ashley.

–Vaya, hola. ¿De dónde has salido?

–Eh... Caramba, lo siento. Me he perdido.

Su sonrisa reflejaba escepticismo educado.

–¿Te has perdido en un tomatal?

El hombre empezó a andar hacia ella. Su comportamiento no parecía amenazador; seguía sonriendo. Ashley reparó en la cesta de lustrosos tomates rojos que estaba en el suelo. Reparó en el bulto de debajo de la cadera. Se sintió tentada a decir a lo Mae West: «¿Llevas una pistola en el bolsillo o es que te alegras de verme?».

Era un cuchillo. Cuando se acercó un poco más, Ashley reconoció la funda de cuero enganchada al cinturón. Parecía un cuchillo bastante grande. Ashley se alegraba de llevar la pistola de calibre 38 en el bolso.

–Así que te has perdido... Bueno, bienvenida de todas formas. ¿Necesitas llamar por teléfono? ¿Quieres entrar en la casa para tomar un vaso de agua o algo así?

–Tengo un móvil, gracias.

El hombre asintió.

—¿Quieres algo de beber? El sol puede ser brutal en esta zona.

¡No! Lo único que quería era salir corriendo de allí. Se sentía como una idiota y, al mismo tiempo, muy intranquila. Pero si allí ocurría algo terrible, no era lógico que el joven la invitara a beber un poco de agua.

—Siento mucho haberte molestado —se apresuró a decir—. Estaba buscando una finca y, bueno, aquí resulta muy difícil localizar una dirección. Pensé que, si seguía la cerca... Pensé que la propiedad contigua podía ser la que andaba buscando.

—Lo dudo —dijo el joven, y le tendió la mano—. Me llamo Caleb, Caleb Harrison. Ven a la casa. Parece una caminata, pero no está muy lejos.

—En serio, no quiero molestarte.

—No es molestia. No veo a mucha gente por aquí, así que me alegro de la interrupción. Llevo una vida muy sencilla. De mucho trabajo, pero con tiempo para disfrutar de las pequeñas cosas, ¿sabes?

—Sí —Ashley extendió la mano—. Yo soy Monica Shipping —dijo, usando el primer nombre que le vino a la cabeza—. Y, gracias, me encantaría beber un poco de agua.

Mientras caminaban, Caleb le señaló los tomates y las fresas.

—Junto a la casa cultivamos todo tipo de verduras. Aquí crecen de maravilla. Nuestros vecinos tienen naranjos y limoneros. No es un lugar muy apropiado para esos árboles, pero se los ve decididos a sacarlos adelante —mientras se acercaban a la casa, Ashley reparó en las numerosas edificaciones que se extendían por detrás, hacia el fondo de la propiedad—. ¿Ves? —dijo Caleb, deteniéndose junto al huerto—. Zanahorias, calabaza, lo que quieras. Somos autosuficientes. Claro que todos somos vegetarianos, así que no resulta difícil.

—¿Todos? —preguntó Ashley con una sonrisa—. ¿Cuántos vivís aquí?

—¿Ahora mismo? Somos ocho.
—¿Estás casado? Es una familia muy numerosa.
—Más bien, somos un grupo de amigos.
—¿Un... un grupo religioso?
El hombre rió.
—No. Más bien, una comuna. Un grupo de personas que disfrutan cultivando y conviviendo... lejos del ajetreo de la vida urbana.
—Parece interesante.
—¿Estás interesada?
Ashley sonrió con cautela.
—No sé... Reconozco que nunca me había planteado nada igual.
—Bueno, pasa. Te enseñaré la casa.
La condujo a un peldaño que conducía a un pequeño porche. Había una puerta mosquitera cerrada, pero la puerta de madera interior estaba completamente abierta. No había aire acondicionado, advirtió Ashley. El día era muy luminoso, pero no estaban en pleno verano así que, dentro, la temperatura era bastante agradable.

Tenía la impresión de haber entrado en la casa de una granja de Nueva Inglaterra. Había una alfombra delante de la chimenea, y sofás cómodos, aunque un poco gastados, con colchas de punto en los respaldos. Vio dos mecedoras, una cesta de labor y un montón de revistas de jardinería y ebanistería.

—Entra en la cocina —la invitó Caleb.
Ashley lo siguió. Había verduras desperdigadas por la encimera. Alguien se estaba preparando para organizar una copiosa comida vegetariana, advirtió. Quizá fueran autosuficientes, y hubieran prescindido del aire acondicionado, pero tenían electricidad. Caleb abrió la nevera.

—Agua y litros de zumo.
—Un poco de agua, gracias.
Le sirvió un vaso de agua fría y le señaló una silla de la mesa de la cocina. Ashley se sentó y miró alrededor. Era una casa encantadora. Había cazos y accesorios de cobre colga-

dos del techo, frascos de cristal llenos de diferentes confituras en los alféizares, y las sillas estaban cubiertas de cojines hechos a mano de un alegre color azul.

—Gracias —le dijo.

—De nada —sonrió—. Veo tomates en ese campo todos los días; eres la primera mujer hermosa que ha aparecido por aquí. Resulta un poco irreal.

—Gracias otra vez.

—Bueno, ¿y a qué te dedicas?

—Soy artista. Hago dibujos a lápiz.

—¿Para los turistas?

Ashley no lo corrigió.

—¿Y quieres comprar algo en esta zona?

Ashley rió.

—Sí. Pero no con fines tan idealistas como los tuyos. Sólo quería una gran extensión de terreno, espacio de sobra.

Caleb asintió.

—Es lo que buscan muchas personas. Pero tienes que dibujar muy bien para poder comprar una finca tan grande.

—Bueno... ya conoces a los turistas; todo depende de la percepción. Te ponen de moda y, tanto si tus dibujos son buenos como si no, vendes.

—Bueno, si alguna vez necesitas dibujar una tomatera, dímelo.

—Lo haré —Ashley dejó el vaso sobre la mesa—. Oye, tengo que volver.

—Te acompañaré al coche.

—No, no. Ya te he quitado bastante tiempo.

—Ha sido un placer. Espero verte otra vez por aquí. Oye, los sábados por la noche, Maggie, nuestra guitarrista de música folclórica, toca unas canciones sensacionales. Ven a vernos, si tienes tiempo libre.

—Gracias. Quizá lo haga.

Salió con ella, pero cuando Ashley insistió en que podía volver sola al coche, Caleb regresó con sus tomates, mientras ella seguía avanzando hacia la carretera. Sabía que la estaba observando y controló la tentación de volver la cabeza. Le resultaba extraño que, supuestamente, allí vivieran ocho personas y que sólo hubiera visto a una.

Mantuvo la mirada en la carretera y, por fin, llegó al tramo de cerca en que había dejado el coche. No había ni rastro de David, y estaba maldiciéndolo cuando se sentó detrás del volante. Encendió el motor y empezó a avanzar despacio carretera abajo.

—¿Dónde diablos te has metido, idiota? —masculló.

En aquel momento, David salió de entre unos árboles situados veinte metros más allá. Ashley se acercó, frenó y apagó el motor, a la espera de que David se abriera paso entre el paisaje enmarañado. En cuanto llegó al coche, se sentó rápidamente junto a ella. Le tocó la cara y suspiró con alivio.

—Estaba a punto de pedir refuerzos.

—¿Refuerzos?

—Bueno, a la policía, pero tú casi eres uno de ellos, he dicho refuerzos.

—Debería haberte dejado aquí, idiota. Me sorprendieron paseando por la granja.

—Sí, te he visto con un tipo.

—Me lo encontré en un tomatal. Aunque estaba allanando la propiedad, se portó bien.

—Cuéntamelo.

—Es una casa agradable, muy limpia. Dice que vive aquí con otras siete personas, y que se mantienen con lo que sacan de la tierra. Es una comuna.

—¿Cómo son los otros?

—No he visto a nadie más.

—Entonces, ¿dónde diablos estaban?

—No lo sé. Puede que trabajen de día y se conviertan en hippies por la noche. No me amenazó de ninguna manera, ni vi marihuana creciendo entre los tomates. Así que... no he averiguado nada.

—Hay que descubrir a nombre de quién está esta propiedad —dijo David.

—El hombre me dijo que se llamaba Caleb Harrison.

—Es un nombre bíblico.

—Dijo que no tenían nada que ver con la religión. Conozco a muchos hombres de esta zona que se llaman Jesús; es un nombre hispano muy popular, y no son fanáticos religiosos ni nada parecido.

—Creo que deberíamos mirar un poco más.

—Creo que debemos marcharnos de aquí y decidir qué hacemos ahora —dijo Ashley con firmeza, y giró la llave en el contacto—. No hemos averiguado nada, salvo que Stuart estaba escribiendo sobre granjeros que cultivan fresas.

—Te equivocas. Aquí está pasando algo, y los dos lo sabemos.

—No, los dos no.

—Tenemos que volver a esa granja, o a echar un vistazo a las colindantes.

—Está bien, señor periodista, tú arriesga el pellejo colándote en propiedades ajenas. Yo voy a averiguar a nombre de quién figura esa granja.

David guardó silencio.

—¿Y bien? —preguntó Ashley.

—No es mala idea —dijo David dócilmente; sonrió y se encogió de hombros. Ashley puso los ojos en blanco y pisó el acelerador.

Poco se podía hacer en el último domicilio conocido de Cassie Sewell. El piso de tres habitaciones había sido realquilado a una familia, y la mujer aseguró a la policía que, a su llegada, el último ocupante ya había sacado todas sus pertenencias. Las paredes estaban repintadas y habían instalado una nueva moqueta.

La policía científica haría pruebas para descubrir si la joven había sido asesinada allí, pero Jack lo dudaba. Estaba convencido de que Cassie había dejado su trabajo, había vaciado su casa, se había mudado y, después... había encontrado su destino.

Cuando salieron del piso, Jake y Marty se detuvieron al sol unos minutos.

—¿Quieres que vuelva a la comisaría y siga el rastro de papel? —preguntó Marty.

—Sí, averigua a nombre de quién extendió su último talón y dónde hizo sus últimas compras con tarjeta de crédito. Tenía un coche, un BMW, que también parece haber desaparecido. Investiga qué ha sido de él.

—¿Y tú qué vas a hacer? —le preguntó Marty.

—Dar una vuelta.

—¿Una vuelta?

—Voy a echar un vistazo a todas las propiedades de mi lista —le dijo Jake—. Oye —añadió—. No te he dado las gracias por organizar la guardia del hospital.

—Personalmente, me parece innecesario, pero ¿quién sabe? Puede que realmente quieran acabar con el chico.
—Bueno, gracias de todas formas.
—No hay de qué. Me pondré a trabajar en el caso.
—Llámame si averiguas algo interesante.
—Lo mismo digo —se despidió Marty.

—Sharon, ¿estás ahí? —preguntó Nick Montague. El bar estaba tranquilo; Katie se estaba ocupando de los contados clientes. Todavía lo molestaba no haber sabido que Ashley había aceptado el nuevo empleo antes de ver el dibujo publicado. Tenía la sensación de que la estaba perdiendo.

Sharon tenía el coche en el aparcamiento. No estaba en el bar, así que debía encontrarse en la casa. Pensándolo bien, Sharon se había estado comportando de una forma muy extraña últimamente. Entraba y salía con frecuencia a causa de su trabajo pero, antes, siempre procuraba contarle adónde había ido: qué propiedad había enseñado, a qué clientes había llevado a almorzar o qué venta había cerrado. Pero últimamente... lo mismo estaba muy afectuosa que callada y voluble.

Era una locura que dedicara tanto tiempo a regentar el restaurante. En los últimos meses, el negocio había ido viento en popa. Quizá fuera hora de centrarse menos en el trabajo y más en las personas importantes de su vida.

Necesitaba pasar tiempo con su sobrina. Tiempo de calidad, como se decía. Y, desde luego, necesitaba pasar mucho más tiempo con Sharon.

Sólo de pensar en ella, se le humedecían las manos. Quizá estuviera un poco loco. Sharon era hermosa, alegre, divertida. Y quizá él se tomaba la relación con demasiada despreocupación. Pero, claro, hasta que su hermano murió y se convirtió en el tutor de Ashley, había llevado una vida terriblemente despreocupada. El bar había sido ideal porque lo mantenía cerca de los barcos, que habían sido su vida hasta aquel momento. El agua, la pesca, navegar hacia las islas, tomar el sol, ir tirando. Nunca le había interesado mantener una relación estable; el mundo era demasiado amplio, y estaba demasiado lleno de hermosas bañistas para desear conformarse sólo con una.

Por eso lo preocupaba terriblemente que su sobrina tuviera un lío con Jake Dilessio. Sí, Jake le caía bien... siempre que no se acercara demasiado a Ashley. Desde el accidente de Nancy Lassiter, Jake había tratado a las mujeres como si fueran servilletas desechables. Ashley no comprendía a los hombres que, como Jake, sobresalían en su trabajo porque, prácticamente, estaban enamorados de él, y que no querían comprometerse con nadie porque el mundo estaba ahí fuera para su disfrute. Nick lo comprendía porque había sido como él.

Nick entró en la cocina, perplejo. Sacó una botella de agua de la nevera, subió a su dormitorio, regresó a la sala de estar.

—¿Sharon?

—¡Ya voy! —contestó Sharon por fin, y la vio salir del cuarto de Ashley.

Nick frunció el ceño, sorprendido de que hubiera entrado en las habitaciones de su sobrina. Ashley nunca cerraba con llave la puerta de su habitación, pero él nunca entraba sin un motivo, o al menos, sin llamar. Era la primera vez que veía a Sharon allí.

Sharon debió de reparar en su confusión, porque se explicó enseguida.

—Algunas prendas de Ashley se mezclaron con las nuestras cuando hice la colada. Se las he dejado en su cuarto.

—Ah.

—Lo siento. Si me estabas llamando, no te oía.

—No pasa nada.

—¿Qué ocurre?

—¿Que qué ocurre? —Nick tardó un momento en acordarse—. Bueno, es que estaba pensando... Katie está en la barra, y parece que va a ser una tarde de poco trabajo. Pensé que te gustaría dar un paseo en barco. Solos tú y yo. Claro que, pensando que te pasas el día viendo barcos por mi culpa, quizá quieras ponerte elegante y salir a cenar. Podríamos ir a los Cayos, o a Ford Lauderdale. A algún lugar que sirva comida de gourmets, donde tengan manteles de hilo y vino de bodega.

—Yo creo que en Nick's sirven un vino excelente.

—Servimos mucha cerveza nacional. ¿Qué tal si vamos a un restaurante un poco más elegante?

—Sería estupendo —dijo Sharon—. Lo único —añadió en tono de disculpa— es que quizá tenga que enseñar una casa esta noche, a eso de las ocho. No sabía que pensabas descuidar a tu segundo hijo, el restaurante, me refiero, y ya me había comprometido. Si el comprador quiere verla hoy, tendré que ir.

—Aprovecharemos el tiempo de que dispongamos —le dijo Nick con una sonrisa lobuna.

—Sí —corroboró Sharon—. Deberíamos aprovechar el tiempo —y le rodeó el cuello con los brazos.

Jesse Crane había trabajado en el cuerpo de policía de Miami-Dade, aunque de eso hacía ya varios años. Seguía siendo agente de la ley pero, tras la muerte de su esposa, había vuelto a sus raíces.

Los indios miccosukees poseían gran parte de la tierra del sur del condado, a lo largo de la ruta Tamiami, y disponían de su propia fuerza policial. Alto, firme y ágil, como acero fundido, Jesse emanaba un poder y conocimiento silenciosos. Conocía todas las criaturas peligrosas de las marismas, podía preparar una pócima que realmente repeliera los mosquitos, y se movía por los islotes y canales de los Everglades con más destreza que una nutria.

Durante largo rato, el rugido del aerodeslizador les impidió trabar conversación. Después, Jesse cortó el motor, y la pequeña embarcación siguió deslizándose sobre la superficie pantanosa con repentino silencio. Parecía que estuvieran flotando sobre la tierra, pero no era así. Las hierbas eran tan altas que se elevaban por encima de la superficie del agua, cuya profundidad variaba de medio a tres metros.

Jesse señaló el terreno.

—Ésa es tu zona «residencial» —le dijo a Jake.

—Podrías acercar el bote hasta unos cincuenta metros de la parte posterior de la finca, ¿no?

Jesse se encogió de hombros.

—Sí, con un aerodeslizador como éste, o con una canoa. Con una embarcación más grande sería imposible. Así es como se transportan muchas sustancias ilegales por esta zona. Si uno sabe lo que hace, puede recorrer kilómetros y kilómetros sin tropezar con nadie —se quedó mirando a Jake—. ¿Qué es lo que estás buscando, exactamente? Sé lo del nuevo cadáver que ha aparecido pero... pensaba que estarías investigando sectas religiosas, como la última vez.

—Empiezo a creer que no era más que una fachada. La última chica era agente inmobiliario, y todas las propiedades que representaba están al borde de la civilización. La finca de Peter Bordon también estaba en esta zona. El único vínculo común que veo es que todas las propiedades están junto a canales hasta los que se puede llegar por los Everglades, y los dos sabemos que contrabandistas, asesinos, ladrones y personajes peores tienen aquí su refugio. Es una extensión tan grande que nadie la ha podido patrullar por completo. Por eso empiezo a sospechar que las muertes están relacionadas con una actividad ilegal, más que religiosa. Contrabando.

—¿Drogas? ¿Armas? ¿Inmigrantes, tal vez? —dijo Jesse.

—El tráfico de armas exige un transporte a gran escala. Lo mismo digo de los inmigrantes. Me decanto por la droga. Heroína o cocaína, paquetes pequeños que valen una fortuna.

—Le diré a mis agentes que tengan los ojos bien abiertos.

—Te lo agradezco, Jesse.

Horas más tarde, cuando viajaba por la autovía de regreso a Miami, Jesse echó un vistazo al teléfono. No había funcionado en toda la tarde... no había antenas de telefonía móvil en el pantano.

Tenía tres mensajes, el primero de Franklin y el segundo de Marty, pero ninguno de los dos aportaba ninguna novedad. Agentes uniformados estaban peinando la zona con el dibujo de Cassie Sewell en la mano, intentando encontrar a alguien que pudiera saber algo sobre los últimos días de la víctima.

El tercer mensaje era sorprendente. No conocía la voz, ni reconocía el número. El hombre habló en tono callado y nervioso.

—Llamo en nombre de Peter Bordon. Quiere hablar con usted. Sin fanfarria, no sé si me entiende. Traiga un pelotón y ya no hay trato. Hablará con usted y sólo con usted.

Nada más. El nervioso desconocido había colgado.

Ashley dejó a David Wharton en el garaje en que había aparcado el coche. David pensaba ir al registro de la propiedad para averiguar a nombre de quién estaba la granja.

—Llámame al móvil —le dijo Ashley—. Yo voy a ir al hospital.

—Pensaba que Nathan Fresia no quería verte por allí.

—No, pero... En fin, ahora tiene allí a la policía. Y no me hace falta entrar en la habitación de Stuart para saber qué tal está. Además, le llevaré unas flores a Lucy.

—Está bien. Me voy corriendo, no vaya a cerrar el registro.

Ashley asintió y se despidió. Después, condujo directamente al hospital. Dejó el coche en el aparcamiento, presa de una vieja intranquilidad, pero todavía era de día y había muchas personas caminando de los coches a los ascensores. Se dirigió a Información y pidió el número de habitación de Lucy Fresia. En la tienda de regalos, le compró unas flores.

En contraste con la frialdad de Nathan de horas antes, Lucy se alegró de verla. Estaba impaciente y nerviosa, ansiosa por levantarse y ver a su hijo, pero Nathan había insistido en que permaneciera en cama y descansara.

—Lucy, sé que ni mis amigas ni yo tropezamos con ningún cable ni desenchufamos nada en la habitación de Stuart —dijo Ashley con angustia. Lucy sonrió lúgubremente.

—Querida, Nathan todavía cree en los accidentes; yo no. Stuart no está aquí por accidente, aunque los policías piensen que sí. Y tampoco creo que se desconectara el respirador por casualidad —sonrió—. Por cierto, gracias por contratar a esos policías. A mí ni siquiera se me ocurrió llamar a una empresa de seguridad. Estoy segura de que te has comprometido a correr con el gasto, pero Nathan y yo podemos permitírnoslo, así que ni se te ocurra.

—Lucy, ya nos preocuparemos de eso más tarde —le dio un apretón en la mano—. Recemos para que Stuart salga pronto del coma y eso lo resuelva todo.

—Ojalá —Lucy deslizó los dedos por la sábana del hospital—. No me darán de alta hasta mañana por la mañana. Lo bueno es que no tendré que ir muy lejos para volver a ver a mi hijo.

—Claro.

—Si tienes tiempo, sube a verlo. Dile a Nathan que debe dejar a Stuart el tiempo justo para venir a darme un beso y un abrazo y para convencerme de que nuestro hijo sigue bien.

—Desde luego.

Ashley se despidió de Lucy con un beso y, después, bajó a la planta de la UCI. La sala de espera estaba vacía. Caminó con paso vacilante por el pasillo hacia la habitación, confiando en que Nathan la viera a través del cristal de la puerta y saliera a hablar con ella.

Todavía no había llegado, pero se detuvo en seco. Había una silla junto a la puerta, y un agente de policía fuera de servicio montando guardia, como era de esperar. Pero se quedó estupefacta al ver que se trataba de Len Green.

—¡Len!

—Hola, cariño —se puso en pie y desplegó una lenta sonrisa mientras ella se acercaba a darle un beso en la mejilla. Después, Ashley retrocedió y lo miró.

—¿No deberías estar de servicio?

—Sólo llevo aquí unos minutos.

—Pero ¿cómo...?

—Oí que Marty necesitaba gente y, al enterarme de para qué era, me ofrecí voluntario enseguida —bajó la voz—. No conocía la situación económica de... en fin, de estas personas, pero como imaginé que había sido idea tuya, decidí hacerlo gratis.

—Eso te honra, Len. Pero los Fresia pueden pagar y, a no ser que hayas ganado la lotería últimamente, estoy segura de que el dinero te vendrá bien.

Antes de que Len pudiera responder, la puerta se abrió. Nathan, con el pelo tieso y la ropa arrugada, la había visto a través del cristal. Ashley se acorazó contra su reacción.

—¿Qué tal está? —le preguntó con suavidad.

—Ni mejor ni peor —dijo Nathan, como si lo aliviara ese pequeño milagro—. Ashley, no pretendía ser grosero esta mañana, pero los médicos... En fin, estaban convencidos de que estábamos dejando pasar a demasiada gente y de que alguien había tropezado con el cable sin querer. Lo bueno de todo esto es que la máquina estuvo apagada y Stuart siguió respirando por sí mismo. Es una buena señal.

—Me alegro mucho, Nathan —dijo Ashley—. Por cierto, acabo de recibir instrucciones de tu esposa. Quiere verte. Si confías en mí, haré compañía a Stuart.

Nathan le puso las manos en los hombros. No dijo nada pero la besó en la frente.

Ashley y Len lo vieron alejarse por el pasillo y, un momento después, Ashley entró en la habitación. Lanzó una mirada al móvil para cerciorarse de que no había perdido ninguna llamada y lo cambió a modo vibrador para que no produjera un sonido estridente.

Sentada junto a Stuart, escuchó el zumbido de las máquinas. Le dio la mano y, como tenía por costumbre, empezó a hablarle. Le contó las pesquisas que estaba realizando con su amigo David Wharton, aunque, en realidad, no sabía si estaban siguiendo una pista válida.

Alzó la mirada. Len estaba al otro lado de la puerta, con los brazos cruzados, observándola a través del cristal.

Intranquila, Ashley se preguntó si habría podido escuchar la conversación. No había hablado en voz muy alta, pero tampoco había susurrado.

Len tenía semblante lúgubre, pero cuando la sorprendió mirándolo sonrió y se llevó la mano a la frente y miró a izquierda y a derecha, como si fuera el vigía de un barco antiguo. Ella sonrió y levantó el pulgar en señal de aprobación.

Nathan tardó mucho tiempo en regresar. Cuando lo hizo, Ashley comprendió enseguida el motivo de la tardanza. Al parecer, Lucy lo había convencido de que se fuera a casa a ducharse; estaba bien peinado y llevaba ropa limpia. Le hizo una seña a Ashley para que saliera, y cuando lo hizo, se disculpó de inmediato por la demora.

—Debería habértelo dicho, pero Lucy me dijo que no te importaría.

—Nathan, me quedaría aquí toda la noche si hiciera falta —le aseguró Ashley.

—Bueno, yo ya he vuelto y, ahora, tú estás libre —la besó en la frente—. Gracias, Ashley. Y a ti también, jovencito —le dijo a Len.

—Señor, el placer es mío —le aseguró.

Nathan entró en la habitación de Stuart y cerró la puerta. Ashley se despidió de Len, dándole nuevamente las gracias por su ayuda. Se puso de puntillas para besarlo en la mejilla, pero Len se movió al tiempo que ella y sus labios entraron en contacto.

Ashley se apartó enseguida y desplegó una sonrisa forzada.

—Hasta mañana por la noche —le dijo Len. Ashley frunció el ceño.

—¿Mañana?

—Vamos a celebrar tu ascenso, ¿recuerdas?

—Es verdad, se me había olvidado. Sí, hasta mañana.

Ashley echó a andar por el pasillo. Se volvió y vio que Len seguía mirándola, así que se despidió con la mano y apretó el paso.

Cuando llegó a los ascensores, recordó que había puesto el móvil en modo vibrador y que se lo había metido en el bolso sin pensar. Lo sacó y vio que tenía una llamada perdida. Maldijo para sus adentros, pulsó la tecla del ascensor y entró en la cabina vacía mientras seguía las indicaciones para abrir su buzón de voz. Ya estaba en el aparcamiento, caminando hacia su coche cuando oyó el mensaje de David Wharton. Estaba entusiasmado.

—¡Ashley! Maldita sea, ¿por qué no contestas al teléfono? Oye, la granja está a nombre de Caleb Harrison, pero ¿a que no adivinas quién le vendió la propiedad? ¡No te lo vas a creer!

17

Ashley se quedó tan estupefacta cuando oyó el nombre que se detuvo en seco. Fue entonces cuando oyó las pisadas detrás de ella.

Se le puso la piel de gallina, como si su instinto le estuviera advirtiendo que no era sólo un ruido, sino una amenaza.

Se dio la vuelta despacio. Había muchos coches en el garaje, y las sombras que arrojaban creaban grandes manchas de oscuridad. De pronto, oyó el eco de unos pasos. No eran fuertes, sólo un eco... como si alguien estuviera acercándose con sumo sigilo. Miró alrededor con la mano dentro del bolso. Todavía llevaba la pistola encima.

–¿Quién es? –preguntó, y giró en redondo.

Nada. Echó a andar otra vez y, de nuevo, oyó los pasos...

Ya casi había llegado a su coche. Podía oír las pisadas, cada vez más cerca, más firmes. Sacó la pistola, pero no llegó a levantarla. Al darse la vuelta, exclamó:

–¡Len! ¿Qué diablos haces aquí? ¡Me has dado un susto de muerte!

–¿Yo a ti? Tú eres la que empuña una pistola. Por cierto, ¿no deberías haberla devuelto?

–Sí, tengo que entregarla. ¿Qué haces que no estás montando guardia arriba?

–Mi sustituto ha llegado pronto, así que bajé corriendo

para ver si podía alcanzarte. No tengo el coche aquí. Me trajo mi compañero en el coche patrulla.

Ashley guardó la pistola en el bolso y abrió el coche con el mando a distancia.

—Bueno, pues si quieres que te lleve, sube.

Pocos segundos más tarde, estaban saliendo del aparcamiento.

—Estás muy misteriosa, ¿sabes? —dijo Len.

—Sólo cansada.

—Tensa, querrás decir. ¿Quieres que nos tomemos una copa en alguna parte?

—Nunca bebo cuando conduzco.

—Puedes beber tú; yo conduciré.

Ashley sonrió por fin.

—Sí, pero el coche es mío. Te quedarías en Nick's, sin poder salir.

Len miró al frente.

—No me importaría quedarme en Nick's sin poder salir.

Ashley contuvo el aliento, pero mantuvo la vista en la carretera.

—Len...

—Ya lo sé. Estabas demasiado ocupada con la academia para estar interesada en una relación. Bueno, ahora ya no estás en la academia.

—Estoy empezando un nuevo trabajo. Me abruma todo lo que tengo que aprender.

—Te abruma, claro. ¿Sabes a cuántas personas les gustaría estar en tu lugar? Quizá descubras que has hecho unos cuantos enemigos, Ashley.

Ashley frunció el ceño; percibía la amargura de Len.

—También pasé mi primer día de empleada civil en el depósito de cadáveres realizando uno de los encargos más horribles que puedas imaginar.

—Claro, codeándote con los detectives de primera línea.

Ashley contuvo el aliento. Len se estaba comportando como si ella lo hubiera traicionado de alguna manera.

—Los artistas forenses trabajan con los detectives con frecuencia. Es lo lógico.

—Creo que los dos sabemos de qué estamos hablando.

Ashley inspiró hondo.

—¿Qué quieres que diga, Len? No pretendía herir tus sentimientos, pero tampoco te he dado esperanzas. Además, tengo una amiga maravillosa que está loca por ti, aunque tú la trates con indiferencia.

—Karen —murmuró Len.

—Sí, Karen —repitió—. Mira, Len. Casi me alegro de que estemos hablando de esto. Me caes bien. Eres un buen tipo, y me gustaría ser tu amiga pero...

—No soy lo bastante hombre para ti, ¿es eso?

—Len, ¿se puede saber qué te pasa?

—Lo siento —miró al frente—. Dios, estoy haciendo el idiota.

—Karen está loca por ti, ¿sabes?

—Ah, sí. Karen.

Ashley movió la cabeza.

—Len... ¿Adónde quieres que te lleve?

—A Nick's. Estoy fuera de servicio. Voy a tomarme una cerveza.

—Y ¿cómo piensas volver a casa?

—Existen los taxis. Si falla lo demás, pediré uno por teléfono. No te preocupes, no voy a pedirte que me lleves a casa.

—No me importaría, pero... —vaciló; tenía cosas que hacer aquella noche—. Es que estoy muy cansada.

—Ashley, no importa; ya te lo he dicho. Si no consigo que nadie me lleve, pediré un taxi.

—Está bien.

Condujo a Nick's y aparcó en su plaza. A Len todavía se lo veía incómodo cuando salió del coche. Atravesaron juntos la terraza y entraron en el local. Katie estaba detrás de la barra.

—¿Y Nick? —preguntó Ashley.

—Sharon y él han salido a cenar fuera. Todavía no han vuelto.

Ashley asintió, ocultando su decepción. Entró en la barra para servirle una cerveza a Len, confiando en que la bebida disolviera su rencor y se marchara pronto a su casa. Ya había ocupado una banqueta entre Sandy y Curtis Markham, otro policía, y los tres estaban hablando de un accidente que había ocurrido aquel día en Palmetto Expressway.

Ashley saludó a Sandy y a Curtis, le preguntó a Katie si lo tenía todo controlado y, al ver que asentía, entró en la vivienda.

Durante un largo momento, permaneció inmóvil en el salón. Sharon.

Sharon Dupre era quien había vendido la granja a su propietario actual. Y, en aquellos momentos, cuando realmente necesitaba hablar con ella, había salido con Nick para pasar una velada romántica.

Entró en su cuarto. Nada más traspasar el umbral, tuvo una extraña sensación. La almohada estaba movida, el cajón de la mesilla de noche entreabierto. Frunció el ceño y se recostó en la puerta.

Empezaba a volverse paranoica; tenía la impresión de que alguien había estado en su cuarto.

Movió la cabeza, se sentó en la cama y llamó a David Wharton, pero le saltó el contestador. Frustrada, colgó sin dejar un mensaje. Después, probó a llamar a Karen y también le saltó el contestador. Justo después de colgar por segunda vez, le entró una llamada. Era Jan.

—Hola, Jan, quería hablar contigo —dijo, y pasó a relatarle a su amiga el incidente del cable desenchufado del hospital, la reacción inicial de Nathan y la decisión de poner guardias fuera de servicio vigilando la puerta.

—Me alegro —dijo Jan con indignación—, porque yo no tropecé con ningún cable. Karen se pondrá hecha una furia cuando se entere... Por cierto, te llamaba precisamente por eso. No consigo localizarla. Llamó al trabajo diciendo que estaba enferma, pero tampoco la localizo en su casa.

—Qué extraño...

Jan profirió una risita.

—Quizá haya atrapado a tu amigo policía y se hayan ido juntos a pasar unos días locos.

—No, creo que no.

—¿Cómo lo sabes?

—He visto a mi amigo. Len está aquí, en la barra, tomándose una cerveza. Fue a trabajar y después, ha estado en el hospital unas horas montando guardia.

—Vaya —dijo Jan, perpleja—. Quizá convendría ir a casa de Karen.

—No es como si lleváramos una eternidad sin verla —le recordó Ashley.

—Tratándose de Karen, sí. Ella siempre devuelve mis llamadas.

—Es cierto —reconoció Ashley—. Sí, convendría que nos pasáramos por su casa.

—Yo esta noche estoy trabajando. He aprovechado un momento libre para llamarte. ¿Crees...? No creerás que le ha ocurrido algo malo, ¿no?

—No, claro que no. Oye, me acercaré a su casa y echaré un vistazo, por si acaso está tan enferma que no puede contestar al teléfono. Aunque quizá debamos llamar antes a sus padres. Puede que esté con ellos.

—Ya los he llamado, pero no la han visto. Me inventé una excusa para que no se preocuparan.

—Entonces, iré ahora mismo a ver qué le pasa.

—¿Tienes la llave de su casa? Porque yo tengo una copia.

—Sí, la tengo. Y conozco el código de la alarma, así que no hay problema.

—Está bien. Pero llámame en cuanto averigües algo y déjame un mensaje, para que me quede tranquila.

Colgaron. Ashley echó mano al bolso y salió de nuevo a la barra. Len seguía allí, sentado entre Sandy y Curtis. Ashley fue al grano.

—Len, ¿pasó algo ayer cuando dejaste a Karen en su casa?

Ashley creyó ver que la miraba con cautela.

—¿A qué te refieres? —preguntó con cierta aspereza.

—Karen no ha ido a trabajar hoy; al parecer, estaba enferma.

Len movió la cabeza.

—Puede que quisiera tomarse el día libre. Desde luego, no se encontraba mal, que yo sepa —sonrió, aunque con cierta rigidez.

—¿Te dijo si pensaba hacer algo hoy?

—Ashley, lo siento, no me dijo nada.

—No importa, gracias. Iré a verla de todas formas.

Se dio la vuelta, entró de nuevo en la casa por el office y salió a la calle por la cocina.

Mientras atravesaba la ciudad a la luz de las farolas y los letreros de neón, se le ocurrió pensar que Miami era realmente bella de noche. La oscuridad ocultaba las zonas menos agradables, y la luz de la luna se reflejaba en los canales, creando un suave halo de misterio.

Y, sin embargo, era al amparo de esa oscuridad como se cometían la mayoría de los crímenes. Primero, Cassie Sewell, después, Stuart, por último, Karen.

No, se negaba a creer que podía haberle ocurrido algo a su amiga.

Y, sin embargo, cuando llegó a la casa de Karen, vio su pequeño Toyota aparcado delante, en su lugar acostumbrado. Ambos costados de la propiedad estaban bordeados de setos, y un enorme flamboyán ocupaba gran parte del jardín delantero. Karen había plantado buganvilla en torno a la pequeña entrada con espaldera. Todo parecía estar igual que siempre... Entonces, ¿por qué Karen no contestaba al teléfono?

Ashley se quedó mirando la casa unos segundos antes de salir del coche. Había luces dentro, pero eran tenues. Por fin, se apeó del vehículo y recorrió la senda de entrada. Antes de insertar la llave en la cerradura, tocó el timbre, aporreó la puerta con la aldaba y llamó a Karen por su nombre. No hubo respuesta. Al final, sacó la llave y abrió la puerta. Volvió a llamar a Karen.

Entró, desactivó la alarma y cerró la puerta con llave. Aquella acción la puso un poco nerviosa. ¿Y si alguien había atacado a Karen? ¿Y si ese alguien seguía en la casa? Podría haberse encerrado con un depredador.

Movió la cabeza. Jan y ella estaban dramatizando.

—¡Karen! —gritó.

El salón estaba tan acogedor como siempre; podía ver la zona de la cocina y del comedor. Lo atravesó, advirtiendo que todo estaba limpio como una patena.

—¡Karen! —gritó otra vez, y entró en la cocina. Todo estaba en orden; los platos lavados y guardados. Era la más limpia y organizada de las tres.

Ashley metió la cabeza en el pequeño cuarto de baño del pasillo. Vacío. Se obligó por fin a entrar en la habitación de invitados, que Karen usaba como estudio. Limpio y ordenado, todos los papeles en su sitio.

A continuación, se dirigió al dormitorio de Karen. La puerta estaba cerrada.

—¿Karen? —preguntó con suavidad. Seguía sin oír respuesta. Puso la mano en el pomo pero, antes de poder girarlo, se sobresaltó al oír unos fuertes golpes en la puerta principal. Al apartarse, el pomo giró dentro de su mano. La puerta chirrió al tiempo que se entreabría.

La habitación estaba a oscuras. Volvieron a oírse los golpes. Ashley no les hizo caso... y encendió la luz.

Jake estaba regresando a Miami. Al entrar en la ciudad no giró a la izquierda, hacia la jefatura de policía, ni siguió recto hacia el puerto deportivo. A pesar de lo tarde que era, y de que iba a presentarse sin avisar, había decidido hacerle otra visita a Mary Simmons.

Al día siguiente, tendría que hacer un largo viaje en coche. El mensaje de Bordon podría haber sido un engaño pero, gracias al identificador de llamadas, Jake había podido comprobar que, efectivamente, lo habían telefoneado desde la cárcel.

Su instinto le decía que la llamada había sido efectuada a petición de Bordon. El líder religioso siempre había tenido todas las respuestas. Hasta aquel momento, no había querido darlas, ni reconocer nada. ¿Habría cambiado de idea? En ese caso, ¿por qué?

¿Por miedo? ¿A alguien de fuera, o de dentro?

Por otro lado, Bordon era un manipulador nato. No había garantías de ningún tipo. Quizá disfrutara de su capacidad de atraer a Jake a la cárcel una y otra vez, como si fuera un yoyó.

Obsesionarse no tenía sentido. Llamaría a la cárcel para avisar de su llegada y se pondría en camino a primera hora de la mañana.

El edificio de los hare krishnas era agradable. Cuando llegó, parecía reinar el silencio. Le abrió un hombre con la cabeza completamente rapada, salvo por la larga coleta que le crecía de la coronilla. Era joven, tenía mirada idealista y la actitud de una persona que había decidido estar en paz con el mundo, tanto si realmente comprendía su doctrina como si no. Fue educado y servicial, incluso antes de que Jake le enseñara su placa.

Fue a llamar a Mary.

Mary Simmons no parecía muy sorprendida de verlo, y le dio la bienvenida diciéndole que podían salir a hablar al jardín. Jake fue directo al grano.

—Mary, dijiste que Bordon se acostaba con la mujer que quería cada noche, y que no existían celos, que las mujeres también podían acostarse con otros, si eso querían.

Ella asintió y desplegó una triste sonrisa.

—Todas deseábamos a Peter, por supuesto. No es fácil explicar cómo un hombre podía... podía hacer que las mujeres lo desearan tanto cuando lo estaban compartiendo. Había otros hombres; John Mast, por ejemplo —suspiró—. John está muerto; lo sé —alzó la mirada, repentinamente dura—. Y no vaya a pensar que John Mast mató a esas mujeres porque tenía celos de Peter. John era un creyente. Creía de verdad en lo que hacíamos, en compartir los frutos de la tierra de Dios, en amarnos los unos a los otros. Era un buen hombre. Inteligente. Creo que supo que acabaría metiéndose en líos con las finanzas, porque lo oí discutir con Peter un par de veces. Siempre estaba preocupado, pero Peter no quería escucharlo. Me da mucha pena. Fue a la cárcel por haber hecho lo que le ordenaban y, después, murió.

—Yo también lo siento, Mary. Pero no he venido porque crea que uno de tus amigos fuera... maligno. Tengo la impresión de que estaban pasando otras cosas. Cosas que quizá ninguno de vosotros sospechabais.

Mary se encogió de hombros.

—Podría ser. Pero Peter sí estaba al corriente de todo. Nos decía cuándo teníamos que entrar y cuándo que salir a trabajar.

—¿Alguna vez pasaban barcos por los canales?

—Claro, todos los días —sonrió—. Y, seguramente, siguen pasando. Barcas pequeñas: canoas, botes de remos, pequeñas motoras. Por eso a la gente le gusta vivir junto a los canales, detective Dilessio.

—Ya lo sé, Mary —Jake le devolvió la sonrisa—. Pero ¿alguno de esos barcos atracaba alguna vez en la parte posterior de la propiedad? ¿Enviaba o recibía Peter Bordon algo de esa manera?

—Podría ser; no lo sé. Nunca me pidieron que ayudara a descargar nada. ¿Cuánto se puede transportar en una motora? O en las pequeñas embarcaciones de colchón de aire. Ésas son tan ruidosas... Oía alguna de vez en cuando, pero nunca se detenían. Al menos, que yo recuerde.

—¿Qué me dices de las canoas?

Mary vaciló.

—Tal vez. A veces... A altas horas de la noche, cuando estaba en el barracón, oía ruidos. Pero sabíamos que no debíamos salir, ¿entiende? Teníamos nuestro lugar, y todos debíamos ceñirnos a él. Así eran las cosas.

—Puede que no todos fueran tan obedientes, Mary. Quizá por eso murieron esas chicas. Quizá Tennant viera algo y lo mezcló con sus alucinaciones.

Un destello de dolor cruzó sus rasgos.

—Tal vez.

—Teníais drogas a mano, ¿verdad? ¿Muchas drogas?

—Muchos afrodisíacos —murmuró. Después, lo miró a los ojos—. Claro, muchas drogas. No nos pinchábamos ni nada parecido... al menos, yo. Estoy limpia, detective. Lo mismo que la gente que vive aquí.

—No estoy atacando a los hare krishnas, Mary. Estoy buscando a un asesino.

Ella asintió.

—Siempre había drogas a mano.

—Gracias, Mary. Y si se te ocurre algo más...

—Lo llamaré. Me gustaría ayudarlo, de verdad.

—Te creo, Mary.

Nada.

El dormitorio de Karen estaba, como el resto de la casa, limpio como una patena. A la luz del techo, la colcha estaba recta y lisa, los almohadones apoyados en el cabecero. Todo parecía estar en perfecto orden.

Los golpes en la puerta se interrumpieron con brusquedad.

Ashley se dio la vuelta y atravesó la casa en dirección a la entrada. Una vez allí, echó un vistazo por la mirilla. No había nadie. Se mordió el labio. Oyó un ruido, a alguien rodeando el costado de la casa. Después, silencio... seguido de un ruido en la ventana del salón. Sacó la pistola del bolso y abrió la puerta principal.

Al salir al porche, oyó a alguien acercándose por el costado de la casa.

—¡Alto ahí! —exclamó.

—¿Ashley?

Exhaló un suspiro de alivio y bajó el arma.

—¿Len? Len, ¿qué diablos haces husmeando en el jardín?

—¿Yo? ¿Qué diablos haces tú? Cualquiera diría que quieres meterme un tiro esta noche —se acercó a ella moviendo la cabeza—. Me dejaste preocupado por Karen y decidí venir. No hacía más que llamar a la puerta y no contestabas.

—Estaba en la otra habitación, Len.

—¿Hay algo fuera de lugar? —preguntó.

—No, creo que no. Voy a echar un último vistazo —frunció el ceño—. ¿Cómo has venido?

—No me mires así; no he conducido. Le pedí a Sandy que me acercara.

—Estupendo, Sandy también estaba tomando cerveza.

—Era sin alcohol.

—Pero ¿por qué le pediste que te trajera?

—Me preocupaba que hubieras venido aquí sola.

—Vamos, Len, ¿es que ahora vas a preocuparte por todas las mujeres del cuerpo?

—Ya no estás en el cuerpo, eres una empleada civil. Y olvidas que los agentes deben pedir refuerzos cuando creen afrontar una situación de peligro.

Ashley creyó que, a su manera, Len estaba intentando ayudar.

—Está bien, pasa un momento. Sólo quiero echar una última ojeada a la casa.

Len la siguió.

Ashley regresó al dormitorio principal, y vaciló al recordar que no había entrado en el cuarto de baño de la suite. Lo hizo, consciente de que Len estaba detrás de ella.

A primera vista, el baño estaba tan impecable como el resto de la casa. En el último momento, se le ocurrió echar a un lado la cortina de la ducha. Los azulejos estaban relucientes pero, en la bañera... vio unas manchas minúsculas. Se arrodilló. Había sólo tres; tres motas de algo que parecía óxido... o sangre.

A Ashley se le subió el corazón a la garganta. Se dijo que podían ser cualquier cosa, que eran muy pequeñas, que no podía decir que hubiera encontrado el cuarto de baño salpicado de sangre. Karen podía haberse hecho una pequeña herida depilándose. Aun así...

—¿Qué pasa?

Len estaba en el umbral del cuarto de baño, mirándola fijamente.

—Nada. Seguramente, estoy exagerando.

—Pero ¿qué haces?
—Revisar la bañera —era tan alto, pensó Ashley. Sus hombros ocupaban todo el umbral. Su imaginación se desbocó. ¿Y si Len era un asesino? Los policías se corrompían.

Tenía una pistola de calibre 38 en el bolso, y los dos sabían que podía usarla.

—Vámonos. Karen no está en casa.

En un primer momento, Ashley tuvo la impresión de que Len no iba a dejarla salir. Por fin, movió la cabeza y se apartó.

—Sé que conoces a tu amiga mucho mejor que yo, pero creo que estás exagerando. Estoy seguro de que se encuentra perfectamente. Hasta tu mejor amiga puede tener secretos.

—Sí, es posible. Vamos, te llevaré a casa.

—No hace falta. Curtis me está esperando en Nick's. Prometió llevarme a casa más tarde.

—Está bien.

Salieron de la vivienda, subieron al coche e iniciaron el trayecto de regreso a Nick's. El silencio se prolongaba. Por fin, Len dijo:

—¿Karen no tiene otras amigas, aparte de Jan y de ti?

—Claro.

—¿Y?

—Tienes razón. Debe de haber salido con otra persona.

Varios minutos después, llegaron a Nick's. Antes de apagar el motor, Ashley dijo:

—¿Seguro que van a llevarte a casa?

—Sí. A Curtis y a Sandy les pareció buena idea que fuera a ver cómo estabas. Sandy iba a salir, así que me llevó, y Curtis prometió esperar a que volviéramos.

—Está bien. Entonces, me iré a la cama.

Los dos salieron del coche, y Len la miró por encima del techo del vehículo.

—Buenas noches —le dijo. Ashley asintió y, después, se sintió ridícula y culpable.

—¿Len?

—¿Sí?

—Gracias por venir.

—De nada. Mantenme informado. A mí... A mí también me cae bien, ¿sabes?

Len se alejó hacia la terraza. Ashley entró por la puerta lateral.

—¿Sharon? —llamó mientras franqueaba el umbral—. ¿Nick?

Nadie contestó, y no quería volver a salir al bar para ver si estaban allí. Entró directamente en su cuarto. En aquella ocasión, no notó nada cambiado. Se dejó caer en la cama, agotada, aunque no era especialmente tarde. Llamó a Jan y le dejó un mensaje en el buzón de voz, explicándole que no había encontrado a Karen pero que esperarían a ver si se presentaba en la fiesta al día siguiente.

Ashley no quería alarmarse ni alarmarla, pero... no podía quitarse de la cabeza el rastro de sangre que había visto en la bañera.

Jake ni siquiera había llegado a su coche cuando le sonó el móvil. Se sorprendió al oír a Carnegie.

—Jake, sólo quería decirte que me alegro de que hayas organizado la guardia en el hospital.

—¿Ha ocurrido algo? —se sentía un poco culpable. Le había prometido a Ashley investigar un poco el caso de su amigo, pero sus propios asuntos lo habían absorbido tanto que no había vuelto a pensar en Stuart Fresia desde que había dejado el problema en manos de Marty.

—No, pero decidí hablar otra vez con el tipo que estaba escribiendo para el mismo periódico que Fresia, David Wharton. ¿Adivinas qué he averiguado? No existe.

—¿Cómo que no existe? Yo creía que estaba chillando más que nadie que debíais investigar el accidente, que Stuart Fresia había descubierto algo sucio.

—Es cierto. Pero cuando lo llamé, descubrí que el número que me había dado era de una pizzería. Decidí ir al periódico, hablé con el jefe de redacción y me dieron su número de la seguridad social. Hice una comprobación, y resulta que perteneció a un tipo que murió en la Segunda Guerra Mundial. Regresé al hospital, donde el supuesto David Wharton había estado merodeando todos estos días y, de pronto, nadie lo había visto por ninguna parte. No sé qué significa, pero asumiremos el gasto de la protección policial de Stuart Fresia. Sólo quería que lo supieras.

–Gracias, Carnegie. Muchas gracias. Mañana tengo que salir de la ciudad, pero llevaré el móvil encima. Si averiguas algo más, llámame. Y, si no te importa, husmearé un poco cuando vuelva.

–Está bien, te mantendré informado.

Colgaron y, acto seguido, Jake pensó en llamar a Marty para contarle que estaría fuera al día siguiente, pero se lo pensó mejor. Marty estaría en su casa o tomando unas cervezas en un bar. A fin de cuentas, tenía una vida.

Una vida...

De pronto, estaba ansioso por volver a casa. Tenía un motivo para ver a Ashley.

Ashley estaba tan agotada que temió quedarse dormida sin haberse puesto el pijama. Probó a llamar otra vez a David, pero seguía con el móvil apagado. Su preocupación por los acontecimientos del día le impedía aquietar la mente. Intranquila, sacó un bloc de notas y un lápiz del bolso y se puso a dibujar.

Hizo un retrato de Karen. Pasó la hoja. Un retrato de Len.

Pasó otra hoja y dibujó la escena del accidente, incluyendo todos los detalles que recordaba. Aquel boceto era el mejor, pensó. El tiempo había aclarado la imagen. Había querido detalles... y los tenía, aunque no parecieran ayudarla.

Pasó otra vez la página y dibujó a David Wharton.

Después, se impacientó consigo misma y volvió a guardar el bloc en el bolso. Aquella noche, precisamente, cuando más necesitaba hablar con Sharon, Nick y ella estaban celebrando su amor por la ciudad. No podía localizar a David

Wharton, y Karen seguía sin estar en casa ni devolver las llamadas.

De pronto, se le ocurrió que Jake podría haber averiguado algo. Y, aunque no fuera así, la noche sería mejor si lograba verlo.

Tomó el bolso y salió por la puerta que daba al muelle. Contempló la hilera de barcos hasta el Gwendolyn. Vaciló, después, cruzó la pequeña franja de hierba y arena hasta el embarcadero, y echó a andar. Al llegar al barco, lo encontró a oscuras.

—¿Jake? —preguntó al oír un ruido de pasos en la cubierta.

No hubo respuesta. Frunció el ceño, preguntándose si habría imaginado el ruido. Permaneció inmóvil, pero no oyó nada más.

Moviendo la cabeza, decidió subir a bordo y rodear el camarote por si acaso Jake estaba contemplando las estrellas en la popa y no la había oído. Dio la vuelta completa y se quedó contemplando el restaurante. La terraza seguía iluminada, pero no había clientes sentados a la luz de la luna.

Oyó un chapoteo y giró rápidamente sobre sus talones. Al hacerlo, sintió una ráfaga de aire y, después, alguien la empujó por detrás. Ashley salió despedida por el costado de babor hacia la masa de agua de color ébano que se mecía misteriosamente a la luz de la luna.

Mientras se sumergía en la negrura, oyó que alguien se zambullía detrás de ella.

19

Ashley pataleó con fuerza, tratando de alejarse de la amenaza. Le ardían los pulmones. La habían tomado por sorpresa, y necesitaba respirar.

Nadó por debajo del casco y salió a la superficie por estribor. Un segundo después, profirió un pequeño grito al sentir unos brazos cerrándose como tenazas en torno a sus piernas. Retorciéndose y luchando con desesperación, se hundió en el agua. No podía ver nada.

Después, de improviso, la soltaron. Pedaleó para regresar a la superficie, y cuando sacó la cabeza por encima del agua, vio otra frente a ella.

—¿Ashley?
—¿Jake?
—Maldita sea, Ashley.
—¿Por qué me gritas? ¡Me has atacado!
—¿Qué hacías escondiéndote en mi barco en la oscuridad?
—No me escondía.
—A mí me parecía que sí.

Quería darle un puntapié, pero Jake ya estaba nadando hacia la escalerilla de la parte posterior del barco. Ashley lo siguió. Cuando le tendió una mano para ayudarla a subir, se sintió demasiado ultrajada para aceptarla. Subió la escalerilla por sus propios medios y se encaró con él nada más incorporarse sobre la cubierta.

—Alguien me ha empujado al agua —le dijo. Jake movió la cabeza.

—Aquí no hay nadie más, y cuando subí a bordo, tú ya estabas en el agua. Pensé que eras la persona que ha estado entrando en el Gwendolyn.

Los dos estaban chorreando. Ashley se quitó un trozo de alga del pelo.

—Venía a preguntarte si habías averiguado algo y, cuando subí a bordo para ver si estabas en la popa, alguien me empujó al agua.

—Ashley... compruébalo por ti misma. El muelle está vacío. Aquí no hay nadie.

—Ya. Entonces, si debo guiarme por la lógica y las apariencias, has sido tú quien me ha empujado.

—Sabes que yo no he sido.

—Entonces ha tenido que ser otra persona.

Jake volvió la cabeza hacia el agua.

—Maldición —masculló de improviso—. Toma, vete abriendo —le pasó la llave de la puerta, la dejó allí de pie, un tanto perpleja, y saltó al embarcadero con agilidad. Ashley lo vio caminar a lo largo de la orilla, sin apartar la mirada del agua.

Temblando de frío, abrió la puerta del barco con manos trémulas. Entró y, para buscar el interruptor a tientas, se guardó la llave en el bolsillo. Acababa de encender la luz cuando Jake apareció en el umbral.

—¿Has encontrado algo?

Jake lo negó con la cabeza.

—Nada. Si la persona que te empujó huyó por el agua, debería haber dejado huellas en el embarcadero, pero no he visto ninguna. Quizá se haya alejado nadando y haya accedido a la orilla por otro lado. O quizá haya subido a uno de los cientos de barcos que hay en los alrededores. No lo sé, pero averiguaré lo que está pasando.

—Estoy segura —repuso Ashley, todavía molesta—. Has sido muy amable al creer que sabía lo que decía.

Jake se dio la vuelta y cerró la puerta con llave. Después, se dirigió a la zona de la cocina para quitarse la chaqueta empapada y los zapatos destrozados.

−Si quieres, puedes ducharte tú primero. Pasa al camarote.

−Creo que regresaré a mi habitación. Aquí no tengo ropa seca.

−Yo tengo secadora −dijo Jake en tono sugerente.

−Caramba, qué tentación.

Jake se desabrochó la camisa y la dejó caer al suelo; después, se acercó a ella.

−Conozco una tentación mayor.

−¿No eres un poco engreído?

−No me refería a mí.

Jake alargó los brazos, la atrajo hacia él y le sacó la camiseta empapada por la cabeza.

−¿Mi camiseta mojada es tentadora? −inquirió Ashley con escepticismo.

−Ya lo creo.

La recorrió una espiral de calor al sentir los labios de Jake en la garganta.

−Claro que tus pantalones mojados también lo son. Y −añadió Ashley con desenfado−, las algas de tus calcetines y ese olor a aceite de motor... Estoy temblando.

−Lo estás, ¿sabes?

Ashley no contestó. Jake estaba desabrochándole el botón de los vaqueros. Ella lo rodeó con los brazos, respirando con agitación.

−Detective, me estás ocultando algo.

−A propósito, no.

−Jake...

La estrechó entre sus brazos. Deslizó los dedos por la espalda de Ashley, hasta el broche del sujetador.

−Estas cosas que te pones... −dijo con voz ronca mientras bajaba la cabeza para acariciar las curvas de los senos que quedaban encima del sujetador−. Una lencería estupenda −tomó los tirantes entre los dedos y dejó que la prenda cayera al suelo, a sus pies.

—Jake...

Él retrocedió un centímetro.

—Está bien, ¿qué tal si te seduzco con mi elocuencia? Carnegie ha hecho oficial la protección policial de tu amigo.

El corazón le dio un pequeño vuelco.

—¿En serio?

—Pues claro.

—¿Lo hace por ti?

—Si te digo que sí, ¿te sentirás más tentada a quedarte?

—Voy a quedarme me digas lo que me digas —lo informó con voz ronca.

Fue Jake quien se detuvo en aquel momento. No se apartó, pero se tomó el tiempo necesario para hablar.

—Mañana tengo que salir muy temprano; quiero estar en camino a las cuatro. He recibido un mensaje de uno de los compañeros de cárcel de Bordon. Creo que Bordon tiene miedo de alguien y por eso quiere hablar conmigo. A no ser que me esté gastando una broma pesada, claro. De todas formas, tengo que ir, pero volveré mañana por la noche. Puede que tarde, pero volveré. Y, después, investigaré lo que le ocurrió a tu amigo, a Stuart Fresia. Carnegie tiene cierta información que necesito estudiar con más atención. Te prometo que descubriremos la verdad.

Ashley sintió que las piernas y los brazos volvían a quedársele helados. Debería conformarse con lo que le daban. Necesitaba ayuda, y no tenía motivos para rechazarla, salvo que... salvo por lo que sentía por Jake.

—No... No hace falta que lo hagas, ¿sabes? —se oyó decir con rigidez—. No tienes por qué asumir una tarea que no es tuya sólo para beneficiarme a mí. Yo nunca dejaré de investigar —le dijo—, porque conozco a Stuart. Pero tú no... no tienes por qué sentir lo mismo.

—No se te ocurra hacer nada por tu cuenta —le dijo Jake con rotundidad. Ella se enojó.

—No soy ninguna idiota. Era una de las mejores alumnas de mi clase.

—Ashley, no estoy poniendo en duda tu inteligencia. Pero meterse en cosas sin saber lo que uno hace es peligroso.
—Porque soy mujer.
—Es peligroso para cualquiera sin experiencia ni formación.
—Claro. Porque tú empezaste con experiencia.
—Ashley, hazme un favor. Mantente al margen y dame un par de días. No voy a investigar el accidente de Stuart solamente como un favor para ti, sino porque podría haber sido un homicidio frustrado. Y tendré tiempo. Mañana espero volver con respuestas sobre los asesinatos Bordon. Y sobre Cassie Sewell.
—¿Y sobre tu compañera? —preguntó Ashley en voz baja.
—Y sobre Nancy —asintió Jake.
Los dos estaban de pie, chorreando. Casi tocándose. Se miraron a los ojos varios segundos.
—Necesitas mucho esas respuestas, ¿verdad? —preguntó Ashley.
—Sí, las necesito.
Ella siguió observándolo en silencio. Jake seguía sin tocarla, pero estaba tan cerca que podía percibir su tibieza. La humedad de su piel parecía rozar la de ella. De pronto, se inclinó hacia delante, acorralándola contra la pared, y cuando habló, había emoción en su voz, como si hubiera desechado los momentos de guasa.
—Sí, quiero esas respuestas, porque si alguien merece que se descubra la verdad, ésa es Nancy.
Ashley bajó la cabeza, repentinamente temerosa. Se había precipitado, pensando que podía entregarse a un deseo loco y salir indemne. Ni siquiera escuchaba lo que Jake le decía; estaba demasiado hipnotizada por el aura de aquel hombre al que conocía desde hacía sólo unos días. Unos días muy intensos. Sabía que se había sentido atraída por él no sólo por el físico, sino por su devoción al trabajo.
También sabía que a él le faltaba algo. La capacidad para darse por entero, tal vez, porque el pasado había estado ensombreciéndolo por mucho que hubiera intentado olvidar-

lo. A Ashley la asustaba aquella pasión, su deseo de acostarse con él. No sólo de dormir con él, sino de *estar* con él.

—¿Ashley?

Jake le levantó la barbilla, le puso la mano en la nuca y la besó en los labios. En contraste con el frescor del aire acondicionado, la tibieza de los labios de Jake resultaba eléctrica. La textura vellosa de su pecho le rozaba los senos desnudos, y aquel ligero contacto parecía despertar un volcán en su interior.

Jake se apartó ligeramente y le susurró junto a su boca:

—¿Sabes? Te sentaba bien tu uniforme de policía, te sientan bien los vaqueros, y también las algas. Pero apuesto a que estás aún mejor embadurnada de jabón.

Una sonrisa afloró en los labios de Ashley.

—Deduzco que tu barco tiene una *pequeña* ducha.

—Lo pequeño puede ser bueno.

—Demasiado estrecha para moverse.

—Lo estrecho también puede ser bueno.

—E incómoda.

—Nunca se sabe hasta que no se investiga la situación.

—Cierto. Y, cómo no, tú eres célebre por tus técnicas de investigación.

—Gracias, señorita.

—No hay de qué —Ashley se escurrió entre sus brazos, se despojó de los vaqueros, se alejó un poco y se quitó el tanga. Volvió la cabeza.

—Te espero allí.

No era una ducha tan pequeña. El Gwendolyn era una casa flotante, no un barco de placer. Estrecha, sí, pero había espacio para dos personas. Cabían de pie, casi tocándose. Sin embargo, cuando Ashley tomó la pastilla de jabón, no tenía espacio para deslizarla libremente a lo largo de su figura. Jake le quitó la pastilla de las manos y empezó a enjabonar la garganta de Ashley.

—A los buenos detectives no nos gusta pasar nada por alto.

—Podría suponer el fracaso de toda la investigación.

—Me gusta ser minucioso.

La pastilla de jabón, esgrimida con tanta destreza entre sus manos, resbaló sobre los senos de Ashley, provocándole un placer agonizante en sus pezones sensibles. Notó cómo temblaban con pequeños espasmos que se concentraban en su vientre. El agua resbalaba continuamente sobre la espuma que Jake creaba. El vapor ascendía entre ellos Las manos de Jake, húmedas y seguras, se movían lentamente a lo largo de ella, acariciándole la espalda, el abdomen, las caderas, las piernas, con erotismo. Ashley contuvo el aliento. Se habría caído si hubiera tenido sitio para hacerlo. Jake la atormentaba y la abrasaba con cada roce y caricia seductora de sus dedos. La pastilla cayó al suelo, entre ellos. Los dos se inclinaron para recogerla, chocaron, rieron, la dejaron... y se abrazaron, uniendo sus bocas con avidez, sus lenguas, con la espuma todavía resbalando por sus cuerpos al tiempo que el agua descendía y el vapor se elevaba, envolviéndolos a los dos.

Ashley se aferró a él un momento y, necesitando más, deslizó los dedos por la espalda de Jake hasta la curva musculosa de sus glúteos. Después, tomó su erección en la mano. Un rugido viril emergió de las profundidades de su garganta, y abrió la puerta de la ducha con el pie. Empapados y resbaladizos, Jake la levantó en brazos como pudo y, riendo, cayeron sobre la amplia cama. Cuando Jake se colocó sobre ella, las risas se extinguieron. La miró a los ojos y, tras deslizar la mano a lo largo de su figura, la penetró con una embestida que, en sí misma, estuvo a punto de lanzarla al clímax. Ashley se aferró a él y percibió, al mismo tiempo, la humedad de la piel de Jake, la frescura de las sábanas, el leve movimiento del barco. Cerró los ojos y sintió su miembro ardiente y masculino, la fuerza de sus brazos, el poder de sus caderas y muslos. Después, llegó el frenesí, el fuego de la pasión, el ansia, el deseo desesperado...

La explosión del clímax estuvo seguida por deliciosas sacudidas eléctricas que recorrían su cuerpo una y otra vez. Sintió el estallido de calor de Jake, la lava que templaba sus entrañas, que le hacía sentir algo más hondo que la necesidad sexual. Jake la abrazó, y ella se apretó contra él con fiereza, presa de un sentimiento temible que trascendía la lógica y la realidad. Le aterraba darse cuenta de que se sentía allí como en su casa, como si conociera a Jake desde siempre y estuviera destinada a estar con él durante toda la eternidad.

A los pocos minutos, se sobresaltó al oírlo hablar, aunque seguía sin apartarse de ella.

—Ashley, mantente al margen hasta que yo vuelva. Lo digo en serio.

Ashley contuvo el aliento. Un momento más tarde, Jake se hizo a un lado y se apoyó en el codo para mirarla mejor. Ella le acarició la mejilla.

—No me importa lo que digas. Eres un machista. Temes por mí porque Nancy murió.

—Esto no tiene nada que ver con Nancy —repuso Jake con impaciencia.

—Jake, no he ido a la academia porque no tuviera dinero para una escuela de arte, sino porque quería ser policía. Vale, tal como ha salido la cosa, no lo soy. Pero trabajo para la policía, y voy a enfrentarme con cosas terribles, los dos lo sabemos. Jake, tengo el estómago y las agallas que se necesitan para este trabajo.

—¿Y el sentido común? —preguntó con irritación.

—Eso duele —le dijo Ashley.

—Aunque duela, lo que te pregunto es importante. Cuando se te mete algo entre ceja y ceja, no hay quien te pare, y te importan un comino las consecuencias.

—¡Yo no soy así! ¿Por qué dices eso?

—Sacas conclusiones basándote en lo que sientes, no en lo que ves, tocas y percibes, en los hechos reales.

—Tú lo haces a todas horas. Se supone que por eso eres bueno en tu trabajo.

—Lo que yo hago es distinto.

—¿Por qué?

—¿Que por qué? —Jake se pasó los dedos por el pelo—. Porque me enseñó un gran policía. Porque di todos los pasos necesarios para llegar a donde estoy. Tú haces dibujos,

Ashley. Tienes un talento maravilloso, así que cíñete a él. Si emprendes una búsqueda a ciegas, lo único que conseguirás es que te maten.

—Jake, ¡ya basta! ¿Qué te pasa conmigo?

—Eres una cría, una cría con un talento increíble, pero todavía estás verde. Y mi problema es que... —se interrumpió con brusquedad, moviendo la cabeza con enojo—. Eres demasiado ingenua para entender siquiera lo que te digo.

Ashley empezó a levantarse, desgarrada por la hondura recién comprendida de sus sentimientos y la necesidad de ser ella misma.

Jake le sujetó la mano.

—Ya estás dejándote llevar por tus impulsos.

—Eres tú el que grita.

Jake entornó los ojos.

—No estoy gritando, sólo quiero hablar contigo. Y no pienso dejarte ir hasta que no me hayas escuchado.

Ashley notó que la tensión crecía en su interior.

—En este preciso segundo, podría darte una patada en tus partes lo bastante fuerte para dejarte chillando durante los próximos mil años.

La amenaza no funcionó. Al instante siguiente, Jake estaba sobre ella; Ashley no podría haber movido la rodilla aunque su vida hubiera dependido de ello. Era el argumento de Jake, lo sabía.

—¿Y bien? —dijo con suavidad.

—Quítate, Dilessio. Me voy. Yo también tengo cosas que hacer.

—No tenías intención de marcharte tan pronto.

—Puede que antes, no, pero ahora, sí. Jake, no puedo quedarme aquí si crees que puedes complacerme, manipularme... hacerme prometer que me quedaré en una caja de cristal porque una vez te enamoraste de una mujer policía —alzó una mano para detenerlo cuando él hizo intención de hablar—. Tanto si te acostaste con ella como si no, la querías. Aunque hayas pasado los últimos cinco años dejando su caso en un segundo plano mientras te dedicabas a los homicidios de todos los días, nunca lo has olvidado. Es comprensible, pero no puedes vivir tu vida bajo la sombra del pasado.

Jake se puso en pie con brusquedad, dejándola sola en la cama.

—Meteré tu ropa en la secadora. Puedes quedarte, ducharte y marcharte cuando quieras... a hacer esas cosas que necesitas hacer en mitad de la noche. Yo tengo que irme.

No tenía que marcharse tan pronto; Ashley lo sabía. Jake le había dicho que no pensaba ponerse en camino hasta las cuatro. Estaba inquieta y furiosa. Quería discutir, espetarle que la perdería de vista en cuestión de minutos, pero él ya se alejaba hacia el minúsculo plato de ducha... él solo.

La puerta se cerró. No iba a quedarse fuera discutiendo con él con el ruido del agua.

No era esa la tentación que la acometía, por supuesto. Anhelaba entrar en la ducha y volver a reír mientras el jabón se deslizaba por sus cuerpos, mientras...

Se le encogió el corazón. No, no podía ser lo que él quería o necesitaba, no podía decir aquel día las palabras que serían mentira en el futuro.

Se puso su ropa mojada y vaciló. Todavía oía el ruido del agua. Si le escribía una nota, estaría escurriendo el bulto. Si se quedaba y hablaba con él...

Sacó rápidamente el bloc del bolso y pasó las páginas de sus dibujos. Empezó a escribir. *Querido Jake:* No se le ocurría nada. La ducha no duraría eternamente.

Lo nuestro no puede funcionar. Entiendo cómo te sientes. Puede que no muy bien, pero me has hablado del pasado. Siento mucho lo que le pasó a Nancy, pero estoy segura de que creía estar haciendo algo importante, cumpliendo con su deber. No puedo ser un florero. No puedes pasarte la vida intentando protegerme porque sientes algo por mí.

¿Sería una presunción? Quizá estuviera dando demasiado significado a lo que, para Jake, no era más que una relación sexual intensa. No, sentía algo por ella, lo sabía. Y ella, quizá demasiado. ¿Se atrevería a escribirle la verdad? «Me estoy enamorando de ti, tanto que te vendería mi alma, mi futuro, mi fe en mí misma...». No, no iba a escribir eso.

No puedo seguir viéndote.

El agua dejó de correr. Ashley no firmó la página; soltó el bloc y salió corriendo del barco antes de que Jake pudiera detenerla.

20

Todo empezó con una pelea por la comida, un incidente que ni siquiera llamó la atención de Peter Bordon de inmediato, ya que comenzó en el extremo más alejado de la mesa del desayuno.

Raras veces surgían brotes de violencia en la zona de la cárcel en que él residía. Allí casi todos eran delincuentes de guante blanco. Querían salir. Tenían familia. Algunos, hasta soñaban con enderezarse.

Raras veces eran subversivos y, mucho menos, violentos.

Empezaron tirándose huevos pero, en cuestión de segundos, se produjo una refriega. Peter no tenía ninguna intención de verse mezclado en ella. No le importaba que lo pusieran perdido con los huevos o no.

De pronto, alguien lo agarró del cuello de la camisa y lo arrastró por encima de la mesa. Cuando quiso darse cuenta, estaba en el suelo, aplastado por media docena de hombres. Oía los silbidos y los gritos de los guardias, que se acercaban para separarlos, pero estaba más preocupado con el codo que le habían hundido en la cara y que le mantenía la cabeza contra el suelo. Los puñetazos le llovían por todo el cuerpo. Se estaba asfixiando. Gritó, furioso, tratando de quitarse a los hombres de encima. Les devolvía los golpes lo mejor que podía dada su situación.

Al principio, ni siquiera notó la hoja que penetraba en su cuerpo...

Después, bajo el cúmulo de cuerpos, lo supo.

La pelea por la comida había sido una farsa, puesta en escena sólo para él. Alguien se había enterado de la llamada de teléfono. Cualquiera de los reclusos podría haberlo traicionado. Había mucho dinero de por medio. Diablos, ni siquiera importaba quién se hubiera vuelto en contra de él. Siempre había alguien susceptible de ser comprado.

Retorcieron la hoja que lo atravesaba. Peter chilló, pero le fallaban la voz y los pulmones. Ya estaba inconsciente cuando los guardias le quitaron a los presos de encima.

Todo había ocurrido en cuestión de segundos.

—El café está listo... ¿No llegas tarde? —le preguntó Nick a Ashley al verla entrar en la cocina.

—Ahora no empiezo hasta las ocho.

—Vaya, eso está bien. Oye, tienes un aspecto horrible... Bueno, para ser joven y hermosa, lo tienes.

—Gracias... supongo.

—Oye, Ashley, no soy quién para decirte lo que debes hacer pero... quizá debas ir más despacio con Dilessio.

—Mmm... Puede que lo haga —¿un corte por lo sano sería lo bastante despacio? Ya lamentaba su nota. Había estado confiando en que Jake aporreara su puerta y le dijera algo. Cómo no, no había sucedido. Se dirigía al penal del centro de Florida, quizá para resolver finalmente el misterio que lo había atormentado durante tantos años. Por su bien, esperaba que encontrara las respuestas, aunque dudaba que lo hicieran cambiar.

Su preocupación por la mujer a la que había amado en el pasado era mayor que cualquier sentimiento que pudiera albergar por ella.

—¿Qué tal pasaste tu noche libre? —le preguntó a su tío.

—De maravilla. Sharon tenía una cita, pero se la anularon, así que fuimos a South Beach a tomar marisco, al cine a Lincoln Road y a dar un paseo por la playa.

—Muy romántico.

—Sí —reconoció Nick, y se encogió de hombros con incomodidad—. Sharon es... más que maravillosa. Oye, ¿viste tu ropa limpia?

—¿Mi ropa limpia?

—Sharon dijo que te había dejado algunas prendas en tu habitación.

—¿Ah, sí? —murmuró Ashley—. ¿Ya se ha despertado?

—Hoy no tiene nada que hacer salvo cerrar un trato a mediodía. Iba a dormir un poco más cuando bajé.

Ashley le sonrió a su tío.

—Llamaré a su puerta y veré si sigue despierta.

Se alejó antes de que Nick pudiera detenerla. Su tío había dejado la puerta de su dormitorio entreabierta, y Sharon no se había levantado a cerrarla. Ashley llamó.

—¿Nick? —la voz somnolienta de Sharon contenía una nota de curiosidad. ¿Por qué llamaba Nick a la puerta en lugar de entrar directamente?

—Sharon, soy yo, Ashley. ¿Puedo hablar un momento contigo?

—Un segundo.

Sharon abrió la puerta de par en par un momento después, todavía atándose el cinturón de la bata.

—Tú dirás —dijo con curiosidad. Ashley no tenía tiempo para andarse con rodeos.

—Dos cosas. Primero, ¿qué estabas haciendo ayer en mi habitación? Noté que alguien había entrado, y Nick me ha dicho que me habías llevado ropa limpia pero... no había ropa.

Sharon se ruborizó intensamente.

—Le mentí. Lo siento.

—¿Y bien?

—Intentaba conocerte un poco mejor.

—Podríamos haber salido de compras o a almorzar —dijo Ashley.

Sharon lo negó con la cabeza.

—Ashley... Tengo una cita el sábado por la mañana. Si puedes esperar hasta entonces, te lo explicaré con todo detalle, y espero que entonces me comprendas.

—Qué misterio.

—No, no es ningún misterio, sólo... Bueno, lo entenderás cuando te lo explique. ¿Qué era lo otro?

—Necesito datos sobre una finca que vendiste.

—¿Una finca?

—Al sudoeste, casi en la marisma.

—He vendido varias fincas por esa zona. ¿Cuál de ellas?

Ashley le dio la dirección. Sharon se la quedó mirando sin comprender.

—Una casa grande, mucha tierra y varias edificaciones —dijo Ashley.

—Eso podría corresponder a un par de sitios. No puedo acceder a los archivos antiguos desde aquí, pero los buscaré en cuanto llegue a la oficina.

—¿Vas a ir? Nick acaba de decirme que estás libre hasta las doce.

—Ashley, si necesitas información, me tomaré la molestia de ir a la oficina para buscártela.

—Gracias.

—¿Qué necesitas?

—Todo lo que puedas darme.

Sharon asintió.

—Lo tendré listo para esta noche.

—Hoy llegaré tarde; he quedado con unos amigos para celebrar mi ascenso —claro que no estaría celebrando nada si una de sus amigas no aparecía aquella noche—. Si puedes, déjame lo que encuentres sobre la cama.

—Claro.

Se quedaron mirándose la una a la otra un momento más.

—Ashley, no debería haber entrado en tu dormitorio, y lo siento mucho, pero espero que lo entiendas cuando pueda contarte... lo que pasa.

—Yo también lo espero —dijo Ashley. Se dio la vuelta y empezó a alejarse.

—¿Ashley? —la llamó Sharon. Ella se dio la vuelta—. Sabes que Nick te adora. No podría quererte más, ni sentirse más orgulloso de ti, si fueras su propia hija.

–Él también lo ha sido todo para mí –dijo Ashley, sorprendida de que Sharon la hubiese detenido con ese comentario–. Si consigues esa información, te estaré muy agradecida.

–Te traeré lo que encuentre, no te preocupes.

Ashley regresó a la cocina. Nick la miró con curiosidad mientras ella se servía el café.

–¿Va todo bien?

–Por supuesto –dijo Ashley. Dejó la taza en la encimera y le dijo una mentirijilla–. Sólo quería darle las gracias a Ashley por haberme lavado la ropa.

–Ah –dijo Nick–. Oye, te está sonando el móvil.

–¿Qué?

–Puedo oírlo. En tu dormitorio.

Nada más decirlo Nick, Ashley empezó oír los tenues timbrazos de su teléfono. Le dio las gracias y regresó corriendo a su cuarto para rescatar el móvil del bolso. Era el número de Jan. Contestó al instante.

–¡Jan! –dijo casi sin aliento.

–Oye, supongo que hemos sido un poco tontas con Karen, aunque no entiendo por qué no ha contestado a nuestras llamadas.

–¿De qué hablas?

–Hoy ha vuelto a llamar al trabajo para decir que estaba enferma.

–Si está enferma, ¿por qué no está en casa? ¿Y por qué tiene el coche aparcado delante?

–No lo sé. Se lo preguntaremos en cuanto la veamos.

–Creo que me pasaré otra vez por su casa después del trabajo.

–No te molestes. Se supone que esta noche va a celebrar tu ascenso con nosotros. Si no se presenta, será el momento de denunciar su desaparición.

–Tienes razón. Está bien –no mencionó las motas de sangre que había visto en la bañera de Karen para no preocuparla innecesariamente. Además, si Karen había llamado al trabajo para decir que no podía ir, tenía que estar bien...

A no ser que alguien hubiera llamado al colegio en nombre de ella.

—Entonces, hasta esta noche —se despidió Ashley—. Tengo que irme a trabajar —añadió, y colgó.

Jake creía haber realizado el trayecto a la cárcel en tiempo récord y, aun así, le había parecido el viaje más largo de su vida.

Durante los primeros kilómetros, se había sentido encolerizado, deseando poder zarandear a Ashley y hacerla comprender. En la segunda parte del viaje, empezó a dudar de sí mismo. ¿Se habría vuelto un fanático, o tenía motivos para estar preocupado? ¿Cómo podía una persona no angustiarse cuando los momentos de su vida que más le importaban los pasaba con alguien que estaba decidido a arriesgar su vida?

Llegó demasiado pronto y tuvo que buscar el restaurante nocturno más próximo a la prisión para hacer tiempo con el café y los huevos revueltos durante una hora. Mientras comía, tomó notas de ideas que había estado analizando. Hizo diagramas de la zona en la que habían aparecido los cuerpos. Todos los cuerpos. Bordon tenía la clave; siempre lo había sabido. Aun así, se sorprendió anotando la información.

Hecho: la secta había existido; habían muerto tres mujeres vinculadas a ella.

Hecho: no habían encontrado otro grupo religioso parecido a Personas y Principios.

Hecho: casi todos los miembros del culto no eran conscientes de ninguna violación de la ley, ni siquiera de los asesinatos. Se habían sentido humillados y apesadumbrados al descubrir que habían sido desplumados. Habían querido dejar atrás el pasado.

Hecho: otra mujer había muerto.

Hecho: Nancy Lassiter, su compañera, había estado investigando el caso. Había muerto durante la investigación, aunque nunca había estado en la finca de la secta. Al menos, que él supiera.

Hecho: Siempre había creído que, de los adeptos de Peter Bordon, el que más cosas podría haberle contado habría sido John Mast, aunque éste había negado con vehemencia tener conocimiento de ninguna muerte y había reconocido no comprender muy bien las cuentas de la secta que, supuestamente, supervisaba. Mast sabía algo.

Hecho: Mast estaba muerto. Había perecido en un accidente de avión... ¿O no?

Tamborileó con los dedos sobre la mesa un momento; después, sacó el móvil y llamó a la comisaría. Marty estaría durmiendo todavía, pero encontraría a algún miembro del equipo de investigación.

Le pasaron con Belk, quien le prometió investigar el accidente de avión de inmediato y averiguar si todos los cadáveres habían sido identificados.

Pasó hacia atrás la página del bloc y releyó la nota que Ashley le había dejado. Tenía razón; debían dejarlo. Él quería impedir que se hiciera policía, y sabía que ella quería terminar su formación en la academia más adelante. No recordaba las cifras exactas, pero sabía que un agente de policía era asesinado cada cincuenta y ocho horas en algún punto de Estados Unidos. Eran gajes del oficio, y Jake no quería que Ashley entrara a formar parte de ese oficio. Aunque también fuera el suyo.

Distraídamente, pasó otra página hacia atrás. Vio un dibujo hábilmente ejecutado de un accidente.

El accidente que Ashley había visto en la autovía, el que había dejado en coma a Stuart Fresia. Frunció el ceño mientras estudiaba el dibujo. Había una figura vestida de negro, observando la carretera. En el accidente. De negro... como el hábito que habían usado los miembros de Personas y Principios.

Mientras observaba el dibujo, recibió una llamada en el móvil. Para sorpresa suya, era el alcaide de la prisión. El semblante de Jake se ensombreció mientras escuchaba.

—¿Está muerto? —preguntó.

—Vivo, pero apenas —contestó el alcaide—. Van a operarlo.

Sé lo importante que era este encuentro para usted. Venga derecho al hospital; los médicos no albergan muchas esperanzas. No ha vuelto en sí desde la agresión y puede que no recupere la consciencia, pero dejaré que esté junto a él en cuanto salga del quirófano, por si acaso.

–Gracias.

Jake cortó la llamada, pagó el desayuno y se puso otra vez en camino, combatiendo oleadas alternativas de enojo, decepción y amargura.

Ashley pasó la mañana como en una nebulosa. Primero fue a devolver su placa y su pistola. Detestaba hacerlo, pero era lo correcto. Después, tras firmar unos papeles y reunirse con el personal, le hicieron estudiar comparaciones informáticas de estrías de balas. En el descanso del almuerzo, recibió una llamada de Jan.

–¿Has tenido noticias de Karen? –le preguntó su amiga.

–No.

–Yo tampoco. ¡Voy a matarla!

Ashley guardó silencio, controlando sus temores.

–Oye –le dijo Jan–. Sé que te dije que no fueras a su casa, pero voy a pasarme yo de camino al restaurante. Si la encuentro, le echaré la bronca de su vida.

–Me parece bien, porque si no aparece...

–Si no aparece, no habrá celebración.

Ashley oyó el pitido que indicaba que tenía otra llamada. Se despidió de Jan y contestó.

–¿Ashley?

Era David Wharton.

–¡David! ¿Por qué has tardado tanto en llamarme?

–He estado ocupado. ¿Le preguntaste a Sharon Dupre sobre la finca?

–Sí, y hoy va a sacarme el archivo de la oficina.

–Bien. Entonces, te veré esta noche.

–No, he quedado a cenar con unos amigos. Vamos a celebrar mi nuevo trabajo.

—Tengo que verte... Tengo que hablar contigo.

—Estaré fuera hasta muy tarde.

—Entonces, invítame a cenar. Me encantará celebrar tu ascenso.

—Puede que no celebre nada. Tengo una amiga que ha desaparecido.

—¿Una de las chicas del hospital? ¿Karen? ¿Jan?

Se sorprendió de que las conociera a las dos por su nombre. Pero claro, David había pasado horas enteras en el hospital, observando y, como periodista que era, sabía reparar en los detalles.

—Ahora mismo no quiero hablar de eso.

—Está bien; pero yo tengo muchas cosas que contarte. Por favor, dame una oportunidad. Déjame que te vea esta noche.

Ashley suspiró y le dijo dónde habían quedado.

Su hora del almuerzo ya había terminado cuando colgó. Fue a recibir instrucciones de Mandy, quien le enseñó cómo fotografiar un cuerpo desde ángulos distintos y la dejó sacando fotos de un muñeco mutilado. Ashley pasó una hora trabajando en el proyecto, y estaba agotando lo que esperaba que fuera un carrete de buenas fotos cuando Mandy asomó la cabeza por la puerta.

—Teléfono para ti... Es urgente —le dijo la mujer.

Ashley corrió al teléfono, ansiando que fuera Karen. No era ella pero sí buenas noticias. Nathan Fresia estaba extático. Stuart seguía inconsciente, pero los monitores habían registrado actividad en su cerebro y los médicos confiaban en que se despertara en cuestión de días. Ashley le dijo a Nathan que estaba encantada, pero no tardó en experimentar cierta intranquilidad.

—Nathan... ¿han hecho pública la noticia?

—Creo que no. Pero el personal del hospital lo sabe, y los policías que estaban de servicio.

—Puesto que hasta la policía cree que alguien quiso acabar con él, sería mejor guardar silencio. Hacer pensar a la gente que no hay posibilidad de una rápida recuperación.

—Tienes razón. Me ocuparé de que no se corra la voz. Y no me apartaré de él ni un minuto.

—Mañana iré a veros —prometió Ashley, y colgó.

Dieron las cinco en punto. Len Green, muy elegante con pantalones de pinzas y una camisa marrón, apareció en el pequeño espacio que habían asignado a Ashley como despacho.

—¿Lista?

—Tengo aquí el coche, Len.

—Lo sé. Voy a seguirte a casa, y después nos reuniremos con los demás en el restaurante.

—Pero puedo ir yo sola.

—Todo el mundo sabe que no bebes cuando tienes que conducir. Y esta noche pensamos emborracharte.

—No quiero emborracharme. Además, no haré nada si Karen no aparece.

—¿Todavía no te ha llamado? Estoy seguro de que no le ha pasado nada. Le hacía mucha ilusión esta fiesta, ¿sabes? Ya verás como aparece.

—Me alegro de que estés tan convencido.

Len se encogió de hombros.

—Vamos, te seguiré hasta Nick's.

Viernes por la noche y Bordon permanecía inconsciente.

Jake se negaba a apartarse de él. Había hablado varias veces con el cirujano, quien le había dado una lista detallada de los órganos dañados: hígado, páncreas, estómago e intestino. Había perdido mucha sangre, y también sufría hemorragias internas. Habían hecho todo lo posible, pero el hombre sólo tenía un diez por ciento de probabilidades de superar las siguientes cuarenta y ocho horas. Podría recobrar la consciencia en cualquier momento, o no llegar a recobrarla.

Jake tenía que confiar en que despertaría.

Durante la larga espera de aquel día, Jake se había tomado unos minutos para hablar con jefatura. El turno de noche había terminado y Marty estaba de servicio.

—Así que Bordon ha sido apuñalado y sigue con vida

—había dicho Marty. Jake podía imaginar a su compañero moviendo la cabeza por la ironía de que un criminal pudiera sobrevivir mientras que inocentes morían todos los días.

—Su vida pende de un hilo.

—Bueno, yo he hecho las pesquisas que querías. Según los informes expedidos por Haití, nadie sobrevivió al accidente del avión en que viajaba John Mast. Pero sólo ochenta de los ochenta y ocho pasajeros y miembros de la tripulación fueron sacados del océano. El cadáver de John Mast no llegó a ser encontrado. Dadas las circunstancias del accidente, tanto él como los demás pasajeros desaparecidos fueron dados por muertos.

—Está ahí fuera, en alguna parte, Marty. Lo sé.

—Tal vez, Jake. Tal vez. ¿Vas a quedarte ahí hasta que Bordon se muera?

—Tengo que esperar, Marty.

—Lo entiendo. Escucha, yo seguiré investigando esas propiedades. Si me necesitas, llámame.

A las siete, Ashley ya no podía soportarlo más. Dejó a Arne, Gwyn y a los demás en la mesa y salió del restaurante. Ni Jan ni Karen habían llegado todavía.

Notó a alguien deteniéndose detrás de ella. Era Len. La intranquilidad la invadió al tiempo que la sospecha cobraba fuerza.

—¡Tú sabes dónde está! Len, dejaste a Karen en su casa. Estuviste dentro y, después, me seguiste cuando yo estuve allí. Porque temías que encontrara algo —se sobresaltó al descubrir que le costaba trabajo controlar el mal genio. Prosiguió en un tono más sereno—. Lo tocaste todo cuando entraste conmigo y, así, cuando investigaran su desaparición, nadie se extrañaría de que tus huellas estuvieran por todas partes. ¿Dónde diablos está Karen, Len? ¿Qué le has hecho a mi amiga?

—¿Qué? —dijo Len, rígido y tenso.

Estaban llegando otros clientes. La gente se detenía a observarlos. Len estaba sonrojado de vergüenza.

—Len, piénsalo. Tu cara te delata. ¿Dónde está Karen? ¿Qué le has hecho? ¿Dónde está su...? ¿Dónde está ella?

Algo en su mirada cambió. Ashley creyó que era culpa; furia y culpa. No podía hacerle nada a ella, porque estaban en un establecimiento público.

—¡Si le has hecho daño, eres un gusano asqueroso! —lo acusó.

Entonces, notó una palmadita en el hombro y giró en redondo. Para gran sorpresa suya, Karen estaba allí, igual de colorada que Len, mirándola fijamente.

—Ashley, estoy aquí.

A pesar de que Ashley se sentía como una idiota, su fiesta fue un éxito. Se presentaron todos sus compañeros de clase y la elogiaron con brindis y bromas. Todo el mundo coincidía en que a ellos los habrían expulsado por dibujar en clase, mientras que Ashley se había convertido en una heroína. A pesar de las guasas, Ashley se lo pasó en grande.

La historia entera salió a la luz en la mesa.

—¡Sabías que esta noche iba a venir! —dijo Karen, mirando a Len de forma significativa. Este miró a Ashley.

—Sabía dónde estaba, pero había prometido no decir nada.

—Pero ¿dónde te habías metido? —inquirió Ashley.

—Cielos, ¡con vosotras es imposible guardar un secreto! —murmuró Karen—. Bueno, será mejor que lo anuncie a todo el restaurante. Me he hecho una liposucción.

—¿Qué? —dijo Ashley con incredulidad.

—Bueno, ya sabéis que siempre he tenido complejo de fondona, y sabía que si os lo decía a Jan y a ti, intentaríais disuadirme diciendo que la cirugía estética es una estupidez, además de peligrosa, y que estaba estupenda como estaba.

—Pero para la liposucción no hace falta estar ingresada en el hospital. ¿Por qué no fuiste anoche a casa?

—Sí que fui, pero tarde. Y no contesté a ninguna llamada porque estaba atiborrándome de analgésicos. Ya sabéis que no me gusta sufrir.

Ashley seguía mirándola con incredulidad.

—¿Le dijiste a Len que ibas a hacerte una liposucción pero no nos lo dijiste ni a Jan ni a mí?

—No pensaba decírselo —Karen miró a Len y sonrió con afecto—. Simplemente, empezamos a hablar... y surgió. Pero, en serio, es maravilloso que os preocupéis tanto por mí.

—Sí, ya puedes darnos coba —bromeó Jan, y todos en la mesa rieron. La conversación no tardó en seguir otros derroteros.

Ashley se tomó tres margaritas seguidas... no iba a conducir. Estaba siendo una noche fantástica. Stuart se estaba recuperando, Karen había aparecido sana y salva... Todo estaba bien salvo...

Salvo que jamás se había sentido tan sola como en aquellos momentos. Quizá porque nunca antes había conocido la intimidad que había vivido con Jake.

Jake había prometido regresar aquella noche, pero sus planes habían cambiado. Los antiguos compañeros de clase de Ashley le habían transmitido la noticia. Peter Bordon había sido acuchillado en una refriega de la cárcel. Estaba agonizando y Jake estaba a su lado.

Tomó un sorbo de margarita y observó a Karen y a Len. Estaban riendo. Les brillaban los ojos cuando se miraban. La liposucción suspendería la vida sexual de Karen durante un tiempo, pero Ashley sospechaba que su amiga no había perdido el tiempo la noche en que Len la llevó a casa.

Quizá Len se hubiera obsesionado con Ashley un tiempo, pero en aquellos momentos, sonreía a Karen con calidez y sinceridad. Ashley se alegraba por ellos, aunque se sintiera un poco sola.

Pasó el tiempo y la fiesta empezó a disolverse. El alivio de ver a Karen había sido tan inmenso que Ashley había olvidado la promesa de David Wharton de pasarse por allí. Peor para él. La fiesta había terminado y Jan iba a llevarla a casa.

Karen se disponía a marcharse con Len. Cómo no, antes de partir les susurró a Ashley y a Jan:

—¿Podéis creer que me haya operado justo ahora? ¡Len es increíble en la cama! Tiene un cuerpo de Adonis. Chillé nada más verlo.

—Ahórrate los detalles —dijo Jan con firmeza.

—Mejor, porque ya nos vamos. ¿Len?

—Buenas noches a todos —se despidió Len, y Karen y él echaron a andar hacia la puerta agarrados de la mano.

—¿No es increíble? —dijo Jan, y bostezó—. Nosotras también deberíamos irnos.

—Sí. Gracias a todos por venir —se despidió Ashley en general.

Pero cuando salieron del restaurante, David Wharton estaba allí. Ashley estuvo a punto de chocar con él.

—Hola. Llego muy tarde, ¿verdad? La fiesta ha terminado.

Ashley se lo presentó a Jan, y ésta lo saludó de buena gana.

—Oye, ¿apareció tu amiga? —le preguntó a Ashley.

—Sí, y estaba bien.

—Menos mal —dijo David—. ¿Qué le había pasado?

—Es una larga historia.

—Liposucción —le dijo Jan, y se apartó un momento para contestar a una pregunta de Gwyn. David sonrió.

—¿Puedo llevarte a casa, Ashley? Tenemos que hablar.

Ella vaciló. David bajó la cabeza y la voz.

—Vamos. No puedo estar planeando acabar contigo cuando, al menos, hay media docena de futuros policías viéndote salir conmigo.

—Está bien. Jan, estás libre —le dijo a su amiga—. David va a llevarme a casa.

—Como quieras. Entonces, me despido —y la abrazó—. Ash, ¿primero Len y ahora él? —le susurró al oído—. ¿Cómo lo haces?

—No es lo que piensas.

—Eh, yo no soy Karen. ¿Cómo sabes lo que estoy pensando?

Jan le guiñó el ojo, le dijo a David que había sido un placer conocerlo y se despidió de los demás. Ashley echó a andar por el aparcamiento junto a David. No hablaron hasta que no salieron a la carretera. David la miró con el ceño fruncido.

—¿Qué pasa? —le preguntó Ashley.

—Muchas cosas. ¿Sabías que Stuart está dando señales de mejoría?

—Sí. ¿Cómo lo sabes tú?

—Tengo mis recursos —le dijo—. Y Peter Bordon ha sufrido una herida muy grave en una pelea carcelaria.

—También lo sé. ¿Qué tiene eso que ver con Stuart?

David clavó la mirada en la carretera.

—Te lo explicaré cuando lleguemos a tu casa. ¿Has averiguado algo sobre la finca?

—Todavía no. Sharon no había vuelto cuando fui a casa a ducharme, pero los archivos deberían estar en mi habitación. Me los iba a dejar allí.

—Cuando lo veamos, te explicaré lo que está pasando.

—David, tanto misterio resulta irritante.

—Ya casi estamos.

Aparcó en Nick's. Era viernes por la noche, y el local estaba hasta los topes. David vaciló en el coche.

—¿Se puede saber qué te pasa? —preguntó Ashley.

—No quiero que me vean.

Ashley suspiró.

—Entraremos por la cocina. Pero ¿por qué no quieres que te vean? —preguntó, entornando los ojos con recelo.

—Porque Nick's siempre está abarrotado de policías, y sabes que, para ellos, soy persona no grata.

Entraron en la cocina, atravesaron el salón y llegaron al dormitorio de Ashley. Como Sharon había prometido, el archivo estaba sobre la cama. David lo tomó, sin darse cuenta de que había otro debajo. Se sentó en la cama de Ashley y empezó a hojear con interés los papeles.

—Caleb Harrison fue el comprador —dijo, perplejo.

Ashley echó un vistazo al otro archivo. Al leer la información, sintió un escalofrío, junto con una oleada de furia. Se quedó mirando fijamente a David, y éste debió de percibir la furia que irradiaba, porque también levantó la vista. Al hacerlo, sus rasgos se endurecieron.

—Ashley...

—¡Hijo de perra! ¡Eres el dueño de la finca contigua!

Estaba furiosa, pero el semblante de David la alarmó, y se dio la vuelta para salir por la puerta.

No llegó a tiempo. David la agarró por la cintura con una mano y ahogó el chillido que habría brotado de sus labios con la otra.

Medianoche. Jake dormitaba y se despertaba, dormitaba y se despertaba. Los músculos se le agarrotaban cada vez que llevaba demasiado tiempo en una misma postura.

Bordon seguía aferrándose a la vida.

Jake se quedó mirando un rato el reloj; después, observó la cara de Bordon. Pequeños catéteres entraban en su nariz, permitiendo el paso del oxígeno a sus pulmones. Una línea intravenosa le procuraba suero. Ni lo primero ni lo segundo le salvaría la vida; la palidez grisácea de sus rasgos lo demostraba.

Doce y media. Salió al pasillo para estirar las piernas. Se ponía nervioso siempre que lo hacía, temiendo que Bordon se despertara durante sus pequeñas ausencias. No obstante, tras tantas horas de reflexión, cada vez estaba más convencido de que sucesos que parecían no estar relacionados podían contener la clave del misterio. La figura vestida con el hábito negro de Personas y Principios del boceto de Ashley y el accidente de Stuart Fresia. David Wharton, el periodista amigo de Stuart, cuya identidad era la de un hombre muerto, y el cadáver no encontrado de John Mast. Las víctimas degolladas y el homicidio frustrado de Stuart Fresia.

Repentinamente inquieto, Jake llamó a Nick's.

—Nick's.

—Nick, soy Jake Dilessio.

—¿Sí? —dijo el hombre con cautela. Su sobrina tenía veinticinco años, pero Nick no podía evitar sentirse como un padre protector–. ¿Quieres hablar con Ashley? Puedes llamarla al móvil. Pero supongo que eso ya lo sabes.

Jake vaciló. No estaba seguro de que Ashley contestara a su llamada si reconocía el número, y tampoco sabía si quería hablar con ella en aquel preciso instante. Por un lado, todavía se sentía frustrado y muy furioso. También se preguntaba si no estaría un poco loco por sentir aquel instinto protector y posesivo hacia Ashley, como si tuviera derecho a saber dónde estaba en cada momento.

–No necesito hablar con ella, Nick. Sólo quería... asegurarme de que estaba en casa. De que se encuentra bien.

–Ya es mayorcita, Jake. Sale hasta la hora que quiere. Pero supongo que eso ya lo sabes.

–Nick...

–Está en casa, Jake. La oí entrar por la cocina hace unos veinte minutos.

Jake vaciló.

–Gracias –dijo. No sabía qué contarle a Nick, y no quería preocuparlo sin necesidad–. Quizá sea una tontería, pero había un periodista merodeando por el hospital cuando Stuart fue ingresado y, según Carnegie, el investigador del caso, no es quien dice que es. Empiezo a pensar si no podría ser un antiguo miembro de la secta de Bordon. En cualquier caso, estoy preocupado por Ashley.

–Está en su cuarto, estoy seguro pero, de todas formas, hablaré mañana con ella.

–Gracias, Nick.

Colgaron, y Jake regresó a la habitación del hospital. Bordon seguía como lo había dejado.

La siguiente reacción de Ashley no la había aprendido en la academia, sino en una clase de defensa personal para mujeres a la que había asistido con Jan. Era una buena maniobra, una potente patada hacia atrás, y golpeó a David justo donde pretendía.

David Wharton la soltó de inmediato, aullando de dolor, y cayó al suelo en posición fetal.
—¿A qué ha venido esto?
Ashley se lo quedó mirando, atónita.
—Me has atacado.
—Yo no te he atacado. Intentaba impedir que te fueras. Necesito que me escuches.
—Entonces, habla.
—No puedo, me estoy muriendo.
—No te estás muriendo; sólo te duele un poco.
—¿Un poco? Estoy agonizando.
—Está bien, estás agonizando. Se te pasará.
—Y un cuerno. Ya no podré tener hijos.
—Seguro que sí... si vives lo bastante. Si tienes algo que decirme, será mejor que lo hagas deprisa. Voy a llamar a la policía.
—¡Ashley, por favor!
—Habla.
—Está bien. Ashley, soy el dueño de la finca contigua a la de la comuna. La compré con Stuart.
—¿Qué?
—Stuart estaba siguiendo una pista y no quería usar su nombre. Por varias razones, era mejor emplear el mío. Pero, diablos, yo no tenía dinero; Stuart sí.
—¿Por qué quería esa finca?
—Estaba investigando la comuna.
—Eso no es lo que has dicho antes.
—No exactamente.
—Si tienes alguna prueba contra esa gente, ¿por qué no se la das a la policía?
David logró incorporarse y apoyarse en el larguero de la cama con muecas de dolor.
—Porque si la policía entra allí, no encontrará nada.
—Es que, quizá, no esté pasando nada.
David Wharton cerró los ojos y movió la cabeza.
—Sólo ocurre algunas noches.
—¿El qué?

—No estoy seguro. Pero creo que Stuart lo averiguó, y por eso lo pusieron hasta arriba de droga y lo empujaron a la autovía.

Ashley tenía la espalda apoyada en la puerta, y cruzó los brazos, observando a David. Había suficiente sinceridad en sus palabras para creerlo. Movió la cabeza.

—David, esto es absurdo. Tienes que contárselo a la policía. No van a irrumpir en la granja como unos alborotadores.

—No puedo acudir a la policía, Ashley.

—¿Por qué no?

Se la quedó mirando un largo momento; después, exhaló un suave suspiro.

—Porque sé que, al menos, hay un policía implicado en este asunto.

Ashley se lo quedó mirando.

—Esto es el colmo. ¿Qué te hace pensar que hay un poli corrupto metido en todo esto?

David vaciló.

—Oí a alguien hablando una vez. Pero nadie querría creerme.

—Yo no te creo.

—¿Por qué? Mira, Ashley. Sé lo entregada que eres en tu trabajo. Sé que el noventa y nueve por ciento de los policías del cuerpo son honrados pero, diablos, los policías también son personas. Hay tentaciones. Y hay delincuentes muy astutos. Además, ¿qué mejor escondite hay que un uniforme?

—Todavía no me has dado nada sólido en lo que basarme.

David vaciló un segundo.

—Está bien, intentaré explicarme. Stuart empezó a investigar cultos religiosos peculiares para determinar sus diferencias y analizar por qué había tantas ramificaciones extrañas de prácticas establecidas.

—Caleb Harrison dijo que no eran una secta religiosa.

—Créeme, está practicando un tipo de religión. Hay algún otro hombre en esa finca pero, sobre todo, son mujeres. Stuart entró en la comuna. Alguien se la había recomendado como una forma moderna de un estilo de vida antiguo. Se convenció de que Caleb Harrison no había comprado la finca con su dinero, y que ni el propio Harrison sabía lo que estaba pasando en realidad. Compramos la finca contigua para observar lo que hacían.

–¿Y qué hacían?

–Barcos... de noche. Aunque nunca sabíamos cuando. Parecían escogidas al azar.

–No es ilegal navegar por un canal –le espetó Ashley.

–Sí, si las embarcaciones se usan para actividades ilegales.

–¿Qué actividades ilegales?

David movió la cabeza.

–No puede ser marihuana... los paquetes son demasiado pequeños. Seguramente, heroína. De lo que estoy seguro es de que es un tráfico a gran escala muy bien organizado. Pequeñas avionetas que escapan al radar, procedentes de Sudamérica, sueltan la carga en los Everglades. Después, alguien recoge la droga y la va introduciendo poco a poco.

–Debes contarle todo esto a la policía.

–¡No me estás escuchando! Si la policía entra en la granja, Caleb Harrison les enseñará sus preciados tomates. Puede que vean a algunas personas viviendo y trabajando allí, pero no encontrarán nada más, porque el propio Harrison ignora lo que ocurre. Oye, lleva la vida que quiere, ¿por qué iba a poner en duda a un benefactor que le ha pedido que no haga nada más que vivir en la propiedad y cultivar hortalizas?

–La policía...

–¡No podemos llamar a la policía, ya te lo he dicho! ¡Hay un poli en el ajo!

–¿Cómo puedes estar tan seguro?

–Ya te lo he dicho... Lo oí decir.

–Está bien, entonces, ¿qué sugieres? –le preguntó Ashley.

–Quiero pillarlos in fraganti.

–¿Cómo? No sabes cuándo entregan la mercancía, suponiendo, claro, que tengas razón y que alguien esté traficando con droga. ¿Por qué no ponemos sobre aviso a la policía y los detenemos antes de que lleguen a la granja?

—¡No! Si detienes las embarcaciones que vienen de la marisma, sólo conseguiremos atrapar a traficantes de poca monta, meros peones, en lugar de al cerebro de la operación, la persona con suficiente poder e influencia para atrapar a Stuart, drogarlo con heroína y arrojarlo a la autovía.

—David, tenemos que contárselo a alguien. Lo sabes. Tú has acudido a mí.

—He acudido a ti porque tenemos que idear la manera de sacar a Stuart de ese hospital antes de que lo maten.

—Lo están vigilando. Sus padres están con él las veinticuatro horas.

—Lo están vigilando unos policías.

—Debe de haber alguien en quien podamos confiar.

—Ashley, aunque vayas a los altos mandos, el rumor se correrá. ¿No lo entiendes? Tenemos que averiguar lo que pasa antes de que maten a Stuart...

David se interrumpió. Alguien estaba llamando a la puerta.

—¿Ashley?

Era su tío Nick. Ashley le hizo una señal a David de que no hiciera ruido, y éste se alejó a rastras hasta la puerta que daba a la calle para esconderse en las sombras de debajo de la ventana.

Ashley se plantó una sonrisa en el rostro y abrió la puerta de par en par.

—Hola, Nick. ¿Qué pasa?

A su tío se lo veía un poco incómodo.

—Sólo quería saber si estabas bien.

—Estoy bien. Sólo un poco... cansada —bostezó.

—Has tomado alguna que otra copa, ¿eh? —dijo Nick, seguramente al percibir el olor del alcohol.

—Tres —Ashley se lo mostró con los dedos y sonrió—. Voy a dormir un poco.

—Hablaremos mañana por la mañana, ¿de acuerdo?

—Claro.

La besó en la frente. Ella le puso las manos en los hombros y lo besó en la mejilla.

—Buenas noches, tío Nick —le dijo.

—Buenas noches. Que duermas bien. Y que sueñes con los angelitos.

Hacía siglos que no decía eso. La sonrisa de Ashley creció.

—Descuida.

Ashley cerró la puerta y se dio la vuelta. La puerta de la calle estaba entreabierta.

David Wharton se había marchado. Seguramente, no se fiaba de ella más de lo que ella se fiaba de él.

Corrió a cerrar la puerta con llave y se dejó caer en la cama, desesperada. Tenía tanto sueño que no podía pensar con claridad. Toda la formación y conocimientos que había recibido la instaban a pedir ayuda. Y, sin embargo... El instinto la retenía.

Por fin, suspiró, se mordió el labio y decidió hacer una sola llamada. Nathan Fresia contestó con voz agotada.

—Hola, Nathan. Soy Ashley.

—Ashley... ¿sabes qué hora es?

—Sí, lo siento. Estás con Stuart, ¿verdad?

—Sí. Lucy está mucho mejor. Vendrá aquí... dentro de unas horas.

—Nathan, te va a parecer raro, pero hazlo por mí, por favor. Asegúrate de que uno de los dos esté con Stuart a todas horas. A no ser que haya un médico dentro o... mejor, no os separéis de él ni un segundo. Ni siquiera... Ni siquiera cuando haya policías delante.

—¿Qué ocurre, Ashley?

—No hay nadie que quiera a Stuart más que vosotros dos. ¿Verdad?

—No lo dejaremos solo, Ashley.

—Ni siquiera un minuto, ¿vale? Me pasaré a veros mañana.

—Está bien. Ojalá se despierte cuando tú estés aquí. Sería maravilloso. Ashley, rezo para que...

—Yo también —le dijo Ashley con suavidad—. Buenas noches, Nathan. Hasta mañana.

Stuart estaba bien; sus padres no se apartarían de su lado, ni siquiera aunque hubiese policías delante.

A Ashley todavía le costaba trabajo creer que un policía pudiera estar metido en aquel sucio asunto.

¿Por qué? Los policías también eran personas.

Tal vez no debería esperar al día siguiente para ir al hospital. Cerraría los ojos un segundo, se levantaría y se marcharía.

Mary Simmons era la encargada de preparar el desayuno aquella mañana. Le encantaba hacer pan. Mientras amasaba, pensaba en el mundo y en la paz que anhelaba encontrar.

Allí llevaba una buena vida. Tranquila. Y rezaba mientras trabajaba.

Se sobresaltó cuando Ross, un joven miembro de los krishnas, entró a llamarla.

—Tienes visita, Mary. Dice que es urgente.

—¿El policía? —preguntó. Ross lo negó con la cabeza.

—No. Es... —se interrumpió; el recién llegado lo había seguido. Mary se lo quedó mirando y profirió una exclamación—. ¿Mary? —dijo Ross con incertidumbre.

—No... No pasa nada.

—¿Podemos hablar en privado? —preguntó el hombre.

—Sí, por supuesto. ¿Ross...?

Ross asintió con recelo pero los dejó.

—¡John! —exclamó Mary con incredulidad. John se acercó a ella, clavó una rodilla en el suelo y tomó sus dos manos.

—Mary, querida Mary... Siento mucho venir aquí a molestarte. Has encontrado lo que querías, ¿verdad?

—Creo que sí —dijo, y le pasó los dedos con suavidad por el pelo—. Pensaba que habías muerto.

—Estuve a punto —reconoció—. Y después... me pareció buena idea hacérselo creer al mundo.

—Pero John...

—Mary, necesito que me ayudes.

—No puedo ayudarte, ni a ti ni a nadie.

—Sí puedes. Eres la única que puede.
—John, mi vida está aquí, con los krishnas.
—Mary, necesitas paz, y nunca la tendrás a no ser que me ayudes. Ya... Ya me falta poco para atrapar a esos gusanos que estuvieron a punto de destrozarnos la vida. Tienes que ayudarme.
—John, ¡no puedo!
—Mary, por el amor de Dios, ¿no quieres vengarte? ¿No quieres que se haga justicia con los que nos utilizaron?
—No quiero ir a la cárcel. ¿Quieres que haga algo... ilegal?
La miró a los ojos.
—Sí. Ilegal pero necesario.
Ella suspiró y cerró los ojos. Después, se quitó el delantal que llevaba anudado a la cintura.
—¿Tienes coche?
—Algo mejor —le aseguró John, y desplegó su sonrisa cautivadora.

—He encontrado a Dios.
Jake levantó la cabeza sin saber si había imaginado las palabras. Peter Bordon no se había movido. Sus ojos permanecían cerrados. Después, vio que movía los labios.
—He encontrado a Dios. He encontrado a Dios.
Jake se inclinó sobre él. Las palabras no eran más que un susurro. Lo vio abrir los ojos, pero estaba mirando al frente, como si no viera nada.
—¡He encontrado a Dios! —exclamó de repente—. Señor, ¿me has encontrado a mí? ¡Perdóname!
—Peter, soy Jake Dilessio. Necesitabas hablar conmigo.
Bordon torció los labios.
—Jake —intentó volverse para mirarlo, pero no podía—. Analgésicos... No puedo pensar. Dios... Dicen que Dios perdona.
—Peter, necesito que me ayudes.
—Yo no maté... no maté... pero sabía.
—Peter, ¿quién mataba? Detengámoslo. Peter, dicen que Dios perdona. Ayúdanos en nombre de Dios.

El hombre tragó saliva con esfuerzo. Después, casi logró volverse hacia Jake, y este se sorprendió al ver lágrimas en sus ojos.

—Nancy... Yo no sabía... Estuvo conmigo... No, no... no la maté... pero sabía...

—Peter, veo tu pesar, tu remordimiento. Ayúdame. Necesito nombres. Lo entiendo. Nancy fue a verte. No la conocías, porque no había estado antes en la finca, pero allí había alguien que sabía quién era y lo que hacía. ¿Quién, Peter? Por favor.

Bordon balbució algo.

—¿Qué? Por favor, Peter, por el amor de Dios.

El moribundo cerró otra vez los ojos. Jake ansiaba zarandearlo, pero temía que cualquier movimiento lo matara antes de tiempo.

De nuevo, el hombre movió los labios.

—Muy hermosa.

—¿Quién, Peter?

—Ella... Muy hermosa. Tu compañe...

—Sé que lo sientes, Peter. Ayúdame a atrapar a su asesino... al tuyo.

—¡Policías! —gritó el moribundo de repente.

—Peter, ¡dame un nombre! Podrían morir otras personas —lo apremió Jake, apretando los dientes con desesperación.

—Jake... tu compañe... lo siento... Que Dios me perdone.

—Un nombre, Peter.

—Dijo que me mataría... tu compañe...

Los labios de Bordon seguían moviéndose, pero no salía ninguna palabra. Después:

—Jake... —apenas un susurro. Jake tenía la oreja casi pegada a los labios de Bordon. Después, éstos se quedaron inmóviles.

Peter Bordon había muerto. Ya estaba más allá del juicio humano y del dolor. Y Jake no podría sacar nada más de él.

22

Al poco de abrir el restaurante, Katie le dijo a Nick que Sharon estaba al teléfono. Se disculpó ante los clientes a los que estaba atendiendo y tomó el auricular.

–Nick –dijo Sharon con suavidad.
–Hola, nena, ¿qué pasa?
–Verás... Necesito que te reúnas conmigo.
–Sharon, acabamos de abrir, y es sábado.
–Por favor.
–¿Qué pasa? ¿Ha ocurrido algo? ¿Puedes decírmelo?
–No... Por teléfono, no.

Sharon había estado comportándose de forma tan misteriosa últimamente... Y aquello era el colmo. Paseó la mirada por el local. Ya estaba atestado y acababan de abrir. Katie estaba allí, con los demás empleados. Ashley seguía dormida, pero si Katie se desesperaba, siempre podría despertarla.

–Nick, te necesito. Tengo miedo. Tengo miedo incluso de hablarte cuando te vea. Pero tengo que hacerlo. Tengo que soltar esto... ya. Hoy. Sea lo que sea lo que venga después.
–Está bien, está bien. Si me necesitas, iré. Dame la dirección.

Sharon se la dio.

–¿Qué tipo de edificio es?
–Lo sabrás cuando lo veas –contestó.

***

—Estás loco, rematadamente loco —le dijo Mary a John Mast—. El hospital está atestado. Debe de haber cientos de visitantes.

—Necesitamos esos cientos de visitantes.

David se ajustó la mascarilla que había robado del almacén. Observó a Mary, que se estaba remetiendo un mechón de pelo bajo la gorra. Bien. Sólo se le veían los ojos, unos bonitos ojos claros. Con los uniformes, no llamaban la atención.

Tampoco lo reconocerían a él, porque se había puesto lentes de contacto de color. Se había maquillado y se había prendido unas cejas blancas y pobladas. Había hecho un buen trabajo; parecía un cincuentón.

—Estás loco —repitió Mary.

—Loco no, desesperado —dijo—. Bueno, empieza el espectáculo.

Eran las dos de la tarde y Jake ya se había puesto en camino. Agotado, se obligó a parar a tomar café tras los primeros ciento cincuenta kilómetros. Las contadas palabras que Bordon había pronunciado giraban en remolino en su cabeza. Mientras atravesaba el aparcamiento de regreso a su coche, la lista de «hechos» bailaba ante sus ojos, junto con las figuras de otros viajeros.

Hecho: Peter Bordon había estado con Nancy Lassiter. También debía de haber sido el hombre con quien había mantenido relaciones sexuales de mutuo acuerdo la noche de su muerte. Nancy había estado siguiendo una pista e incluso había estado dispuesta a forzar las normas para llegar a la verdad. El corazón se le encogía al pensar en los dilemas morales que debía haber afrontado a medida que pasaba la noche.

Y, todo el tiempo, sin saber que iba a morir.

Cuando se sentó, reparó en el bloc del asiento contiguo. Dejó el café en el portabebidas y tomó el bloc. Pasó las páginas: sus propias notas, el dibujo del accidente, el nexo entre los dos casos... Frunció el ceño al advertir que dos páginas habían quedado pegadas.

Las separó, y el corazón le dio un pequeño vuelco.

Ashley había hecho otro dibujo, y era de John Mast. No había duda, Mast se estaba haciendo pasar por David Wharton, el periodista que había estado merodeando por el hospital y desorientando a la policía.

Sintió un sudor frío y forcejeó en su bolsillo en busca del móvil. Probó primero a llamar a Ashley. Saltó el buzón de voz.

—Hagas lo que hagas, Ashley, aléjate de David Wharton, ¿me has entendido? Aléjate de él. Estoy volviendo a casa —vaciló—. Lo que sientas ahora por mí, Ashley, no importa. Creo que ese hombre estuvo implicado en los asesinatos de cuatro mujeres y, posiblemente, en el accidente de tu amigo —colgó y después llamó a Nick's. Fue Katie quien contestó. Nick se había ido; no sabía adónde.

—¿Y Ashley?

—Ashley ha estado durmiendo hasta las doce, ¿te lo puedes creer? Después, esto ha sido un circo... déjame pensar.

—¿Sigue ahí, Katie? Es urgente.

—No, no, espera. Se fue al hospital hará cosa de una hora.

—De acuerdo, gracias.

Probó a llamar al hospital, y siguió una serie de grabaciones e instrucciones de pulsar diferentes números que no lo llevaron a ninguna parte. Maldijo, colgó y llamó a Carnegie. Le dijo que el hombre que se había hecho pasar por David Wharton era John Mast, antiguo secretario de Peter Bordon, que había sido dado por muerto pero que seguía vivo.

—Ashley ha estado hablando con él hace poco. Necesito que vayas al hospital y le digas que tenga cuidado. Es preciso que lo encontremos... cuanto antes.

Jake reanudó su viaje. Ya había recorrido otros cincuenta kilómetros cuando Carnegie lo llamó.

—Jake, estoy en el hospital. Los médicos están convencidos de que Stuart Fresia está saliendo del coma. Registran actividad cerebral y cosas que no entiendo. Se lo han llevado para hacerle un escáner de CT o algo así. Creen que podría hablar esta noche.

—¿Y Ashley Montague?

—Estaba aquí hace unos minutos. Ha ido a acompañar a los padres de su amigo mientras le hacían el escáner.

—¿Le has dado el recado?

—Sí. Me dijo que se quedaría en el hospital hasta que tú llegaras.

Jake exhaló un suspiro de alivio.

—Que no salga de allí. Pase lo que pase, que no salga.

Mientras conducía, Jake lo repasaba todo en su mente una y otra vez. Cada palabra que Bordon había pronunciado, cada hecho, cada suposición. En aquel momento, vio que parpadeaba la luz de los mensajes, y frunció el ceño. Alguien debía de haberlo llamado mientras hablaba con Carnegie. No reconocía el número, así que pulsó rápidamente la clave de los mensajes.

—Jake —Ashley hablaba con rigidez. Bueno, no se habían separado como buenos amigos—. Carnegie me ha dado tu mensaje. Lo siento... No sé cómo, pero he perdido mi móvil. He mantenido unas conversaciones extrañas con David Wharton. Sé que tú dices que es John Mast, y supongo que todo podría ser una patraña, pero... parecía sincero. Está bien, llámame idiota e inexperta, pero está convencido de que hay un policía corrupto. O varios. Estoy aquí, en el hospital... Reconozco que... que ya no sé en quién confiar. Si... Si por alguna razón, no me ves, te he dejado una cosa en un lugar «estrecho». Hasta pronto.

Jake estuvo a punto de salirse de la carretera. Oyó nuevamente el grito de Bordon. «¡Policías!».

No, no podía ser. Se le revolvió el estómago. Era John Mast, creando confusión. Y aun así...

Miró el velocímetro. Bordon había estado con Nancy. Sabía que había sido asesinada; quizá hasta hubiera presenciado su muerte. Pero no la había llevado a cabo.

«Ella... Muy hermosa. Tu compañe...».

Al cuerno con el límite de velocidad. Encendió la sirena y pisó a fondo el acelerador.

John Mast conocía la disposición del hospital mejor que la palma de su mano. Había sabido cómo abordar al policía de la puerta, a los Fresia, incluso a Ashley Montague, a la que había encontrado en la habitación, esperando, ilusionada. Tenía la ficha de Stuart y había dado los papeles apropiados a las enfermeras de planta. Había copiado la firma del doctor Ontkean a la perfección, y estaba sereno, alegre y confiado de poder llevar a cabo su misión sin ningún problema. Fue amable con el policía de servicio que lo había desafiado en la puerta, asegurándole que podía acompañarlos y vigilar al paciente durante la prueba, y convenció a los Fresia para que bajaran a la cafetería a tomar café.

Cuando empezaron a andar por el pasillo, Ashley empezó a sospechar.

—El cartel no indicaba este camino. Pensaba que hacían los escáneres de CT cerca de la sala de urgencias.

—¿Es eso cierto? —preguntó el policía que los seguía.

John miró a Mary. Le correspondía a ella contestar. Rezó para que no vacilara.

Pero, desde que había decidido colaborar, Mary había asumido a la perfección su papel.

—Estamos teniendo un cuidado especial con este paciente —le dijo a Ashley con convicción.

—Por aquí —dijo David, y miró al policía mientras indicaba a Ashley que pasara a la habitación—. Si quiere echarme una mano con la camilla para doblar la esquina...

Miró a los ojos a Mary. Ésta se sacó una jeringuilla hipodérmica del bolsillo y se la clavó al policía con un rápido movimiento.

Se estaba derrumbando antes de que Ashley se diera cuenta. Justo entonces, ésta se dio la vuelta con el ceño fruncido.

—No soy médico, pero esto no es... —se interrumpió

cuando vio al policía tumbado en el suelo, pero, para entonces, Mary estaba a su lado, clavándole la segunda jeringuilla. Casi al instante, Ashley cayó desplomada junto al policía.

—Buen trabajo, Mary. Ya casi estamos. Tenemos que subirla a la camilla y cubrirlos con la sábana.

—¿Por qué hay que cubrirlos? —preguntó Mary.

—Porque el depósito de cadáveres es el mejor camino para salir de aquí.

Jake estaba a sólo diez kilómetros del hospital cuando Carnegie lo llamó. Escuchó con perplejidad que Stuart Fresia había sido secuestrado. Le espetó preguntas como un sargento de instrucción, a sabiendas de que tendría que disculparse. Pero eso tendría que esperar. Escuchó la explicación de que una enfermera y un técnico se habían presentado en la habitación con una ficha, una autorización firmada y el visto bueno de las enfermeras de planta. Hasta habían invitado al policía a que los acompañara.

Habían encontrado al policía en una vieja sala de intervenciones. Todavía no había salido de la anestesia que le habían inyectado. Hasta el momento, no habían encontrado ni a Ashley ni a Stuart. El hospital estaba repleto de agentes, y estaban realizando un registro exhaustivo de las instalaciones pero, de momento, estaba siendo infructuoso.

—Si están aquí... los encontraremos —le aseguró Carnegie.

—No están ahí —repuso Jake con rotundidad—. Sigue buscando y mantenme informado.

—Jake, los secuestradores eran un hombre mayor y una mujer de entre treinta y cinco y cuarenta años. La señora Fresia me los describió. Las enfermeras coinciden con la descripción; así que no era John Mast.

Jake lo dudaba, pero lo dejó pasar.

—¿Vienes para acá? —preguntó Carnegie.

—No.

—¿Entonces...?

—Voy a buscarlos.

—Jake, mantenme informado, ¿me oyes?
Jake ya había colgado.

Estaba despierta, comprendió Ashley de inmediato. Consciente. Al principio, no se atrevió a abrir los ojos. Elevó los párpados increíblemente despacio.
—¿Ashley?
Oyó que pronunciaban su nombre. La voz parecía muy lejana... y familiar.
Había un rostro inclinándose sobre ella. Por fin, abrió los ojos de par en par. Al principio, ni su cerebro ni sus labios querían trabajar.
—¿Stuart? —dijo con incredulidad.
—Sí, soy yo.
Ashley se echó hacia atrás, tremendamente recelosa, y se dio un golpe en la cabeza. Estaba tumbada al lado de Stuart. Éste estaba blanco como la pared, y parecía un refugiado de guerra, pero le ofreció una sonrisa y preguntó:
—¿Estás bien?
Ashley lo negó con la cabeza, e intentó levantarse. Mareada, cayó de nuevo hacia atrás. Advirtió que David Wharton o John Mast, se encontraba al pie de la camilla, junto con una mujer a la que no había visto anteriormente. La mujer era la técnico, por supuesto. Era esbelta, de ojos grandes y lastimeros y pelo castaño.
—¿Qué diablos está pasando aquí? —inquirió con aspereza.
—Tiene madera de policía, ¿eh? —dijo Stuart con voz débil—. Podríamos ser criminales despiadados, pero pretende reducirnos a gelatina intimidándonos.
—Ashley, perdona —dijo John Mast. Se había quitado las cejas blancas y las lentillas de colores.
—Hola, soy Mary —dijo la mujer.
—¿Sabéis que sois culpables de secuestro y de Dios sabe qué más? —les espetó Ashley—. Y tú... ¡Hijo de perra! —exclamó, mirando al hombre—. Eres John Mast. Dudo que exista un David Wharton.

—Ashley, no tengo mucha energía, pero intentaré explicártelo —empezó a decir Stuart.

—Ahorra las pocas fuerzas que tienes —se apresuró a aconsejarle John Mast—. Todavía está demasiado grogui para darme una paliza. Puedo explicárselo yo.

—Me mentiste —dijo Ashley.

—Sí, pero por una buena razón —protestó enseguida—. Tuve que hacerlo. Tenía que conocerte. Sí, soy John Mast. Y, sí, estuve en la cárcel, lo mismo que Bordon, por fraude fiscal. Pero yo no formaba parte de lo que realmente pasaba. Por aquel entonces, había cosas sobre las que mantenía la boca cerrada porque Peter Bordon me había advertido que nos matarían si no íbamos a la cárcel, cumplíamos nuestra pena y guardábamos silencio hasta la tumba sobre lo que sabíamos. Puede que no te creas esto, pero no sé quién mataba a esas mujeres. Lo único que sé es que al menos uno es un policía. Yo estaba en la casa la noche en que Nancy Lassiter estuvo allí, la vi fugazmente, con Peter. A Peter... le gustaban las mujeres. Pensé que se trataba de una chica a la que había cautivado en la calle. Yo cerraba los ojos a lo que ocurría, me ceñía a mi habitación. Después, aquella noche, de madrugada, oí que alguien entraba echando pestes de Peter. Peter era un idiota, decía. Peter se había acostado con una mujer policía, y más le valdría colaborar para que no se fuera. No sólo eso, la mujer podía denunciar al tipo que gritaba a Peter, porque trabajaban juntos. Por eso sé que, al menos, hay un policía involucrado.

Ashley movió la cabeza.

—¿Me estás diciendo que un policía asesinó a Nancy Lassiter?

—Me temo que sí —dijo John—. Pero había otro hombre en la casa aquella noche, aunque tampoco lo vi. No... No llegué a abrir la puerta. Estaba aterrado, lo reconozco. Pero oí una tercera voz, y pensé que debía ser el hombre al que Peter siempre se refería como el «padrino» del culto. Sabía que, a veces, ocurrían cosas, pero nunca podía predecir cuándo. Pasaba las noches encerrado en mi cuarto, igual que las chicas en los barracones. Ni Peter ni yo tuvimos nada que ver con los asesinatos de las chicas —vaciló e inspiró hondo—, pero Peter sabía que las estaban asesinando, y por qué. Sabía que las mataban haciendo que pareciera un castigo religioso, pero no era así. No era más que una fachada. Habían visto algo que no debían y, por eso, tenían que morir.

John guardó silencio un momento.

—Todo el mundo creyó que había fallecido en un accidente de avión al poco de salir de la cárcel, y me pareció más seguro así. El mar me arrastró a la playa. Después, no me resultó difícil encontrar falsificadores que me hicieran unos nuevos documentos.

Los efectos de la anestesia empezaban a disiparse. Ashley se incorporó un poco frotándose la nuca, y miró a Stuart para ver qué tal estaba. ¿Cuál era su participación en todo aquello? Estaba tumbado, con los ojos cerrados, de nuevo inconsciente.

—Stuart —dijo Ashley con nerviosismo. Él abrió los ojos de par en par.

—Lo siento, sólo intentaba descansar. Llevo... llevo casi veinticuatro horas consciente, pero no me atrevía a hacérselo saber a nadie. Ni siquiera a mis padres —dijo con tristeza.

—Podrían haberlo delatado —le explicó John Mast.

—¿Tú sabías que estaba consciente? —preguntó Ashley con aspereza.

—Sólo sabía que tenía que sacarlo del hospital antes de que alguien consiguiera matarlo.

—Está bien. Y tú, Mary, ¿quién eres?

—Yo fui miembro del culto —dijo—. Las mujeres asesinadas eran amigas mías.

Ashley tardó un momento en digerir aquello.

—Lo siento —dijo, y movió la cabeza—. ¿Dónde estamos? ¿Y por qué me habéis secuestrado?

—Te necesitamos. Y también porque insististe en acompañarnos al escáner —dijo Stuart—. Y estamos en la casa, por supuesto.

—¿Qué casa?

—La casa vecina a la de la comuna.

—¿Os dais cuenta de que acabarán localizándoos?

—Sí —respondió John—. Pero, con suerte, no antes de que hayamos reunido pruebas.

—¿Pruebas de qué? ¿Y cómo pensáis conseguirlas?

—Esta noche va a pasar algo.

—¿Cómo lo sabes?

—Nuestros vecinos están cantando. Se reunirán en la parte frontal de la propiedad, mientras algo ocurre por detrás. Ashley, ¿no te das cuenta? Los están utilizando como nos utilizaron a nosotros. El mismo «padrino» ha financiado a Caleb, y éste lo único que tiene que hacer es no prestar atención a lo que pasa por la parte posterior de la propiedad de vez en cuando. Si podemos obtener pruebas de lo que ocurre, podremos relacionarlo con los asesinatos.

—Está bien, está bien. Pero dime una cosa, Da... John. ¿Cómo conociste a Stuart?

El joven se encogió de hombros con timidez.

—Es cierto que escribí un artículo sobre alienígenas de dos cabezas.

—Nos conocimos en el periódico —dijo Stuart.

Ashley volvió a frotarse la nuca y se levantó.

—Está bien, escuchadme. Os creo, pero necesitamos ayuda. Sabemos que hay dos hombres despiadados ahí fuera que nos matarían sin pestañear. Debemos llamar a la policía.

—Ashley, ¿cuántas veces tengo que decírtelo? Al menos, hay un policía implicado, y no sabemos quién es —dijo David.

—Podemos confiar en Dilessio —repuso Ashley en voz baja—. Sabemos que él está limpio.

—Y que lo digas. Se me echó encima como un puma, sobre todo después de la muerte de su compañera. Por su culpa, fui a la cárcel.

—Entonces, ¿por qué no le dijiste que su compañera había estado en la casa con Bordon?

—Estaba aterrado, sólo tenía veintiún años. Y Bordon me dijo que me matarían.

—Entonces, ¿por qué intentas resolver ahora el caso?

—Ya morí una vez, en ese accidente de avión —dijo—. Cuando el mar me arrastró a la playa, comprendí que debía averiguar quién había matado a tanta gente.

—Entonces, llamemos a Dilessio.

—Sí, claro —dijo John con amargura—. Si lo llamamos, él llamará a la jefatura y el asesino sabrá dónde estamos. Vendrá enseguida, con refuerzos, y acabará con todos nosotros. Además, Dilessio vive en el puerto deportivo.

—Yo también —le recordó Ashley, perpleja. John movió la cabeza.

—¿Todavía no te das cuenta? Es evidente. En los alrededores de Nick's está pasando algo.

Ashley vaciló. Jake estaba convencido de que alguien había entrado en su barco. A ella la habían empujado al agua, y alguien había estado en su habitación.

Sharon.

Sharon, que había prometido hablar con ella aquella tarde. Pero aún no había vuelto a Nick's cuando Ashley se había ido al hospital, y después... Después, todo había sido una locura.

—Tenemos que llamar a Jake —repitió—. Estoy segura de que podemos explicarle lo que ocurre.

—¿Antes de que se lo cuente a media ciudad?

Ashley no tuvo ocasión de contestar; John se puso rígido de inmediato.

—Silencio —murmuró.

Todos podían oírlo. Una suave fricción a lo largo de la pared exterior.

—Puede que ya sea la policía —le susurró Ashley.

—Tenemos que proteger a Stuart —dijo John—. Mary, tú quédate con él. Ashley... voy a salir. Tengo una pistola robada, y sé cómo usarla.

Ashley empezó a salir de la habitación tras él; después, vaciló.

—Mary, cierra la puerta con esa cómoda cuando salga. Bloquéala con todo lo que puedas, y la ventana con ese armario, ¿entendido?

—Por supuesto —dijo Mary, asustada pero decidida.

Ashley asintió, y rezó para que Mary fuera físicamente más fuerte de lo que parecía. Cuando salió de la habitación, oyó que empezaba a arrastrar los muebles.

Se apresuró a alcanzar a John Mast, ya que no estaba familiarizada con aquella casa. Era pequeña seguramente, antigua, más un pabellón de caza que una vivienda propiamente dicha. Además de la habitación en la que había dejado a Mary y a Stuart, había otro dormitorio, un salón comedor y una cocina. Tanto la cocina como el salón tenían puertas que daban al exterior.

Le entró la desolación al ver que se había hecho de noche. Si había alguien fuera, ellos estaban en situación de desventaja.

—Las luces —murmuró—. Hay que apagarlas.

John asintió y retrocedió; pulsó un interruptor. Las luces se apagaron.

Permanecieron en la oscuridad durante largo tiempo, escuchando. Al principio, la negrura era total. Después, Ashley empezó a distinguir la silueta de John Mast... y de la pistola que sostenía. Conteniendo el aliento, Ashley empezó a avanzar hacia la cocina con la espalda pegada a la pared.

De nuevo, aguzó el oído.

De pronto, con un estallido enorme, la puerta del salón se abrió de par en par. Ashley vio los fogonazos de pólvora del arma de John Mast. Alguien abrió fuego desde la puerta.

Jake detuvo el coche lo más cerca posible de su barco. Salió, bajó al muelle e irrumpió en el Gwendolyn. Se fue derecho a la ducha, y descubrió que Ashley le había dejado dos archivos sobre propiedades inmobiliarias. Anotó las direcciones y, ya estaba a punto de salir al galope cuando se obligó a reflexionar. Abrió los viejos archivos de su ordenador, los informes y los artículos de periódico.

Por fin tenía la respuesta sobre, al menos, una pieza crucial del rompecabezas. Pero debía obrar con cautela.

Salió del barco y llamó a la única persona en quien confiaba sin rastro de duda. La única persona que podía procurarle lo que más necesitaba.

Mientras regresaba a su coche, se sorprendió al ver a Nick Montague avanzando con paso decidido hacia él.

—Te acompaño —dijo Nick, dirigiéndose a la puerta del pasajero.

—Nick, esto no es...

—Soy un veterano de Vietnam, tengo mi revólver de servicio y una buena puntería —se limitó a decir—. Oye, no sé muy bien lo que está pasando, pero sé que tienen a mi sobrina. Y sé adónde se la han llevado.

—Yo también —dijo Jake. Nick lo miró con enojo.

—Sharon me ha dado las direcciones que Ashley le pidió. ¿Cómo las has conseguido tú?

—Me las ha dejado Ashley —dijo, y miró a Nick—. No vamos a ir directamente allí.

—¡Mi sobrina está en peligro!

—Un ataque directo acrecentará el riesgo.

Nick se lo quedó mirando y, pasado un momento, asintió despacio.

—No has informado de lo que sabes, ¿verdad?

—A Miami-Dade, no.

—¿Quién está sucio? —le preguntó.

—Creo saberlo, pero no estoy seguro. Y creo que no nos enfrentamos sólo con un policía corrupto. Creo que otra persona a la que solemos ver por aquí también está implicada.

Nick digirió la información.

—¿Quieres contarme el plan de batalla?

Se oyó un grito, y el golpe seco de un cuerpo al caer. John corrió hacia delante.

—¡Espera! —le advirtió Ashley.

Demasiado tarde. Oyó disparos y, después, un gruñido escapó de los labios de John Mast. Ashley vio cómo caía al suelo como un muñeco de trapo. Hizo una mueca. Con su grito de advertencia, había revelado su ubicación. Sólo había una salida: la puerta de la cocina.

Salió corriendo de la casa, tratando de orientarse en la oscuridad. Había árboles por todas partes, la valla a la derecha... Por detrás, la marisma y el agua.

No podía huir hacia la carretera por temor a caer en una emboscada, así que echó a correr entre las hileras de árboles. No estaba segura, pero creía que quien había disparado a John Mast estaba solo. Mientras ella pudiera arrastrarlo a una persecución ciega por los árboles y la marisma, Mary y Stuart estarían a salvo

Podía oír las pisadas de su perseguidor. Siguió corriendo. Llegó a la linde del bosque, y la hierba aumentó de altura casi de inmediato. Apretó los dientes y siguió avanzando.

De pronto, oyó voces delante de ella. Al otro lado de un pequeño grupo de árboles, el terreno descendía bruscamente hacia el canal.

Allí había varios hombres hablando en voz baja, descargando paquetes de plástico de dos canoas pequeñas atracadas en la orilla. Iban vestidos de negro, y se fundían con la noche.

Redujo la marcha, pero sin dejar de correr. Tenía hombres delante y un hombre armado detrás.

De pronto, oyó a uno de los hombres de la canoa proferir un pequeño grito, e intentó ver lo que pasaba.

Fue entonces cuando tropezó con el alambre.

Lo habían colocado a poca altura entre dos árboles que delimitaban la propiedad. No lo había visto, y salió despedida por el aire. Ashley aterrizó en el barro. Trató de no gemir, pero todavía tenía el pie enredado en el alambre. En silencio, se levantó e intentó soltarse.

De pronto, reparó en la sombra que se erguía sobre ella. El hombre que la perseguía también iba vestido de negro. Ashley alzó la mirada despacio, sabiendo que no podía estar más vulnerable.

–Hola, Ashley –dijo el hombre con suavidad.

-Hola, Marty –contestó Ashley, y probó a fingir–. Menos mal que estás aquí. ¿Has venido con Jake?

-Bien hecho, señorita Montague. De no tener tanto empeño en ser policía, podrías haber probado a ser actriz.

Ashley asintió. Bueno, lo había intentado.

-Si vas a dispararme, este momento es tan bueno como cualquier otro.

-Lo sería. Salvo que vas a llevarme a esa habitación en la que se encuentra Stuart Fresia. Podría probar a disparar a través de la puerta, pero han hecho una barricada, ¿verdad?

-Sí –a Ashley la sorprendía estar tan serena. El corazón le latía a cien por hora, y sabía que, de un momento a otro, Marty dispararía.

-Vamos, Ashley, arriba.

La agarró del brazo y ella apretó los dientes. Marty era fuerte, más de lo que su pose relajada hacía pensar, y le estaba hundiendo los dedos en el antebrazo.

-El alambre, Marty –dijo–. Lo siento, pero no puedo ir a ninguna parte contigo si sigo enganchada aquí.

Marty se inclinó para deshacer el alambre y le dio la única oportunidad de que Ashley iba a disponer. Él tenía una pistola y ella, sólo desesperación.

Ashley levantó la rodilla y le golpeó la entrepierna con todas sus fuerzas. El impacto tuvo el efecto deseado. Marty profirió un gemido de dolor y cayó hacia delante.

Y Ashley se movió. Como un relámpago. Sin saber cómo, se soltó del alambre y echó a correr.

La primera bala le pasó rozando la cabeza. Agonizando o no, Marty se había levantado. Otros disparos se incrustaron en los árboles. Marty seguía persiguiéndola; y ella no tenía idea de adónde huía, salvo a la oscuridad.

Los árboles estaban escaseando, y la tierra se volvía más suave y húmeda. Con cada paso que daba, sus pies se hundían cada vez más en el barro... había entrado en una zona con franjas cenagosas. Allí, en el borde de la marisma, podría encontrar todo tipo de criaturas ajenas a la civilización. Serpientes de agua, cocodrilos. Y la oscuridad...

De pronto, de la negrura salió una mano que la sujetó. El terror se agolpó en su garganta, y abrió la boca para chillar.

—¡Calla! —le cubrieron la boca con la mano; unos brazos fuertes la abrazaron. Sucia, empapada, cubierta de barro, parpadeó y se quedó mirando a un hombre que estaba tan sucio como ella.

La mano se apartó de su boca.

—¿Jake? —preguntó con incredulidad.

—Ponte detrás de mí, al amparo de esos árboles.

Ashley obedeció mientras movía la cabeza.

—Jake, es... es Marty —susurró.

—Lo sé.

Entonces, para sorpresa de Ashley, Jake dio un paso al frente.

—¡Marty!

Se hizo el silencio un momento, y Ashley tragó saliva. Jake había delatado su posición; Marty podría matarlo fácilmente.

—¿Jake?

En la casi total oscuridad, Ashley distinguió la silueta de Marty acercándose. Se había quitado el hábito negro, y lucía su típico atuendo de trabajo, extrañamente exento de manchas de barro.

—Jake, tío, lo siento. Es la sobrina de Nick. Debe de haberse metido en drogas o algo así. Colaboró en el secuestro del hospital. Está en el ajo.

—Voy a darte una advertencia, Marty —dijo Jake con suavidad—. Iba a darte el alto y a disparar pero... sinceramente, todavía no sé quién es tu socio. Cuando comprendí que habías matado a Nancy, deseé poder dispararte en las rodillas y después arrancarte el corazón, pero...

—Pero ¿qué? —le espetó Marty—. Pero ¿tengo una pistola, tal vez? Aunque seas un detective modelo, Jake, soy bueno en el campo de tiro, y ahora mismo te estoy apuntando. Sí, todo el mundo admira y respeta a Jake. Él es el que tiene el instinto, el que revuelve entre la basura y encuentra la pista crucial. No te imaginas lo que ha sido trabajar contigo día tras día, ver cómo te consumías de dolor por la muerte de Nancy Lassiter. Pero aún no has resuelto el caso, Jake.

—Sí, Marty. Un poco tarde, lo reconozco, pero aquí estoy. ¿Quieres oírlo? Es cierto, me siento como un idiota. Bordon me dio una pista, aunque sin llegar a decir nada. Humo y espejos. La secta era una fachada. Y después, antes de morir, balbució: «Tu compañe...». No terminó la frase. Al principio pensé que se refería a Nancy, por supuesto, pero después me entró la duda. Las piezas encajaron cuando releí el artículo del periódico del día en que encontraron a Nancy y sacaron el coche del canal. Tú fuiste el primer policía en llegar allí. Trabajabas en la brigada de estupefacientes por aquella época, así que tu presencia me chocó un poco. ¿Fuiste tú quien mató a las mujeres, Marty, o tu socio?

Marty sonrió y se encogió de hombros.

—Todavía no sabes quién es, ¿verdad, Jake?

—Tengo una corazonada.

—No lo sabes.

—¿Mataste a las mujeres, Marty?

—Sí, Jake, las maté. Eran unas fisgonas; ellas se lo buscaron.

—La última víctima... Apareció en la comuna de al lado y vio algo que no debía, ¿verdad?

—Jake, eres genial —dijo Marty con sarcasmo.

—¿Y Nancy? También la mataste, ¿verdad?

—Deberías haber visto su cara cuando me vio en esa casa,

Jake. Se quedó atónita. Chica lista; lo entendió enseguida. Pero sí, yo la maté. Y cuando termine contigo, mataré a tu pelirroja. Ella sí que es un problema. Ese dibujo de Cassie Sewell... Diablos, daba miedo de lo real que era. ¿Y quién diablos podía imaginar que sería amiga de ese periodista idiota al que drogué y arrojé a la carretera?

—Detesto decirlo, Marty —dijo Jake en voz baja—. Pero espero que te condenen a muerte.

—Todavía no me tienen, Llanero Solitario.

—Estás detenido, Marty. E irás a juicio.

—Tienes una pistola, Jake. Yo también. Contaremos hasta tres. Pero ¿y si me matas? ¿Qué pasará? Seguirás buscando, Jake. Porque todavía hay alguien ahí fuera.

—No voy a matarte, Marty.

—Claro que no, soy yo quien va a matarte a ti —rió con amargura—. Mírate, Jake. Aquí estás tú solo otra vez. Blake se cabrea contigo todos los días, ¿sabes? Creo que le doy pena porque tengo que aguantarte.

—Marty, baja el arma, estás detenido. Tienes derecho...

Marty levantó su pistola de calibre 38. Era rápido, pero Jake lo fue más. Los disparos la ensordecieron. Durante largos segundos, Ashley se mantuvo aferrada al árbol con todas sus fuerzas. Después, Marty cayó boca abajo sobre el barro.

El mundo pareció detenerse. Ashley quería correr hacia donde estaba Jake, pero oyó movimiento en los arbustos que tenía detrás y empezó a darse la vuelta. Había un hombre allí de pie, de pelo largo y negro, el rostro manchado de barro, como el de Jake. La miraba con serenidad con unos ojos de color avellana. A Ashley le entró el pánico. Un brazo cayó sobre su hombro. Se puso tensa, dispuesta a luchar.

—Tranquila, señorita Montague —dijo, con voz tan suave como un susurro en la brisa—. Aquí hay alguien que quiere verla.

Varias figuras salían de la negrura y avanzaban hacia ella con aplomo y en silencio. Por sorprendente que pareciera, reconoció a una de ellas.

—¿Tío Nick?

—¿Quién si no?

Corrió, o mejor dicho, avanzó tambaleándose hacia él hasta que se arrojó en sus brazos. Nick la estrechó con fuerza. Ninguno de los dos dijo nada. Después, Ashley oyó un ruido a su espalda y se dio la vuelta.

Jake estaba avanzando hacia el cuerpo de su compañero caído. Se arrodilló y acercó los dedos a su garganta. Permaneció en el suelo varios segundos; después, se puso en pie.

—Está muerto —anunció con voz cansina, y se acercó al grupo.

Ashley quería chillar.

—Él está muerto, pero hay narcotraficantes. Los he visto antes...

—Tranquila, Ashley —la interrumpió Jake—. Marty se ha equivocado en una cosa; esta vez sabía que no podía ser el Llanero Solitario. Detrás de ti tienes a Jesse Crane. Y a algunos de sus hombres, de la policía miccosukee.

El hombre de ojos avellana asintió con gravedad a modo de saludo. Su actitud solemne tranquilizó a Ashley y, de pronto, su cerebro empezó a funcionar otra vez.

—¡Necesitamos una ambulancia! David... John Mast está herido. Puede que haya muerto, no lo sé. Y Stuart Fresia y una mujer llamada Mary se han parapetado en la casa.

—Daré un aviso para que venga una ambulancia —dijo Jesse Crane.

Minutos después, encontraron a John Mast malherido en el interior de la casa.

—¡John! Soy yo, Ashley, y Jake Dilessio. Y más policías. Son de fiar.

John Mast soltó la pistola que sostenía mientras luchaba por mantener la consciencia. Jake se puso en cuclillas, y John alzó la mirada, gimiendo.

—Dilessio, eres tú. Dios, Ashley te lo contará todo. Secuestré a Stuart y a ella, pero te lo juro, sólo intentaba protegerlo.

—Calla, muchacho —dijo Jake—. No malgastes saliva —John

hizo una mueca cuando Jake empezó a rasgarle la camisa, buscando la herida, tratando de controlar el flujo de sangre.

—¿Qué vas a hacerme esta vez? —dijo John.

—Nada, salvo pedir una ambulancia. Y puede que llevarte de fiesta por la ciudad... suponiendo que sobrevivas, por supuesto.

—Sobreviviré, detective, sobreviviré. Sólo para aceptar tu invitación.

Eran las cuatro de la madrugada y hacía horas que la finca estaba repleta de policías. Tanto John como Stuart habían sido trasladados al hospital. Mary Simmons, muy afectada, había respondido al interrogatorio con total sinceridad. Había reconocido haber tomado parte en el secuestro y se había disculpado profusamente. No le importaba si la metían en la cárcel; había hecho lo que debía. Sus creencias la habían impulsado a salvar la vida de Stuart, porque sabía que nada detendría a los asesinos.

A pesar de su participación en el secuestro y de que, más adelante, la fiscalía podría presentar cargos contra ella, Mary Simmons obtuvo permiso para irse a su casa.

Jake tenía más explicaciones que dar que Mary. Ashley sólo oyó una parte. Le llamaron la atención por no haber informado a su capitán de su maniobra, y Jake les explicó una y otra vez que la única manera de evitar que sus planes llegaran a oídos del hombre que pretendía matar a Stuart Fresia había sido pedir ayuda fuera del cuerpo. Por fin, terminó el interrogatorio y pudo reunirse de nuevo con Ashley.

—Ahora lo que más temo son los papeleos.

Ashley le puso una mano en la rodilla.

—Me has salvado la vida. Llegaste en el momento preciso.

Jake le dio la mano y esbozó una sonrisa.

—Detesto tener que reconocerlo, pero te las estabas arreglando muy bien tú sola.

—No podría haber huido eternamente. Él iba armado y yo no.

Jake guardó silencio varios segundos.

—¿Sabes?, dentro de un tiempo deberías terminar la academia.

Ashley sonrió, pero no tuvo oportunidad de responder. El capitán Blake había vuelto y necesitaba otra vez a Jake.

Pasó otra hora antes de que pudieran irse. Habían trasladado el cuerpo de Marty al depósito de cadáveres, y los traficantes de drogas habían sido detenidos y llevados a la comisaría, donde serían interrogados durante horas. Ashley se alegró al ver que, aunque todavía faltaba una pieza del rompecabezas, Jake estaba decidido a dejar el interrogatorio en manos de los demás miembros de su brigada, en especial, del equipo que investigaba el caso.

Regresaron a casa en el coche de Jake. Nick iba detrás; Ashley, delante. Cuando por fin llegaron al puerto deportivo, Nick fue el primero en apearse. Le dijo a Jake:

—Sé que voy a pedirte algo que te va a extrañar —lo miró—, pero duerme esta noche en mi casa, ¿quieres? Me gustaría saber que estáis juntos.

Se alejó, abrió la puerta de la cocina y desapareció.

Ashley sintió una suave brisa. Todavía faltaban algunas horas para el amanecer.

—Bueno, ¿qué dices? ¿Te importaría dormir en mi casa? —le preguntó a Jake—. No es que esté nerviosa pero... Oye, no hay nada como los refuerzos.

—Todo el mundo los necesita —dijo Jake con suavidad—. Además, poder ver tu habitación es una tentación muy poderosa. ¿Me dejarás ducharme a mí primero?

—Mmm —dijo Ashley pensativamente—. No soy tan magnánima. ¿Qué tal si compartimos la primera ducha?

—De acuerdo.

Los dos tenían varios cortes y magulladuras. Se lavaron y acariciaron el uno al otro. Cuando salieron de la ducha, la risa se interrumpió de improviso, y se quedaron mirándose el uno al otro durante varios momentos.

—Así que... ésta es tu cama, ¿eh?

—Sí.

—Ashley...
—¿Mmm?

La rodeó con los brazos, enterró el rostro en su cuello y empezó a moverse.

Ashley pensaba que estaba agotada, pero era sorprendente la rapidez con que podía reanimarse.

Más tarde, permanecieron unidos, abrazados, sobre la cama. Jake acariciaba los cabellos de Ashley con ternura.

—Confieso que siempre seré un poco machista y cretino en lo que a ti respecta.

—No importa. Yo seguiré bajándote los humos.

Ashley se incorporó de repente, mirando hacia las ventanas.

—El sol está a punto de salir.
—Sale todas las mañanas —dijo Jake.
—Hoy me gustaría verlo.

Jake tenía la ropa llena de barro, así que recurrió a uno de los albornoces de Ashley, pero lo hizo con una leve mueca.

Se sentaron juntos en el muelle. Ella apoyó la cabeza en el hombro de Jake.

—Es tan hermoso... Nunca había visto ese tono entre rojo y dorado.

—Yo sí —dijo Jake.
—¿Ah, sí?
—Es el color de tu pelo.

Ashley lo miró a los ojos y sonrió.

—Esto da miedo pero...
—Dispara, detective.
—Me estoy enamorando de ti, Ashley.

Ashley volvió a apoyar la cabeza en su hombro.

—Bueno, detective. Deberías haberlo adivinado. Yo ya me he enamorado de ti. Creo que todo empezó el día en que te eché encima el café.

—Ashley, ¿has visto ya bastante amanecer?

Ashley sonrió.

—Claro. Estás magnífico con traje, y con pantalones cortos pero... ¡ay!, cuando te pones mi albornoz rosa...

Jake profirió una carcajada, se puso en pie y la levantó.

El sol había salido por completo cuando se quedaron dormidos.

Se despertaron el domingo por la tarde. Cuando abrió los ojos, Ashley vio a Jake despierto y contemplando el techo.

—¿Qué pasa? —murmuró.

Jake entrelazó los dedos por detrás de la cabeza.

—No hago más que pensar en quién puede ser el socio de Marty. Intento hacer como Sherlock Holmes... eliminar lo imposible, y lo que queda, por improbable que sea, ha de ser la respuesta. Pero no consigo eliminar a nadie.

—¿De qué?

—De entrar en el Gwendolyn. No pudo ser Marty, porque en una ocasión acababa de estar con él. Y él no era el cerebro del tráfico de drogas y de los asesinatos. Ni el que ponía el dinero.

Ashley vaciló.

—Sharon se ha estado comportando de forma muy extraña últimamente.

—¿Sharon? —preguntó Jake con escepticismo.

—¿No crees que pueda ser ella? Tiene dinero... No sé cuánto, pero su ropero vale más que el sueldo anual de un policía. Fue ella quien vendió esas propiedades, y fue la primera en reconocer a Cassie Sewell a partir de mi dibujo. ¿Dudas que pueda ser culpable porque es mujer?

—No, he visto demasiados actos astutos y brutales perpetrados por mujeres. Y podrías tener razón —añadió. De pronto, se puso en pie y se dirigió a la ducha. Se dio la vuelta y la miró—. No te atrevas a venir. Tenemos que ponernos en marcha.

—¿Para?

—Eliminar lo imposible.

Mientras Ashley se duchaba, Jake hizo una llamada a Ethan Franklin.

—Necesito tu ayuda, Franklin. Eres un genio haciendo pesquisas por ordenador. Quiero que averigües todo lo que puedas sobre varias personas.

—Eso está hecho. Me pondré manos a la obra enseguida.

—Gracias, Franklin —dijo Jake, y le dio una lista de cuatro nombres.

Ashley se alegraba de que Katie estuviera trabajando, porque así pudo pedirles a Nick y a Sharon que se reunieran con Jake y ella en el salón. Sharon, en actitud maternal, le preguntó si se encontraba bien y le dijo que apenas había podido dormir tras enterarse de lo ocurrido.

Ashley le agradeció su preocupación; después, fue al grano.

—¿Por qué has estado comportándote de forma tan rara últimamente? —Sharon se la quedó mirando y, ruborizada, se volvió hacia Nick—. Sharon, ¿por qué entraste en mi habitación? ¿De qué querías hablarme? ¿Y cuál era la cita que tenías ayer por la mañana?

—Verás, Ashley... Fui al médico. Al principio, no podía creerlo, y tenía mucho miedo de cómo reaccionaríais Nick y tú, pero... estoy embarazada.

Ashley parpadeó.

—¿Embarazada?

—Nick y yo vamos a tener un hijo —hizo una pausa para mirar a Nick a los ojos, para dejarse acariciar por su sonrisa—. Sé que no debí entrar en tu habitación, pero pensé que, si podía conocerte un poco mejor, si me hacía una idea de cómo era tu yo privado, podría acercarme a ti y, así, tal vez no te importaría tanto que...

Ashley todavía estaba exhausta, y tan aliviada que rompió a reír. Se le saltaban las lágrimas.

—¡Oh, no, Nick! Está disgustada. Ashley, sabes que Nick ha sido un padre para ti desde que eras pequeña, y tú has sido como su hija única.

—No estoy disgustada —logró decir Ashley por fin—, sino

alivia... –vio la mirada severa de Jake y rectificó; no hacía falta confesarle a Sharon que había sospechado de ella, aunque fugazmente–. Estoy encantada. Por los dos. Me muero de ganas por tener un primito –se levantó de la silla, se acercó a Sharon y la abrazó con fuerza–. No podría estar más feliz.

Nick, todavía ligeramente avergonzado, se levantó para aceptar su abrazo.

–Me da miedo –dijo con voz ronca–. Estaré calvo y con artritis cuando el pequeño termine el instituto pero... soy muy feliz. Y me encanta que tú también lo seas.

A continuación, Nick y Sharon les contaron que habían decidido casarse. Estaban planeando la boda, que se celebraría en la intimidad allí mismo, en el muelle, dentro de tres semanas. Cómo no, Jake y Ashley accedieron a ser los padrinos.

Jake invitó a Ashley a cenar en su barco. Mientras discutían la mejor manera de cocinar la dorada, Jake se quedó callado de improviso. Ashley frunció el ceño.

–Hay alguien en la puerta –susurró Jake. Se alejó en silencio y la abrió de par en par.

En el umbral estaba Brian Lassiter con el puño levantado, a punto de llamar.

–Eh. ¿Es que tienes poderes extrasensoriales, Jake?

Jake lo negó con la cabeza.

–Te he oído llegar.

Ashley había visto a Brian unas cuantas veces en Nick's y sabía que había sido el marido de Nancy Lassiter, pero no lo conocía.

–Hola, Brian. Soy la sobrina de Nick, Ashley.

–Sabía que me resultabas familiar. ¿Qué tal estás? –volvió a mirar a Jake–. ¿Puedo pasar?

Jake abrió un poco más la puerta.

–¿Te apetece una cerveza? –preguntó Jake.

–Un refresco. He venido en coche.

Ashley fue a la nevera por una coca-cola y se la llevó a Brian. Éste se la agradeció con una pequeña sonrisa y miró a Jake.

—He venido a darte las gracias.

Jake movió la cabeza.

—No tienes que darme las gracias por hacer mi trabajo, Brian.

—Claro que sí. Yo la quería, y duele un poco menos saber que su asesino no podrá seguir matando. Además, sé que te debo una disculpa —hizo una pausa y prosiguió con resolución—. Quizá dudes de mí, y no me importa, pero voy a dejar de beber... Y voy a casarme otra vez. Espero que vengáis a la boda.

—Enhorabuena, Brian —dijo Jake.

—Lo mismo digo —corroboró Ashley—. Oye, ¿quieres cenar con nosotros?

Brian miró a Jake con cierta incomodidad.

—Bueno... ¿por qué no?

Cenaron los tres juntos. Y, aunque Jake estuvo amable, Ashley lo notó más callado de lo normal. Cuando Brian se fue, Ashley le pidió explicaciones.

—Es rico —se limitó a decir Jake.

—Es abogado —le recordó Ashley.

—Sí.

—¿Todavía lo odias porque hiciera sufrir a Nancy? —preguntó con suavidad.

—No —dijo después de un momento—. Todos la hicimos sufrir.

Jake se dirigió a su escritorio y, pasado un rato, se retiró al dormitorio. Ashley decidió fregar los platos. Cuando terminó la tarea, entró de puntillas en el dormitorio, y se sobresaltó por la fuerza con que Jake la abrazó.

Horas más tarde aquella noche, sonó el teléfono. Jake contestó. Ashley lo oyó hablar, principalmente con monosílabos. Cuando colgó, le preguntó qué pasaba.

—Era Franklin, nuestro agente del FBI —volvió a atraerla a sus brazos y se encogió de hombros con pesar—. Te alegrará saber que las finanzas de Brian Lassiter están en orden. Es un piraña; devora todo lo que puede, pero es un piraña legal.

Ashley sonrió en la oscuridad. Se sentía feliz, porque estaba convencida de que aquel descubrimiento hacía feliz a Jake.

Sabía que él seguía muy turbado. Hasta el momento, no habían sacado nada en claro interrogando a los traficantes. Todos provenían de Sudamérica, al igual que las drogas, y negaban saber quién les había pagado para que introdujeran la droga en el país.

En otras palabras, seguían sin saber quién era el socio de Marty.

A la mañana siguiente, Ashley se despertó temprano, dio un beso a Jake y le dijo que tenía que ir a su cuarto para prepararse para el trabajo. Jake balbució algo y ella lo dejó, haciendo una pausa para encender la cafetera antes de irse. Justo entonces, el teléfono empezó a sonar, y lo oyó contestar. Sintió curiosidad por saber quién era, pero no podía perder tiempo.

Salió y cruzó el césped en dirección a su cuarto; se duchó y se puso el uniforme marrón de la unidad de medicina forense. Aunque entraba una hora más tarde de lo habitual, siempre andaba con el tiempo justo. Quizá Jake y ella tuvieran que poner el despertador un poco antes.

Jake y ella... Le gustaba el concepto. Le gustaba que fueran una pareja.

Atravesó la casa, preguntándose si Nick se habría levantado ya. No tardó en comprobar que no. Sharon y él estaban aprovechando para dormir un poco más.

Una vez en la cocina, preparó la cafetera. Tamborileó con los dedos sobre la encimera hasta que el café empezó a gotear, y sacó la jarra para llenar primero su taza. Se tomó el café rápidamente y se dirigió a la puerta.

Ya había luz. En un primer momento, lo único que vio fue una silueta recortada en el umbral, un recuerdo inquietante de la figura vestida de negro que había visto al otro lado de la autovía el día del accidente de Stuart. La figura se movió, y ella movió la cabeza. No era más que Sandy, vestido con pantalones, un polo y una chaqueta.

—Hola, Sandy —dijo—. Yo ya me voy. Nick y Sharon todavía están durmiendo. Sírvete un café y no te olvides de cerrar la puerta con llave cuando salgas. Llego tarde, como siempre.

—Es el amor —dijo Sandy.

Ashley se encogió de hombros. Aquél era el problema de vivir en un puerto deportivo; todo el mundo se enteraba de tus asuntos.

—Oye, Ashley, ¿ya ha encontrado Jake la pieza del rompecabezas que le falta?

Ashley se detuvo en seco; aquello no era del dominio público. Claro que en el local, la gente hablaba. A veces, demasiado.

—Te enteras de todo lo que pasa, ¿verdad, Sandy? ¿Es que Jake te ha hecho alguna confidencia? Eso es información privilegiada.

—Qué va. Es que lo oí hablar con Nick el sábado, en el embarcadero, cuando fueron a buscarte. Yo estaba en mi barco.

—Ah. Oye, Sandy, tengo que irme, de verdad —dijo, y salió por la puerta. Mientras empezaba a cerrarla, miró hacia el agua. Desde donde estaba, podía ver el barco de Sandy. Estaba a una buena distancia del de Jake, y más aún del aparcamiento.

Era imposible que Sandy hubiese oído la conversación entre Nick y Jake desde su barco. Quizá estuviera mintiendo, y se hubiese acercado al muelle a husmear.

De pronto, se acordó del día en que había tropezado con Sandy en aquel mismo umbral.

«Escucho a los policías que vienen a Nick's», había dicho. Los conocía a todos. Dilessio no había frecuentado mucho el local antes de mudarse allí, pero Sandy lo sabía todo sobre él.

Espiró con fuerza. ¿Sandy? Imposible. Era parte del mobiliario. Era... vetusto.

«Escucho a los policías que vienen a Nick's».

Claro. Hablaba con ellos a todas horas; siempre estaba con alguno. Nadie se habría fijado en que hablaba con Marty Moore, ni en que lo escuchaba porque necesitaba saber lo que estaba pasando en el cuerpo de Miami-Dade.

A medida que los pensamientos pasaban por su mente, sintió la presencia de Sandy a su espalda. Se puso rígida y empezó a girar, pero se detuvo al sentir una pistola en las costillas.

—¿No es increíble? —dijo Sandy en voz baja—. Tantos años y meto la pata en una tontería. Pero no importa; no había venido a tomar café, sino a buscarte. Iremos a dar un paseo. Verás, lo tengo todo listo para irme del país. Lejos, muy lejos. Ya no estoy a salvo aquí. He ganado dinero, sin duda, pero... la cosa se me ha ido de las manos. Todo empezó cuando ese amigo tuyo no murió en la autovía, como se esperaba. Después, Bordon. Debí ordenar su muerte hace años. Sin embargo, confiaba en Marty —rió—. Era un socio magnífico; murió sin delatarme. Pero alguien acabará descubriéndolo todo; tal vez, muy pronto. Dilessio, seguramente, con toda la información que ha reunido en sus archivos. Lástima que no haya podido matarlo.

—Cuando no me presente a trabajar, la gente empezará a buscarme. Y cuando vean que mi coche sigue aquí...

—No estará aquí. Vas a conducir tú. Nos vamos, Ashley. Andando.

Ashley no protestó. Acababa de ver una faceta completamente distinta de un hombre al que había creído conocer bien. Su voz era diferente, su manera de hablar también, incluso su pose. Parecía que hubiera rejuvenecido.

—¿Adónde te llevo?

—A una pista de vuelo.

Ashley se volvió un poco, tratando de ver el arma.

—Un Glock —dijo Sandy—. No tiene seguro, y es bastante poderoso. Mata limpiamente.

—¡Eh! —gritó alguien de repente. Ashley se sobresaltó al ver a Jake en bañador, apareciendo por el costado de la terraza. La pistola se hundió aún más en sus costillas.

—Tienes dos segundos para deshacerte de él —murmuró Sandy—. Chilla y los dos estaréis muertos. Créeme, los Glock son armas fantásticas. Puedo mataros a los dos en cuestión de segundos.

—Hola, Sandy —dijo Jake, sonriente—. La cafetera del Gwendolyn no funciona. ¿Qué diablos le has hecho, Ashley?

—¿Que qué le he hecho? —repitió.

—¿No la has encendido antes de irte? —preguntó—. Sandy, mírate, qué elegante estás. ¿También has venido a tomar café?

—Ya está hecho —se apresuró a decir Ashley.

—Estupendo; entonces, me serviré una taza. Que tengas un buen día en el trabajo.

Sandy la había sacado del umbral ocultando la pistola con su cuerpo. Jake pasó sonriente a su lado.

—Sandy, ¿no te tomas un café conmigo? —preguntó.

—No puedo, tengo prisa.

—¿Ah, sí?

—Ashley iba a dejarme en el banco de camino al trabajo —dijo Sandy.

—¿De verdad? —Jake se disponía a entrar en la cocina. Para que Jake no viera el arma, Sandy la apartó de las costillas de Ashley. De pronto, Jake se detuvo en el umbral. Ashley apretó los dientes, luchando por contenerse.

—Ashley —dijo de repente, y la miró a los ojos—. Quería preguntarte algo. El sábado, mientras esperábamos a la ambulancia, John Mast me habló de otro talento tuyo. A decir verdad, me hablaste de él un día... sugiriendo que podrías hacerme una demostración.

Ashley frunció el ceño; enseguida, comprendió a qué se refería. Sonrió.

—Se lo demostré a John.

—Demuéstraselo a Sandy.

—Jake, no tengo tiempo —dijo Sandy con impaciencia.

—¡Ya! —gritó Jake. Ashley dio una patada hacia atrás y, con el talón, golpeó a Sandy con fuerza entre las piernas. Mientras éste luchaba por respirar, Jake se arrojó sobre él, y los dos empezaron a forcejear sobre la grava.

Sandy disparó la pistola; la bala se perdió en el aire. Jake le inmovilizó la muñeca contra el suelo, pero salió otra bala.

—Maldita sea, suelta el arma —le advirtió Jake.

—Que te den —le espetó Sandy, decidido a disparar hasta el final.

—¡Suéltalo! Ashley, entra antes...

Una bala se incrustó en el marco de la puerta, demasiado cerca de la cabeza de Ashley. En lugar de entrar, Ashley lanzó arena a la cara de Sandy con el pie.

—Suelta el arma —repitió Jake. Volvió a golpear la muñeca de Sandy contra la grava. Por fin, el Glock resbaló de su mano—. Levántate —le ordenó Jake con aspereza. Se puso en pie y, sujetando la chaqueta de Sandy por las solapas, lo levantó.

—Ya me levanto, ya me levanto... —y se levantó, a medias. Tenía el rostro colorado; alzó una mano a modo de protesta y empezó a toser con virulencia. Tomó aire con brusquedad y volvió a toser, con convulsiones por todo el cuerpo.

—Maldición —dijo Jake—. Ashley, llama a emergencias. Este imbécil no va a morirse en mi presencia.

Ashley metió la mano en el bolso, en busca del móvil. Justo cuando sus dedos se cerraban en torno al aparato, la tos de Sandy se interrumpió con brusquedad. Al mismo tiempo, se abalanzó hacia delante para desasirse y para recuperar el Glock.

Jack maldijo. Sandy echó mano a la pistola y la asió. Se dio la vuelta. Para entonces, Jake estaba apuntándolo con la pistola de cañón corto que se había guardado en la cintura de los pantalones, a la espalda.

—Sandy, no... —empezó a decir Jake, con el dedo en el gatillo.

Sonó un disparo. Sandy volvió a caer al suelo.

Jake no había disparado.

Tanto Ashley como Jake giraron en redondo. Nick estaba en el umbral, con su revólver del ejército todavía humeante.

—Lo siento, Jake. Tenía que hacerlo. Él habría disparado primero... porque sabe que tienes ética, y habría matado a mi sobrina. Menudo malnacido. Ha estado utilizándome a mí y este bar durante años. Pero creo que todavía está vivo. Sharon acaba de llamar a emergencias –añadió–. Oye, el café está hecho.

Nick tomó el Glock de los dedos dóciles de Sandy y entró en la cocina. Ashley se volvió hacia Jake y se lo quedó mirando con incredulidad.

–¿Cómo lo has sabido? ¿Cómo lo has adivinado en el momento preciso?

–Justo cuando salías me ha llamado Franklin. Le pedí que investigara sus finanzas, y halló la prueba que necesitaba. Por cierto, le gusta el whisky de malta. Recuérdame que le envíe la mejor botella que encuentre –se agachó y tomó el pulso a Sandy en el cuello–. Nick tiene razón; todavía respira.

Empezaban a oírse las sirenas.

–Deberías entrar a tomar café, Ashley. Dentro de poco, hablarás durante horas. Y el papeleo... Dios, será interminable.

Ashley movió la cabeza con una sonrisa de pesar.

–Te esperaré, Jake. Porque ¿sabes qué es esto? La última pieza del rompecabezas. Has resuelto el caso de una vez por todas.

Epílogo

Fue una ceremonia de ensueño. A Ashley nunca le había parecido tan dulce su propio nombre. Y cuando caminó hacia la tribuna... la sensación fue totalmente increíble.

Se habían reunido todos a compartir su felicidad. Nick, Sharon y su adorable primito de pocos meses, Justin Montague. Karen, todavía con Len. Jan, con John Mast. Habían sentido un aborrecimiento mutuo al conocerse, tanto así, que habían tenido que quedar otra vez para concluir una discusión y no se habían separado desde entonces. También estaba Stuart, con sus padres. El padre de Jake, a quien Ashley había conocido y al que adoraba. También había un sinfín de agentes de policía, incluidos Gwyn, Arne y el resto de sus antiguos compañeros de clase.

Y, por supuesto, Jake.

Fue el primero en felicitarla porque, tras un año de trabajo como artista forense, había podido completar sus estudios en la academia. Sin embargo, no iba a cambiar de empleo; en la unidad forense trabajaban tanto civiles como agentes de policía.

La sesión de fotos de la promoción duró una eternidad; después, celebraron un gran banquete en Nick's para los veintiocho nuevos agentes y sus familias. Nick había insistido en ello.

Y por fin...

Por fin llegó el momento en que Jake y Ashley pudieron regresar al barco. Ashley se sorprendió de la decoración. Jake había comprado globos y flores, y una enorme botella de champán.

—¡Jake, es maravilloso! —exclamó.

—No te has fijado en la caja que hay junto al champán —le dijo Jake.

Era una caja minúscula; Ashley la tomó con curiosidad. Jake se la quitó de los dedos, la abrió, sacó el anillo y dijo:

—No es tan emocionante como una placa... pero espero que lo aceptes. Nick sugirió platino en lugar de oro, para que hiciera juego con la placa.

Ashley abrió los ojos de par en par al ver el diamante; después, miró a Jake.

—Entona de maravilla con la placa —le aseguró, y lo abrazó con fuerza. Después, se apartó un momento—. ¿Sabes? Empezaba a pensar que tendría que declararme yo.

—¿Por qué? Sabía que querías terminar primero en la academia.

—Bueno... ¿has visto a mi primito, Justin?

—Sí.

Jake se la quedó mirando sin comprender. Después, sonrió despacio.

—¡Caramba!

Repitió la exclamación y la atrajo a sus brazos.

—Qué elocuente —murmuró Ashley.

—¿«Caramba» no te basta?

—No estaría mal oír algo más.

—¿Qué tal... «te quiero»? ¿Y «doy gracias porque hayas accedido a pasar la vida conmigo»? Me siento increíblemente orgulloso de ti. Y encantado de que vayamos a ser padres. ¿Algo que quieras añadir a eso, agente Montague?

Ella volvió a recostarse en sus brazos.

—¡Caramba!

www.ingramcontent.com/pod-product-compliance
Lightning Source LLC
LaVergne TN
LVHW030341070526
838199LV00067B/6382